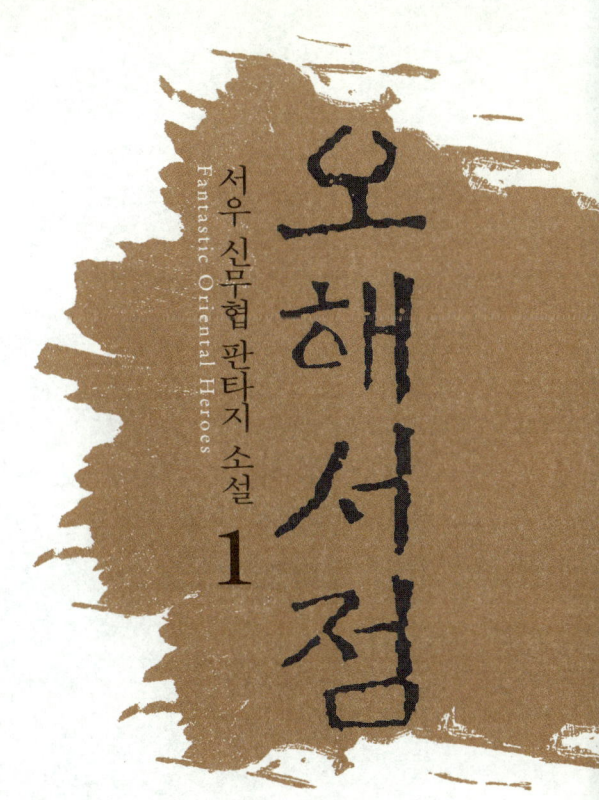

서우 신무협 판타지 소설
Fantastic Oriental Heroes

오해서점

1

오해서점 1

서우 新무협 판타지 소설

초판 1쇄 찍은 날 § 2006년 7월 21일
초판 1쇄 펴낸 날 § 2006년 7월 27일

지은이 § 서우
펴낸이 § 서경석

편집장 § 문혜영
편집책임 § 김규진
편집 § 유경화 · 심재영

펴낸곳 § 도서출판 청어람
등록번호 § 제1081-1-89호
등록일자 § 1999. 5. 31
어람번호 § 제2-0963호

주소 § 경기도 부천시 원미구 심곡1동 350-1 남성B/D 3F (우) 420-011
전화 § 032-656-4452 팩스 § 032-656-4453
http://www.chungeoram.com
E-mail § eoram99@chollian.net

ISBN 89-251-0225-0 04810
ISBN 89-251-0224-2 (세트)

오해서점 등장 ●

오해서점

서우 신무협 판타지 소설

Fantastic Oriental Heroes

1

도서출판 청어람

【목차】

언제인지는 몰라도… 글을 쓰는 것이 좋아졌습니다.

아픔이 많은 인생을 걸어왔기에 저에게 글이란 어쩌면 삶 그 자체일지도 모릅니다.

한때 고통으로 인해 방황할 때 날 잡아준 것도 글이었고…

나 자신을 돌아보게 해준 것도 글입니다.

오해서점은 제가 생각한 오해 시리즈 중에 첫 번째 소설입니다.

너무나 복잡하고 메말라 있는 사람들에게 조그만 웃음을 드리고자 쓰게 된 이 소설은 언제부턴가 저에게도 웃음을 던져 주고 있습니다.

어쩌면 이 소설은 절 위한 글일지도 모릅니다.

이런 못난 글을 읽어주시고 웃어주셨던 모든 분들께 감사드립니다.

    저 때문에 고생고생을 하셨던 청어람 출판 관계자 분들, 그중 특히 김규진님 고맙습니다.

    그리고 언제나 저의 곁에 있어준 친구 용구, 병주, 현이, 범수, 진수, 미스 복, 재영이 형, 필재… 그리고 중드천 식구들 야시시, 공심채, 메이, 귀무도형 등등…

    그동안 얼굴 한 번 제대로 못 보인 싸이 클럽의 친구들 등… 모두 감사합니다.

    마지막으로 지금도 나의 곁에서 지켜보고 계신 부모님과…

    이름도 모르는 어머니에게 이 글을 바칩니다.

                                        7월 14일 서우 배상.

序文

　사천(四川) 성도(成都) 남쪽으로 백여 리쯤 가다 보면 쌍류(雙流) 지천교라는 곳이 있다.

　지천교는 독가촌(獨家村)에 있는 작은 돌다리로 옛 성인의 말씀 중에 따왔다고 자랑할 정도로 마을에서 유일한 자랑거리이기도 했다.

　거기다 이 지천교가 삼대문파인 아미파, 청성파, 당문의 갈림길이 되기 때문에 이 다리에 대한 자부심은 엄청나다고 할 수 있었다.

　그런 다리 옆에 언제부터인가 들어선 작은 가옥이 있었다.

　언제 들어섰는지는 모르지만 형태나 모양을 보아 만들어

진 지 오래된 듯싶었고 그곳에 사는 사람 또한 없었다.

그래서 귀가(鬼家)라고 하여 아무도 살지 않았다.

근데 한 달 전, 한 낯선 사내가 그곳에서 거주하기 시작하였다.

워낙 귀가로 소문이 난 곳이라 마을의 이목이 모두 집중되고 있었지만 그 사내는 신경을 쓰지 않는 듯싶었다.

스물한 살쯤 돼 보이는 이 사내는 어디선가 망치 하나를 들고 와서는 자기 스스로 그 집을 수리하기 시작했는데, 무척 공을 들이는 것이 그곳에서 오랫동안 거주할 모양이었다.

썩은 나무를 걷어내고 구멍난 곳을 메우고 하던 그는 그곳에서 머문 지 삼 일째가 되자 어디선가 수레 가득 서책을 들고 왔다.

오래돼서 누런 서책에서 풍기는 곰팡이 냄새가 주위를 진동시켰다.

그러나 그 서책 하나하나를 들고 보는 그 사내의 얼굴에선 그저 미소만이 감돌았다.

그 책을 손수 들어 안으로 집어넣은 사내는 어디선가 커다란 나무 판을 들고 와서는 가옥의 위에 달았다.

그 나무 판을 한참을 보던 사내는 이내 얼굴 가득 미소를 지으며 안으로 들어갔다.

가옥 위에는 '오해서점(悟解書店)'이란 글씨가 자리하고 있었다.

제1장

첫 손님

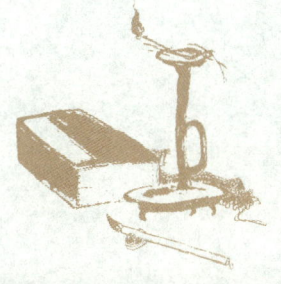

허름한 나무 문을 조심스럽게 열자 따뜻해 보이는 불빛의 일렁임이 들어왔다.

그 따사함을 느끼며 정성 들여 바닥을 쓸던 사내는 이내 손에 든 빗자루를 내팽개치고는 의자에 걸터앉았다.

"젠장!"

곱상하게 생긴 것과는 달리 거칠게 말을 한 그 사내는 이내 눈살을 찌푸렸다.

"니미! 그 꼽추 노인의 말을 듣는 게 아니었어!"

연신 꼽추 노인에게 욕지거리를 하는 그의 이름은 운소, 이 허름한 서점의 주인이었다.

그는 눈앞에 보이는 서책을 들여다보다 이내 얼굴을 사정없이 일그러뜨렸다.

"그 돌팔이 사기꾼을 믿은 내가 잘못이지. 그 좋은 일자리를 두고 내가 왜 이 고생을 한담."

한숨까지 내쉬는 그는 사실 항주에서도 알아주는 특급 점소이였다.

그렇다고 그가 무슨 특별한 재주가 있어서 특급 점소이가 된 것은 절대로 아니었다.

그것은 단지 행운이었다고밖에 볼 수 없었다.

주인 외에는 반말만 하는 안하무인에다 툭하면 손님의 멱살을 잡고 싸움을 일삼는 경력 이 개월의 삼류 점소이였다.

그러던 어느 날 자신이 청소한 곳을 다시 어지럽히는 아이를 발견하였다.

또다시 청소를 해야 한다는 생각에 짜증이 난 운소는 그 아이를 잡으려 들었지만 미꾸라지마냥 도망치는 바람에 쉽지가 않았다.

그렇게 한참을 숨바꼭질까지 하던 둘은 결국 대로에 도착해서야 붙잡게 되었다.

아이를 붙들고 화를 내려는 순간 갑자기 말 한 마리가 달려왔고, 갑작스런 상황에 겁을 먹은 그는 말을 피할 생각도 못하고 아이를 잡은 채로 가만히 있었다.

다행히 말 주인은 그들을 보고는 급히 말을 멈췄고 가까스로 죽음을 면하게 되었다.

그렇게 살아난 운소는 묘하게도 아이를 구한 영웅이 되었다.

며칠 뒤 소문을 듣고 많은 사람들이 그를 보기 위해 주루로 몰려들었다.

그런 그를 더욱 황당하게 만든 건 아이의 부모가 항주에서도 이름난 관리라는 사실이었다.

다음날 아침 주루로 직접 찾아온 그들은 운소에게 고마움을 표하였고 결국 이 일로 인해 그는 삼류에서 특급으로 단숨에 급부상하였던 것이다.

그런 그가 낯선 사천 땅에 들어와 서점을 열게 된 것은 한 법망도사의 말 때문이었다.

그는 항주에서도 알아주는 유명한 점술가였다. 그의 점괘가 얼마나 신통한지 고위 관직에 있는 사람들만 점을 봐주기로 유명한 사람이었다.

그런 그가 하루는 운소가 있는 주루에 와서는 자신을 보며 이렇게 말을 하였다.

"네놈의 팔자도 참 기구하구나?"

"에?"

탁자를 닦던 운소는 그의 말을 듣고는 황당해했다.

하지만 워낙 심각한 표정으로 말을 하기에 그의 말을 허투루 들을 수도 없는 상황이었다.

"네놈의 인생은 앞으로 일주일 안에 결정날 것이다. 그 결정으로 인해서 넌 봉황이 될 수도, 그 반대로 들판에 아무렇게나 피어 있는 잡초가 될 수도 있을 것이다."

그의 큰 목소리 덕분에 주루에 있던 모든 이들의 시선이 자신에게 쏟아지고 있음을 알게 된 운소는 끓어오르는 노기를 꾹 누르며 애써 얼굴에 미소를 띠었다.

'니미, 사람들만 아니면 멱살을 잡았다!'

이렇게 속으로 중얼거리던 그는 여전히 입가에 미소를 그리며 입을 열었다.

"나리, 무슨 말씀을 하시는 겁니까?"

"내 말을 안 믿는 것 같으니 잘 들어라! 이 주루는 앞으로 삼 일 안에 문을 닫게 될 것이다."

처음에는 크게 말하던 그의 목소리도 나중에 가서는 매우 작아졌다.

아마도 주위의 시선을 다소 의식한 행동이라고 볼 수 있었다.

하지만 그것도 여기까지였는데 그는 자신의 할 말을 다 했다는 듯이 자리에서 일어나 휘적휘적 밖으로 나가 버렸다.

점소이 인생 사상 처음 느끼는 이 황당함에 그는 한동안 입을 다물지 못했다.

'별 미친놈 다 보겠다! 개뿔이! 이렇게 잘나가는 주루가 문을 왜 닫아?'

얼굴에 미소를 그리면서도 속으로는 욕을 하던 그는 도사의 말이 맞다는 것을 이틀 만에 알게 되었다.

주루에 머물던 한 손님이 그날 저녁 병사를 했는데 그 병이 돌림병이었는지 이틀 만에 십여 명의 목숨을 앗아갔다.

그중에는 주루의 주인도 포함되어 있어 정확히 삼 일이 되자 주루는 문을 닫고 말았다.

졸지에 주루를 나온 그는 살길이 막막해지자 그동안 맡겨둔 돈을 찾으러 흑귀를 찾아갔다.

항주 일대에 도박장을 운영하는 자이며 하오문 소속의 무림인이었던 그는 아이를 구한 영웅으로 운소가 한참 유명세를 탈 때 찾아와 갖고 있는 돈을 세 배는 불릴 수 있다며 투자 제의를 권하였다.

그렇지 않아도 관리가 주고 간 많은 양의 은자에 고민을 하는 중이었던 운소는 주루 단골이기도 한 그를 믿고 돈을 맡겼다.

하지만 막상 돈을 달라고 찾아온 운소를 보며 그가 한 말은 돈을 맡긴 적이 있느냐는 것이었다.

순간 황당해진 운소는 그의 멱살까지 잡으며 대들었지만 오히려 그의 수하들에게 흠씬 얻어맞고 말았다.

돈도 잃고 일자리도 잃은 그는 자포자기한 심정으로 무작정 거리를 헤매다 문득 도사가 생각나 곧장 그를 찾아갔다.

"네놈이 올 줄 알았다!"

마치 모든 것을 꿰뚫어 보고 있다는 듯이 말을 한 도사는 옆에 있는 서책 하나를 주었다.

곰팡이 냄새 가득한 책을 보던 운소는 이게 뭐냐는 식의 표정을 지으며 입을 열었다.

"개뿔이! 이게 뭐?"

첫마디부터 반말을 하는 그의 모습에 도사는 눈살을 찌푸렸다.

그런 그의 모습에도 아랑곳하지 않은 채 운소는 계속해서 반말로 일관하였다.

어차피 이젠 점소이도 아니니 굳이 존댓말을 써야 할 이유가 없다고 생각을 했기 때문이다.

"뭐긴, 앞으로 네가 평생 해야 할 일이지."

"내가 할 일?"

난데없이 서책 하나를 주고 평생 직업으로 삼을 거라고 하니 그저 어안이 벙벙할 뿐이었다.

도사는 그런 그를 보며 안 되겠다는 듯이 고개를 내저었다.

"쯧쯧! 무슨 뜻인지 모르겠느냐?"

"개뿔이! 내가 어떻게 알아? 난… 글 모른단 말이야."

자신이 까막눈이라는 것은 사실 지금 그만둔 주루에서도 모르는 것이었다.

어차피 점소이라는 것이 손님 접대만 잘하면 되는 것이니 굳이 학문 같은 것은 필요하지 않았다.

거기다 필요한 것이 있더라도 주루에 찾아오는 학사나 이야기꾼들에게서 보고 배울 수 있기에 그다지 신경을 쓰지 않은 탓도 있었다.

그렇지만 글을 모르는 것이 남들에게는 커다란 흉으로 잡힌다는 것을 알기에 아무 말 하지 않고 지냈을 뿐이었다.

그런데 그에게 서책을 주며 의미를 알고 있냐니…….

마치 자신을 놀린다는 생각에 은근히 부아가 치밀어 오르고 있었다.

"누가 너보고 글을 배우라고 하더냐?"

"그럼 글을 배우라고 있는 책을 가지고 뭘 하라는 거야?"

"쯧쯧! 네놈이 어떻게 세상을 살았는지 잘 알겠구나! 네 평생을 그저 몹쓸 머리와 걸고 건 헛바닥만 굴리고 살았으니… 어찌 네가 점소이 생활을 했는지 가히 의심이 가는구나?"

이제는 대놓고 욕을 해대는 통에 운소는 이내 일어서서 그를 째려보았다.

"개뿔이! 난 뭐 배알도 없는 놈인 줄 알아? 해보자는 거야?"

"이놈 보게! 어디다 함부로 눈을 부라려!"

"뭐?"

퍽!

고개가 뒤로 젖혀지는 순간 썩다 못해 진한 장 냄새를 풍기는 물건에 소스라치게 놀랐다.

"개뿔······!"

자신의 얼굴 앞에 있는 물건을 보던 그는 이내 고개를 돌리고 말았다.

그가 들고 있는 것은 매우 오래된 것으로 곰팡이 냄새는 애교로 봐줄 만한 것이었다.

"뭐 하는 짓······."

"가져가거라!"

"에? 내가 왜 이걸······."

"서점을 내거라!"

난데없이 서점을 하라는 그의 말에 운소의 눈이 찢어질 듯 크게 떠졌다.

"개뿔이! 글도 모르는 놈이 무슨 서점을······."

"사천에 지천교라는 곳이 있다. 지천교 옆에 보면 작은 가옥이 하나 있는데 그곳에서 장사를 하면 될 것이다. 그리고 방금 준 서책은 절대로 남에게 주지 말고 너만 가지고 있거라!"

"그······."

무슨 말이냐고 물어보려는 자신의 말을 또다시 자르고 나서는 도사의 모습에 운소는 어이없다는 듯이 쳐다보았다.

"그리고 혹시나 해서 하는 말인데, 네가 계속해서 점소이를 하겠다면 넌 필시 제명에 못 살 것이다. 넌 지천교에 가서 서점을 일 년 반 정도는 운영해야 할 것이며 밑천은 조금 있다가 줄 터이니 그리 알도록 하여라."

"일 년 반씩이나……?"

"갈 곳도 없는 놈이 무슨 말이 이리 많으냐? 어쨌든 방금 내가 말한 것만 잘 기억하면 앞으로 너에게는 좋은 일만 있을 것이다."

그 말을 끝으로 안으로 들어가 버린 도사의 모습에 운소는 황당하다 못해 화가 났다.

그곳을 빠져나온 그는 이내 입을 씰룩거렸다.

"개뿔이! 돌팔이 사기꾼이 무슨……."

그렇게 집으로 돌아온 그는 책을 보며 한참을 고민하였다.

어차피 갈 곳도 없던 자신이라 도사 말대로 서점을 하는 것도 나쁘지 않은 것 같았다.

거기다 살 곳과 밑천까지 준다고 하지 않았는가?

여기까지 생각한 그는 밑천을 얻어 도사의 말대로 지천교에 오긴 했지만, 말이 서점이지 한 달 동안 손님 한 명 구경을 못하고 있었다.

드르륵!

갑자기 서점의 문이 열리며 한 승려가 모습을 드러내었다.

"나무아미타불!"

지천교를 넘어오는 한 승려가 있었는데 그는 소림사의 이대 제자인 도문으로 사부인 공정의 명에 의해 당문으로 가는 중이었다.

소림에서도 알아주는 무공 실력을 지닌 그는 먼 훗날 방장 감이라는 소리도 들을 만큼 성정 역시 매우 빼어났다.

오랫동안 길을 걸어와 심한 목마름을 느끼고 있던 차라 그는 눈앞에 보이는 곳으로 들어가기로 했다.

오해서점이라고 쓰인 그 가옥은 척 보기에도 이곳저곳을 손본 흔적이 있는 것이 매우 오래된 듯싶었다.

뻣뻣한 문을 열고 들어서자 장경각에서 느끼던 냄새가 코를 후비고 들어왔다.

겉모습과는 달리 정리 정돈이 잘되어 있는 걸로 봐서는 주인의 인품을 알 수 있을 것 같았다.

문득 서점에 들어온 김에 자신의 사제인 도공에게 서책이나 사주자는 생각이 들자 그는 빙그레 웃어 보였다.

"나무아미타불!"

불호를 외는 순간 그의 눈에 한 사내가 들어왔는데 매우 곱상한 것이 이곳에서 일하는 하인 같아 보였다.

하지만 있는 대로 인상을 쓴 사내는 그대로 옆에 있는 의자에 앉았다.

처음 본 사람에게 보이는 그의 태도에 도문은 조금 화가 났지만 억지로 참아냈다.

"시주! 여기 주인이 어디 계십니까?"

그의 질문에도 물끄러미 바라보던 사내는 눈살을 찌푸리

며 입을 열었다.

"개뿔이! 무슨 일로 왔어?"

다짜고짜 반말에다 눈살까지 찌푸리는 그의 모습에 도문의 눈꼬리가 올라갔다.

"저는 소림이라는 곳에 거하는 승려로 서책을 사려고 왔습니다."

책을 사러 왔다는 말에도 여전히 긴 한숨을 쉬는 그의 모습에 치밀어 오르는 노기를 참느라고 도문의 얼굴은 어느새 홍당무가 되어 있었다.

사실 그의 눈앞에 있는 사내는 다름 아닌 운소로 그 역시 속에서 열불이 나고 있었다.

'개뿔이! 한 달 만에 온 첫 손님이 기껏 승려라니… 젠장! 미치고 팔짝 뛰겠네!'

생각이 그대로 드러나 그는 오만 가지 인상을 쓰고 있었다.

사실 그가 이렇게 화를 내는 이유는 상점에 대한 오랜 불문율 때문이다.

그것은 첫 손님으로 스님을 받지 말라는 것으로 만약 첫 손님으로 스님을 받을 경우 불행이 닥친다는 것이었다.

한데 그 불문율에 맞게 첫 손님으로 스님이 왔으니 운소가 좋아할 리 없었다.

그렇게 한참을 인상 쓰던 그는 이내 몸을 돌려 안으로 들어갔다.

난데없이 들어가는 그를 보자 도문은 황당함에 말도 나오지 않았다.

잠시 후 작은 바가지 하나를 들고 나와 도문에게 건네주며 이렇게 말을 하였다.

"어디 가서 말도 안 되는 소림 승려 한다는 소리 하지 말고 이거나 먹어!"

"이… 무슨……."

그의 말을 듣던 도문은 더할 수 없을 만큼 빨개진 얼굴로 벌컥 화를 내려 했으나 말을 채 꺼내지도 못했다.

운소가 그대로 바가지를 들어 그의 입에다 쏟아 넣었기 때문이다.

이내 얼어붙는 듯한 거센 한기가 그의 온몸을 지배하기 시작했다.

난생처음 느껴보는 한기에 그는 급히 가부좌를 틀고 내력을 움직이기 시작했다.

하지만 그의 단전에 있던 내력은 오히려 차가운 한기를 따라 움직였고 그것은 급하게 임맥과 독맥을 향해서 달려가고 있었다.

콰콰쾅!

'안 돼!'

어느새 아득해지는 정신을 부여잡고 있는 그의 입에서 청적흑백황의 연기가 뿜어져 나오기 시작했다.

그리고 그 기운들은 그의 몸 구석구석을 훑는다 싶더니 이내 정수리로 올라가기 시작했다.

그렇게 올라간 기운은 서로 뒤엉키다 그대로 그의 코를 통해 안으로 들어갔다.

현재 그가 보이는 경지는 오기조원(五氣朝元)으로 일류고수의 반열에 올라섰다고 할 수 있었다.

잠시 후 눈을 뜨자 그의 눈 속에서 차분하게 가라앉은 내기가 엿보였다.

그는 연신 떨리는 눈빛으로 운소에게 고개를 숙여갔다.

자신이 마신 것이 무엇인지 잘 알고 있기에 고마움에 이렇게 고개를 숙인 것이다.

'기연이다! 내 어찌 빙한의 빙천옥유(氷天玉乳)를 마실 수 있단 말인가?'

빙천옥유, 빙한의 산물이라는 이것은 빙궁에서도 그리 많지 않은 보물 중에 하나로 한 모금을 마시면 십오 년의 내력이 쌓인다고 하였다.

그런데 자신은 무려 네 모금이나 마셨으니 일 갑자에 가까운 내력을 가지게 된 것이었다.

그런 그의 모습을 본 운소는 겉으로는 미소를 지었지만 속으로는 황당하다는 표정을 짓고 있었다.

'개뿔이! 소금을 찾을 걸 그랬나? 이놈은 아파하질 않잖아?'

사실 그가 안으로 들어간 것은 첫 손님이 승려라는 사실에 소금이라도 뿌릴까 했었기 때문이다.

하지만 창고를 아무리 뒤져도 소금 같은 것이 보이지 않았다.

결국 빈손으로 나오려는데 갑자기 묘한 소리와 함께 식충들이 요동을 치는 것 같은 느낌이 들었다.

꾸르르륵!

난데없는 소리에 민망해하던 운소의 머릿속에 한 가지 기억이 스쳐 지나갔다.

그는 맨 처음 이곳에 도착했을 때 이틀 동안 물 한 모금 마시지 못했다.

그건 이곳에 오면서 끌고 온 책 수레 때문이었는데 항주를 떠나던 날 밤 어디서 구했는지 도사가 책을 수레째 끌고 와서는 가지고 가라 했기 때문이다.

물론 싫다고 반항도 해보았지만 수레의 책이 하나라도 없어지면 목숨이 위태롭다는 말에 앞뒤 생각 안 하고 무작정 수레를 끌고 왔었다.

지친 몸으로 건물 안에 들어선 그는 뭔가 먹을 것이 없나 하는 생각에 이곳저곳을 뒤졌고 그때 발견한 것이 바로 눈앞에 있는 우물이었다.

맨 처음 우물이 무슨 창고에 있나 하는 생각도 해보았지만 너무나도 배고픈 나머지 그냥 우물에 있는 물을 마셨다.

그리고는 지쳐 잠이 들었는데 갑자기 배에서 차가운 한기가 퍼지는가 싶더니 그것은 마치 길 잃은 망아지마냥 온몸 속을 뛰어다녔다.

조금 괜찮다 싶다가도 싸늘한 한기로 인한 고통에 정신을 잃기가 일쑤였고, 곧바로 깨어나곤 하였다.

처음 본 것은 먹지도 말라는 주루의 주방장님 말씀을 떠올리며 자책을 하던 그는 어느 순간 편안해짐을 느끼며 잠이 들었었다.

다음날 눈을 뜬 그는 갑자기 자신의 몸이 홀라당 벗겨져 있고 주위에는 이상한 허물 같은 것이 있자 기겁을 했다.

마치 뱀이 허물을 벗어놓은 듯한 모습에 운소는 그 즉시 짐속에서 다른 옷을 꺼내 입고는 비를 들어 그것을 쓸어냈던 기억이 난 것이다.

결국 그는 자신이 먹었던 우물물을 먹여 골탕이라도 먹이자는 생각에 바가지에 담아와서 준 것이었다.

그런데 자신과는 달리 아무 이상이 없어 보이는 그의 모습에 운소는 미소로 답하는 수밖에 없었다.

하지만 그런 그의 모습을 보던 도문은 진정한 기인이라는 생각을 하고 있었다.

'은인께서 나에게 소림 승려라고 말을 하지 말라는 것은 아직 내력이 모자람을 비꼬는 것이었구나!'

이렇게 탄복을 하는 도문과는 달리 사실 운소가 그에게 소림 승려라는 말을 하지 말라는 것은 저 건장한 체격을 보아 승려로는 보이지 않았기 때문이다.

단순히 그는 저번의 도사를 떠올리며 돌팔이 승려로 생각을 한 것이었다.

"은인! 고맙습니다."

"무슨!"

고맙다는 말에 여전히 미소를 보이는 그의 표정에 도문은 또다시 오해를 하기 시작했다.

'이제야 소림의 승려로 보이는가 보구나!'

이와 반대로 운소의 속에선 열불이 솟구쳤다.

'니미! 나한테는 고통을 주더니 저놈에게는 아무런 반응도 없네! 시벌!'

계속해서 속으로 욕을 하면서도 여전히 미소를 짓는 운소를 보던 도문은 고개를 들었다.

"이 은혜를 어떻게……."

"개뿔이! 은혜는 무슨… 이제 볼일 다 봤으면 가!"

"그래도……."

"됐대도!"

강한 어조로 말하는 그의 표정이 일그러지는 것을 본 도문은 깜짝 놀라고 말았다.

'은인은 아무런 보답도 원하지 않는데 난 은혜를 갚는다고 설치니… 도문아! 넌 참으로 은인의 뜻을 저버리려 하는

구나!'

　이렇게 탄식을 하는 도문을 보는 운소는 화병으로 돌아가
시기 일보 직전이었다.

　'개뿔이! 어서 가! 네가 그러고 있으면 잘될 장사도 안 돼!
그냥 가라! 거기다 얼굴을 보니 저번에 내가 우물물에 당한
고통이 생각난다! 젠장할!'

　부글부글 끓어오르는 노기를 참고 있는 운소는 이내 몸을
일으키는 도문을 보고는 미소를 지었다.

　그의 미소를 바라보던 도문은 조용히 불호를 외면서 밖으
로 나섰다.

　'은인의 깊은 뜻을 몰라서 죄송합니다.'

　이렇게 생각하는 도문의 뒤로 운소는 팔을 들어 보였다.

　'니미! 이 돌팔이 승려야! 앞으로는 오지 마라! 그래야 장
사 잘된다!'

　이렇게 둘의 우연(?) 같은 인연(?)은 묘한 오해를 남기고 있
었다.

　그렇게 오해서점을 나선 도문은 원래 목적지인 당문으로
다가서고 있었다.

　예로부터 당문은 암기와 용독술에 있어서는 타의 추종을
불허하는 명가들을 배출하기로 유명하였다.

　그만큼 자부심도 강하며 '일사필일사(一死必一死)'라는 말

이 나올 정도로 조금이라도 빚진 것이 있으면 넘어가는 법이 없어 그 누구라도 두려워하지 않는 사람이 없었다.

평화로운 성도로 들어간 도문은 눈앞에 보이는 커다란 장원에 놀랐다. 현판에 쓰인 '당문'이라는 글씨, 너무나 힘찬 서법에서마저도 세가에 대한 자부심이 엿보이고 있었다.

당문이 독이나 약에 대해 능해서 그런지 정문에는 수많은 약재상들이 북적거리고 있었다.

그들 중에서 유독 큰 소리로 말을 하는 사람이 있었는데 그가 바로 총관 당위였다.

그는 저번에 창궐한 역병을 막으면서 비어진 약재 창고를 채우느라 정신없었다.

"총관님! 이건 어디에 둘까요?"

"이놈! 창포야! 내가 말하지 않았더냐? 그것은 독전(毒殿)으로 갈 것이니 저리 두라고!"

"예!"

머리를 긁적이며 알겠다는 듯 행동하는 그의 모습을 보던 당위의 입에서 혀를 차는 소리가 나왔다.

"쯧쯧쯧! 어째 만사에 대충대충 하느냐? 그러니 열심히 해도 남들이 인정을 해주지 않는 것이다."

잘 좀 하라 나무라던 그의 곁으로 한 사내가 다가왔다.

"총관님! 이건 어떻게 할까요?"

"그건 약전(藥殿)에서 쓸 것이니 안에 두도록 하고… 소아

야! 그것은 둘째 어르신을 위해 쓸 식재료라고 몇 번 말했느냐? 어서 주방에 가져다주거라!'

몸이 열 개라도 부족한 듯 연신 사람들을 불러대며 이리저리 지시를 내리고 있었다.

그렇게 바쁜 그를 보던 도문은 손을 들어 불호를 외며 다가섰다.

"아미타불! 많이 바쁜가 봅니다."

"아이구! 소림사에서 오셨습니까? 그렇지 않아도 언제쯤 오실까 기다리고 있었습니다."

"그렇습니까?"

"연락은 벌써 사흘 전에 받았는데도 오시지 않아서 걱정 많이 했습니다. 전성아! 그건 약전에서 쓸 것이니 안에 들여놓아라! 이거 미안합니다. 보다시피 세가가 좀 복잡합니다."

이리저리 불리는 자신의 이름에 당위는 미안하다는 듯이 고개를 숙였다.

그의 모습에 도문은 그저 웃으며 고개를 저었다.

"아닙니다. 바쁜 사람 잡고 있는 제 잘못이지요."

"죄송합니다. 제가 직접 모셔야 하는데. 지금 안에서 문주님이 기다리시니 들어가 보십시오."

연신 고개를 조아리는 그의 모습에 도문은 여전히 웃기만 하였다.

당위는 옆에 있는 한 하인을 불러 그를 당문 문주가 있는 곳으로 안내하도록 하였다.

하인의 뒤를 따라 들어가며 그는 주위에 보이는 문도들에게서 느껴지는 기운에 놀라워하였다.

하나같이 고수의 풍모를 보이고 있었기에 그들이 왜 무림에서 이름이 드높은지 알 것 같았다.

한참을 안으로 들어간 그는 당문 문주가 머무는 '당중천(當中天)'에 들어설 수 있었다.

당문 안에 천하가 있다는 말에서 느끼듯이 그들의 위세는 대단하였다.

잠시 후 자신을 안내한 하인이 도문이 왔다는 말을 전하자 안에서 커다란 웃음소리와 함께 한 노인이 나왔다.

백발의 머리를 곱게 빗어 올린 그의 모습에서 차분한 성품을, 비상할 듯 힘차게 청포에 그려진 학은 무림에서의 지위를 느끼게 해주고 있었다.

또한 그의 몸에서 느껴지는 내기는 가늠할 수 없을 만큼 컸다.

수염을 쓰다듬으며 나타난 그 노인이 바로 당문 문주인 당보악으로 현 무림에서 이십위 안에 드는 것으로 알려져 있었다.

인자하게 미소 짓던 그는 도문을 안으로 청하였다.

"어서 들어오시게나."

"고맙습니다."

"아닐세! 그래, 현무 선사께서는 안녕하신가?"

그가 말하는 현무 선사는 전대 방장으로 한때 삼우존(三牛
尊)이라 불리던 절대고수 중 한 명이다.

성품 역시 훌륭하여 무림에서는 현인(賢人)이라 불리기도
하였다.

자리에 앉아 찻잔을 받던 도문은 현무 선사라는 말에 고개
끄덕였다.

"아직 정정하십니다. 앞으로 삼십 년은 거뜬하실 듯싶습니
다."

"무슨 말을 하는 것인가? 그 어른이라면 백 년은 더 사셔야
지."

진심이 담긴 농을 건네는 그의 모습에 도문은 합장을 하며
고개를 숙였다.

"모두 다 당문주님의 도움 덕택입니다."

"아닐세! 근데 어쩐 일인가?"

"아! 이번에 하기로 한 무림대전을 당문에서 해주셨으면
한다는 말씀을 전해달라고 하셨습니다."

"무림대전을 말인가?"

"그렇습니다."

당문에서 무림대전을 열어달라는 말에 당보악은 의연한
태도를 보였으나 기쁜 기색을 감추지 못하였다.

무림대전은 십 년에 한 번 열리는 것으로 신진고수들의 등

용문이면서 문파 간의 결속을 다지기 위한 것이기도 하였다.

과거 무당제일검(武當第一劍) 화백지 역시 무림대전을 통해서 그 이름을 알렸으며 현존해 있는 수많은 고수들 역시 대부분이 이것을 통해서 알려졌다.

그렇기에 무림대전을 연다는 것은 그만큼 무림에서의 지위를 알게 해주는 척도가 되었다.

올해 역시 장소를 두고 화산과 대립을 했던 당문이기에 이번 일은 어떻게 보면 문파의 자랑거리라고 할 수 있었다.

무림대전을 개최한다는 사실에 고무가 돼서 그런지 당보악의 얼굴에서는 웃음이 떠나질 않고 있었다.

"화산파에는 미안하게 됐구만!"

"그쪽에는 도정이 가서 사정을 알렸으니 그리 문제가 되지 않을 것입니다."

그의 말을 들으며 고개를 끄덕이던 당보악의 눈에 놀라운 기색이 떠올랐다.

두 달 전에 보았던 때와는 달리 잔잔하게 흐르는 기세와 눈에 어린 현기가 예사롭지 않았기 때문이다.

당보악은 역시 소림이라는 생각을 하면서도 그에게 무슨 일이 있었는지 궁금하였다.

"근데 내가 궁금해서 그런데 자네의 기세를 보아 많은 발전이 있은 듯싶은데 어찌 된 일인가?"

놀라워하는 그의 모습에 자신도 모르게 미소 짓던 도문은 순간 멈칫하였다.

　분명 자신의 이런 기세는 오해서점에서의 기연 때문이었으나 그곳의 주인이자 은인은 밝히길 꺼려했기 때문이다.

　머뭇거리는 그의 모습에 의아해하던 당보악은 곤란한 질문을 했다는 생각에 웃음으로 무마하려고 하였다.

　"이거 내가 불편하게 만든 것 같아서 미안하네."

　"아닙니다. 그게……."

　잠시 말을 흐린 도문은 그가 있는 곳이 사천 땅이니 당보악도 알고 있을 것이라 생각하고는 오해서점의 일을 말해주었다.

　그의 말을 들은 당보악은 놀라워하면서도 조금은 난감한 표정을 지었다.

　그런 그의 표정을 본 도문은 그가 오해서점에 대해서 전혀 모르고 있다는 생각에 실수한 것이 아닌가 하는 생각이 들었다.

　잠시 말을 잇지 못하던 당보악은 믿지 못하겠다는 듯 다시 물어보았다.

　"정말 오해서점이라는 곳에 기인이 있다는 말인가?"

　"그렇습니다."

　소림사 도 자 계열 중에서 제일 정직하기로 유명한 도문이기에 그의 말이 틀린 것은 아닌 것 같지만 당문이 있는 사천 땅에 그런 기인이 있다는 사실은 꿈에도 모르고 있었다.

'그런 기인이 있었단 말인가?'

속으로 탄식을 하던 당보악은 어떤 기인인지 궁금했다. 어떤 기인이기에 그 귀하다는 빙천옥유를 아무런 대가 없이 줄 수 있는지.

"이거 사천 땅에 기인이 있는지도 몰랐으니 당문 체면이 말이 아니군."

"은인은 이름을 알리길 싫어하니 당문주님께서 모르실 수도 있을 것입니다."

"그런가? 근데 자네 언제 떠날 것인가?"

벌써 추방령인가 싶어 당황해하던 도문은 이어진 말을 듣고서야 무슨 의미인지 알게 되었다.

"오늘 떠날 것이 아니라면 내일 그곳에 좀 데려다 주겠나? 어떤 기인이지 인사를 해야 할 듯싶어서 그렇네."

"하지만 은인이 불편해하실지도……."

"걱정 말게나! 전혀 불편하지 않게 당문에서는 나만 갈 것이니 자네가 동행 좀 해주게."

괜히 은인의 화를 돋우는 것이 아닌가 걱정하던 도문은 당보악만 간다는 말에 그 정도는 괜찮을 듯싶었다.

"그럼 그렇게 하도록 하겠습니다."

"고맙네. 당문에 오는 길이 그리 가깝지 않으니 어서 가서 쉬게나. 내 사람을 시켜 잠자리를 마련하겠네."

"고맙습니다."

도문은 이내 몸을 일으켜 밖으로 걸어나갔다.

그가 나가는 것을 보던 당보악은 기인이라는 그 오해서점의 주인에 대해서 생각하기 시작했다.

"어허! 사천 땅을 주름잡는다고 생각한 내가 우매했던 건가? 어찌 코앞에 있는 기인을 몰라볼 수 있단 말인가?"

탄식을 한 그는 내일 기인을 만날 생각으로 이내 흥분하고 있었다.

이렇게 하나의 오해는 또 다른 오해를 낳고 있었다.

마치 오해서점이 오해를 부르는 서점이라고 생각할 만큼 말이다.

"개뿔이! 돌팔이 땡중 같으니라고……."

어제 왔던 도문을 생각하며 운소는 아침 청소도 거르고 독가촌에서 얻어온 소금을 땅에 뿌리며 짜증을 있는 대로 부렸다.

그가 이렇게 화를 내는 것은 어제 도문이 우물물을 마셨는데 아무 이상 없자 그가 간 후 자신도 마셨기 때문이다.

그러나 생각과는 달리 아랫배에 통증이 밀려왔고 이에 자신이 속았다는 생각을 한 것이다.

"이거 굿판이라도 벌여야지! 어제 땡중이 다녀간 뒤로 손님이 전혀 없네."

굵은 왕소금을 손 안 가득 쥐던 그는 소금을 바가지째 바닥에 뿌려 버렸다.

"니미! 휘이휘이! 악운아, 떠나가라! 휘이!"

이 말을 수차례 반복하던 그는 시장하다는 생각에 창고에 가서 평소 먹던 대로 우물물 한 바가지와 환단 하나를 먹고 돌아섰다.

뱃속에 찌르르한 한기를 느낀 운소는 이내 인상을 쓰며 돌아섰다.

물론 제대로 된 음식을 사 먹을 수도 있겠지만 수중에 남은 돈이라곤 한 푼도 없기에 이것으로 만족해야만 했다.

막상 청소도 끝내고 가만히 있자니 무료하여 운소는 한쪽에 치워둔 바둑판을 꺼내 들고는 검은 돌 다섯 개와 하얀 돌 다섯 개를 깔아놓았다.

그리고는 매우 엄숙한 표정을 짓고는 이내 검은 돌 하나 앞에 서더니 무릎을 꿇었다.

마치 하얀 돌이 원수라도 되듯 노려보던 그의 눈 밑에서 손가락 하나가 튕겨 올라갔다.

따딱!

순간 하얀 돌 두 개가 검은 돌에 맞아 바둑판 밑으로 떨어졌다.

"아싸! 일타이피(一打二皮)!"

어느새 두 주먹을 불끈 쥐고 배로 당기며 승리의 자세를 취하였다.

지금 그가 하는 것은 객잔에서 점소이들이 하는 최고의 놀이인 알까기로 한때 항주 객잔 알까기계의 지존이라고도 불리기도 하였다.

그렇게 몸을 이리저리 바꾸며 알까기를 하던 바둑판 위에는 어느새 하얀 돌 하나와 검은 돌 네 개가 남게 되었다.

처음부터 맹공을 펼친 검은 돌에 비해 초라하게 있는 하얀 돌을 보던 운소는 문득 일타사피를 노릴 수 있을까 하는 생각에 열심히 각도를 재기 시작하였다.

하지만 꿈의 일타라는 일타사피를 노리기에는 거의 불가능한 상황이었다.

그러나 운소가 일타사피에 대한 미련을 버리지 못한 채 생각에 잠겨 있을 때였다.

"저… 은인!"

조심스레 말을 시키는 목소리에 찡그린 인상 그대로 치켜보던 그의 눈에 어제 들른 땡중이 들어왔다.

'어라! 이제는 동료까지 데려왔네?'

그의 곁에 있는 노인을 보던 운소는 자신도 모르게 더욱 인상을 쓰기 시작했고 그것을 본 도문은 왠지 자신이 잘못한 것 같다는 생각이 들었다.

'은인은 밝히지 말라고 했는데… 이거 괜히 은인을 불편하게 하는 것 아닌지 모르겠군.'

이렇게 속엣말을 하던 도문은 안절부절못하였다.

난데없이 불안해 보이는 그의 모습을 보던 당보악은 눈앞에 보이는 사내를 훑어보았다.

당보악은 무공을 배운 흔적이라고는 전혀 찾아볼 수 없는 그의 모습에 이상하다는 생각이 들었다.

'무공은 전혀 배우지 않은 것 같은데… 우연인가?'

기인치고는 너무 평범하다는 생각에 고개를 갸웃거리던 그의 귀에 청천벽력 같은 소리가 들려왔다.

"넌! 왜 왔냐?"

난데없이 반말을 하는 운소의 모습은 황당함을 넘어 어처구니가 없을 정도였다.

하지만 운소 역시 황당해하는 것은 마찬가지였다.

골탕 먹이려던 땡중이 이젠 동료로 보이는 늙은이까지 데려왔으니 그리 곱게 보일 리가 없었다.

당보악이 어느새 붉어진 얼굴을 다스리느라 그간 공들인 정신 수양을 모두 써버릴 때쯤 운소의 말이 뒤를 이었다.

"근데 검은 돌이 보이냐?"

"앞에 있지 않느냐?"

매우 심각한 표정으로 하는 검은 돌이 보이냐는 말에 당보악은 대답을 하면서도 황당해했다.

그의 눈앞에 버젓이 깔려 있는 네 개의 검은 돌은 뭐란 말인가?

'어린것이 아주 죽으려고 작정을 했구나!'

어느덧 손바닥에 내력을 모으기 시작할 때쯤 또다시 그의 말이 들려왔다.

"되지도 않는 힘 쓰려 하지 말고… 가만히 있어."

순간 당보악은 가슴이 뜨끔함을 느꼈다.

그리고 그의 말을 되새기던 당보악은 이내 놀라움을 금치 못했다.

사실 내력을 손에 모으기는 했으나 살기 같은 것은 전혀 드러내지 않았기 때문이다.

자신을 제대로 보지도 않고 그런 말을 하는 그의 모습에 당보악은 더욱 놀라고 있었다.

'어찌 나의 내력을 파악한단 말인가? 혹시 나를 뛰어넘는……'

그때 또다시 운소의 말이 들려왔다.

"으응! 난 전혀 보이지 않는데……"

그의 말을 듣고 있던 당보악은 그가 바둑판 위의 돌을 보며 하는 말이라는 것을 알고 실소를 하였다.

그러나 뇌리를 스치고 지나가는 생각에 그의 동공이 팽창하며 불신의 빛이 보였다.

'혹시 무림 정세를 논하는 말인가?'

예로부터 무림인이라면 하얀색 하면 당문을 연상한다.

그것은 초대 문주인 당옥청이 남긴 유언 때문으로 독보다는 약으로 세상을 다스리라는 말을 하였기 때문이다.

그것에 비추어볼 때 바둑판에 보이는 하얀 돌을 당문으로 생각하면 서쪽에 있는 검은 돌은 호북성(湖北省) 무당파를, 그 위에 있는 돌은 호남성(湖南省) 소림사를 말하는 것 같았다.

그리고 북쪽에 있는 돌은 섬서성(陝西省) 화산파를, 남쪽에 있는 돌은 귀주성(貴州省) 무림맹을 나타낸다고 볼 수 있었다.

이 네 곳은 현재 무림판도를 좌지우지하는 곳으로 당문이 넘보기에는 너무나 힘든 벽이었다.

'혹시 네 곳과 비교하기엔 당문이 너무 초라하다는 것을 의미하는 것인가?'

어느새 바둑에 담긴 의미를 풀이한 당보악은 왠지 어깨가 축 늘어지는 것을 느꼈다.

그러나 정작 운소의 생각은 전혀 달랐다.

아까 당보악을 보며 힘쓰지 말라고 한 것은 그의 손이 가느다랗게 떨리는 것으로 보아 수전증이 있는 것이라 생각하였고 그 뒤를 이어 물어본 검은 돌이 보이냐고 한 것은 일타사피를 말한 것이었다.

이렇게 시작된 동상이몽은 여기서 끝나지 않았다.

힘없이 서 있는 그의 모습을 보던 운소는 땡중과는 달리 뭔가를 달라는 고도의 구걸 수법을 부리는 것으로 생각하였다.

'이 노인네, 땡중과는 달리 만만치 않은걸⋯⋯.'

이렇게 생각한 그는 미리부터 싹을 잘라야 한다는 생각에 입을 열었다.

"당신 이렇게 있을 것이 아니라 몸부터 신경 써야 하는 것 아니야?"

"그거야……."

어느덧 그의 반말에도 신경 쓰지 않는 낭보악이었나.

경악을 금치 못할 그의 말 때문이었다.

'최근 운공 중에 입은 내상을 어찌 안단 말인가?'

새삼 눈앞에 있는 운소를 보며 기인 중에 기인이라고 생각한 당보악은 자신도 모르게 손을 들어 예를 표하였다.

"저는 당문의 문주인 당보악이라고 합니다."

그의 인사를 본 도문은 그제야 안도의 한숨을 내쉬었다.

사실 이곳에 들어선 후로 연속적으로 변하는 그의 표정을 보며 내심 불안해하고 있었기 때문이다.

한데 이렇듯 공손하게 말을 하는 당보악을 보자 그 모든 것이 기우라고 생각한 것이다.

"뭐라고? 당문?"

"예! 그렇습니다."

되짚어보듯 말하는 그의 질문에 당보악은 싫은 내색이 전혀 없이 대답을 하였다.

그의 말을 들은 운소는 얼굴을 찡그렸다.

순간 운소의 머릿속에 자신의 돈을 떼먹은 것도 모자라 때리기까지 한 흑귀의 모습이 떠올랐기 때문이다.

이젠 무림인이라면 이를 갈 정도인 운소에게 당보악이 그리 곱게 보일 리 없었다.

한참을 이를 갈던 그는 당보악이 했던 당문이라는 말을 곰곰이 생각하다 몸을 일으켜 어디론가 가더니 잠시 후 책 하나를 들고 왔다.

"옛다! 그거 받고 돌아가!"

난데없이 이렇게 말하며 들이미는 책을 본 당보악은 얼굴이 창백해진다 싶더니 이내 큰 소리로 호통을 치기 시작하였다.

"네… 네놈이 어찌 이것을 가지고 있는 것이냐!"

갑자기 버럭 소리를 지르는 그를 보던 운소의 눈살이 찌푸려졌다.

사실 운소가 준 것은 만류귀종(萬流歸宗)이라는 무서로 당문만의 독문수법이라고 할 수 있었다.

과거 천수관협(千手觀俠) 당진기의 독문수법인 만류귀종은 암기를 던지거나 하는 그런 것이 아닌 일종의 암기 회수법이다.

하지만 그 수법이 너무나 절륜하여 십여 개의 암기를 천 개로 보이게 만들 정도였다고 한다.

그러나 약 백여 년 전 실전되었기에 잊고 있던 것을 눈앞의 운소가 준 것이었다.

한마디로 문파의 기보를 되돌려줬다고 봐도 무방하였다.

그러나 운소가 그에게 그것을 준 것은 다름 아닌 점쟁이 도사의 말 때문이었다.

전에 책을 한 수레 가득 줄 때 이십여 권의 책을 붉은 천에 담아주면서 이십여 개의 이름을 외우게 하였다.

그리곤 그 이름이 거론되면 책 표지에 그려진 사람 그림을 보고 책을 하나씩 전해주라고 하였다.

그러면서 책값은 받지 말고 전해주라는 당부의 말까지 하였다.

좀 전까지만 해도 잊고 있었던 그는 당문이란 말을 듣자 그때의 일이 생각난 것이다.

하지만 갑자기 눈꼬리를 치켜세우며 호통을 치는 그의 모습에 기분이 나빠진 운소는 도로 책을 품 안에 넣었다.

"받기 싫다 이거지?"

"네 이놈! 무슨 말을……."

여전히 화를 내는 그를 보던 운소는 안 되겠다는 듯이 품에서 화섭자와 책을 꺼내 들었다.

그런 그의 모습을 본 당보악은 당혹스러웠다.

"아… 그게……."

갑자기 새하얗게 변한 그의 안색을 본 운소가 살며시 화섭자를 든 손을 움직이자 당보악은 발을 동동 굴렀다.

순간 당보악은 무력을 써볼까 생각도 했으나 만약 그렇게 한다면 당문은 무림에서 발도 못 붙일 것이라는 생각에 포기

하고 말았다. 그러나 그가 무력을 포기한 더 큰 이유는 한눈에 자신의 내상을 알아보는 그의 무위 때문이었다.

자신이라고 해도 맥을 짚지 않는 이상 파악하기 힘들다는 것을 알고 있었기 때문이다.

혹시나 그가 반로환동의 기인이라면 자신이라도 맞서기 힘들 것이었다.

머릿속에 수만 가지 생각이 교차하던 당보악은 일순간 무릎을 꿇으며 대례를 올렸다.

"대인! 죄송합니다! 제가 죽을죄를 졌습니다!"

애걸복걸하는 그의 모습에도 불구하고 운소는 여전히 못마땅하다는 표정을 지었다.

그리고는 화섭자와 책을 들고 이리저리 움직이기 시작하였다.

그의 모습을 본 당보악은 졸지에 개구리가 된 듯 이리저리 뛰며 책을 잡으려고 하였다.

"얼씨구! 지화자! 개뿔이!"

마치 추임새를 넣는 듯한 그의 말에 따라 폴짝폴짝 뛰던 당보악은 이내 고개를 땅바닥에 처박았다.

"죄송합니다, 대인!"

그의 모습을 보던 운소의 얼굴이 점점 찡그려졌다.

순간 그의 머릿속에 과거 흑귀가 하던 행동들이 떠올랐기 때문이다.

자신의 목적을 위해서는 무릎이라도 꿇지만 얻은 다음에는 헌신짝처럼 버렸던 흑귀의 모습이 말이다.

'개뿔이! 무림인은 어째 하나같이 다 똑같냐?'

운소는 보기 싫다는 식으로 손을 저었다.

"그만 가봐!"

"예?"

갑자기 가라는 말에 황당해하는 당보악의 눈에 뭔가가 날아오는 것이 보였다.

그 순간 책인가 싶어 그것을 잡았지만 손에서 느껴지는 열기에 그만 놓치고 말았다.

"앗! 뜨거!"

"미안! 잘못 던졌어!"

빙그레 웃으며 말을 하는 운소의 모습을 본 당보악은 그제야 자신이 잡은 것이 화섭자라는 것을 알게 되었다.

부글부글 노기가 점점 목뒤로 타고 올라올 때쯤 그의 시야에 뭔가가 또 날아왔다.

이번에는 안 속는다는 듯 가만히 있는 당보악의 눈에 운소가 몸을 돌리는 것이 보였다.

"개뿔이! 그만 가서 몸이나 신경 쓰고 나중에 와!"

"아… 예!"

그의 말에 엉겁결에 대답을 한 그는 이내 아까 던진 것이 책임을 알고 급히 몸을 돌렸다.

그의 눈에 들어온 것은 화섭자 위에서 불타기 일보 직전의 책이었다.

급히 다가가 책을 갈무리한 당보악은 식은땀이 배어 나오는 이마를 닦았다.

일촉즉발의 상황에 난처해하던 도문은 그나마 일이 좋게 끝나자 한숨을 길게 내쉬었다.

몸을 뒤로 물리는 당보악을 뒤로하고 한숨 쉬는 도문의 모습이 운소의 눈에 들어왔다.

일순간 뒷목을 타고 올라오는 노기에 그는 한껏 인상을 쓰며 버럭 소리를 질렀다.

"어이, 승려!"

"저 말입니까?"

"그럼 너 말고 누가 있어!"

버럭 소리를 지르는 운소의 모습에 도문은 고개까지 숙이며 지레 겁을 먹었다.

그런 그의 모습을 보고 있던 운소는 발을 들어 그대로 정강이를 차버렸다.

퍼어억!

"어이쿠!"

커다란 소리와 함께 바닥에 쓰러진 도문은 정강이에서 느껴지는 고통에 얼굴을 찡그렸다.

하지만 운소는 그보다 더한 벌을 주고 싶은지 연신 얼굴을 일그러뜨리며 입을 열었다.

"너! 내가 그만 가랬지! 개뿔이! 내 말을 뻘로 듣는 거냐?"

"가… 가겠습니다."

그의 표정으로 보아 줬던 기연도 뺏을 것 같은 생각에 도문은 알겠다는 듯이 고개를 끄덕이고는 그대로 몸을 돌려 나갔다.

그렇게 둘을 보낸 운소는 안으로 들어가더니 아까 남은 왕소금을 들고 와서는 서점 앞으로 나갔다.

"개뿔이! 악운이여, 가라! 워이워이!"

이렇게 악운을 내쫓은 운소는 안으로 들어와 알까기를 계속하였다.

마치 땡중과 무림인을 잊고 싶다는 듯이 말이다.

제2장

두 번째 손님과 세 번째 손님

지천교를 넘고 있는 두 남녀가 있었는데 나란히 선 그들은 외모만큼이나 성숙해 보였다.

일단 머리를 뒤로 길게 넘기고 중간을 붉은 천으로 묶은 여인은 갸름한 눈썹과 두툼한 입술이 보기만 해도 반할 정도였으며 하얀색의 경장은 그녀와 너무나도 잘 어울렸다.

등 뒤에 검날을 달고 있는 창을 메고 있었는데 모양으로 보아 아마도 피(鈹)인 듯싶었다.

다만 창끝에 달린 검날에 새겨진 '아미(峨嵋)' 라는 글자가 그녀가 속한 문파를 대변해 주고 있었다.

그리고 옆에 있는 청의를 입고 있는 사내는 보기만 해도 시원한 미소를 그리고 있었다.

왼쪽으로 자연스레 내린 머리는 그의 이마를 덮고 귀밑으로 내려왔고 큼직한 이목구비는 그가 호감형이라는 것을 알 수 있었다.

거기다 손에 쥔 검으로 보아 그가 무림인이라는 것 또한 알 수 있었다.

이들은 아미파의 임청아와 청성파의 곡옥으로 현재 삼대 제자로 두 문파의 신진고수라고 할 수 있었다.

문파의 명으로 무림맹의 행사에 참가했던 이들은 오는 길에 만나 동행하게 되었다.

왕래가 잦았던 문파인만큼 서로를 잘 알고 있기에 귀향길이 그렇게 힘들지만은 않았다.

지천교 앞에 서서 헤어짐이 아쉬운 듯 웃던 곡옥은 임청아의 관심을 받고자 눈앞에 보이는 서점으로 들어섰다.

그들의 눈에 한가로이 낮잠을 자고 있는 사내가 보였다.

입가에 흐르는 침은 턱 끝에 쏠려 조금이라도 움직이면 떨어질 것 같았다.

너무나도 태평한 그의 모습에 곡옥은 웃으며 고개를 젓다가 옆에 있는 임청아에게 말을 하였다.

"임 소매, 이렇게 헤어지는 것은 아쉬우니 책이나 한 권 사도록 해. 내가 선물로 사줄 터이니 말이야."

"곡 소협, 그렇게 하지 않아도 되는데……."

부끄러운 듯 말을 하던 임청아는 속으로 튕길까 말까 고민을 하다 이내 책을 찾아가기 시작하였다.

생각보다 좋은 책들이 많아 자주 와야겠다는 생각을 하던 임청아의 눈에 혜경창록(嘒經槍錄)이라는 글자가 들어왔다.

문파에 있는 비급과 같은 이름이라는 생각을 한 그녀는 호기심에 책을 들어 펼쳐 보았다.

그녀의 눈은 시간이 갈수록 점점 커졌다.

현재 아미파에는 오경진창(五經眞槍)이라 하여 다섯 개의 창술서가 있는데 그 창술이 워낙 신묘하고 위력이 뛰어나 창술가라면 한 번쯤은 보고 싶어 하는 무서이다.

그중에 하나인 혜경창록은 총 이십칠 수로 되어 있는 것으로 알려져 있었다.

하지만 지금 그녀의 손에 들린 책에는 삼십오 수로 여덟 수가 더 많았고 문파에 있는 비급보다 더 상세하게 설명이 되어 있는 것이 문파에 있는 비급이 가짜같이 느껴질 정도였다.

게다가 그동안 문파에서 창술을 연마하면서 이상했던 부분들이 낱낱이 설명되어 있는 것이 창술가로서 새로운 눈을 뜨게 할 정도였다.

문파에 있는 창술서가 가짜라고 느낄 정도로 부실한 것은 오랜 시간 비급이 전해 내려오면서 그 비급에 대한 이해가 적거나 무공을 완성하지 못한 문도가 비급을 필사하면서 빠뜨리거나 없앤 것이 원인이라고 할 수 있었다.

오랜 시간 필사를 하다 보니 결국 여덟 수나 삭제가 되어버리고 현재는 설명도 부족한 조금 모자란 비급이 되어버린 것이다.

놀라고 있는 것은 그녀뿐이 아니었다.

옆에 있는 곡옥 역시 칠십이파검(七十二破劍)을 보면서 전율하고 있었다.

칠십이파검 역시 세 수 정도 추가되어 있었지만 정작 초식 때문에 그가 이렇게 흥분을 하고 있는 것은 아니었다.

칠십이파검 중에 위력이 강한 세 가지 초식 화향류검(花香流劍), 묵천우목(墨天雨木), 유성일검(柳星一劍)에 대한 설명이 기존의 책은 미흡했었는데 이곳에는 매우 자세하게 설명이 되어 있었다.

그동안 칠십이파검을 배우면서도 이 세 초식에 대한 설명이 적어 제대로 연마하지 못했던 것을 생각하면 너무나 엄청난 행운이라고 할 수 있었다.

거기다 칠십이파검의 연환에 대한 것까지 설명이 되어 있어 놀라지 않을 수 없었다.

겨우 눈을 책에서 뗀 임청아와 곡옥은 급히 잠을 자고 있는 사내에게 다가갔다.

말보다는 행동이라고 세차게 흔드는 둘의 몸짓에 이내 눈을 뜬 사내는 목을 벅벅 긁으며 하품을 하였다.

"이보게! 눈 좀 뜨게!"

"개뿔이! 무슨 일이야?"

초면에 반말을 하는 그의 모습에 눈살을 찌푸리던 임청아는 이내 됐다는 듯이 입을 열었다.

평소에 이런 일이 생기면 창부터 휘두르던 그녀가 책으로 인해서 변한 것이었다.

"이 서점의 주인이 누구인가요?"

"난데 왜?"

"당신이 주인이라구요?"

그의 대답을 들은 임청아는 조금 의외라는 표정을 보였다.

하지만 그녀의 표정은 그리 길게 가지 않았는데 머릿속을 가득 채운 책에 대한 생각 때문이었다.

임청아는 그래도 나이 많고 괴팍한 노인네보다는 괜찮을 것 같다는 생각을 하고는 급히 책을 보였다.

"이 책을 저에게 파시겠어요?"

"이 책도 파십시오."

급히 끼어들어 말을 하는 곡옥을 보던 사내는 이내 한숨을 쉬며 고개를 돌렸다.

"사겠다는 말이지?"

"예!"

"그럼 은자 오백 냥만 가져와!"

너무나 터무니없는 액수를 말하는 사내는 다름 아닌 오해서점의 주인인 운소였다.

아까 왕소금을 뿌린 덕택(?)인지 몇 시진 동안 손님이 전혀 없던 탓에 자신도 모르게 잠에 빠져 버린 것이었다.

그래도 왕소금 덕을 보는지 조금 사는 듯한 남녀가 들어와 책을 사겠다고 하였다.

그 순간 운소의 머리는 빠른 속도로 회전하기 시작하였다.

그동안 개시도 못하고 있었고 앞으로도 얼마나 사람들이 올지 몰랐기에 가격을 상향 조정할 필요가 있었다.

원래는 은자 한 냥에서 두 냥으로 팔려고 했지만 이제는 그 생각을 접었다.

그렇게 생각해서 내놓은 답이 바로 은자 오백 냥이었다.

과거 점소이를 하던 시절 좀 산다 싶은 녀석들이 한 달 쓰고 다니는 돈이 오백 냥 정도이기에 충분하리라 생각했던 것이다.

하지만 그의 생각과는 달리 눈앞에 있는 그들은 눈살을 찌푸렸다.

"책 한 권이 은자 오백 냥이라구요?"

그녀의 모습을 보고 흥정을 하자는 것으로 생각한 운소는 속으로 초조해지기 시작하였다.

'이거 흥정은 붙이라고 했지만 어째 하는 자세가 만만치 않을 듯싶은데…….'

이렇게 생각한 운소는 고개와 손을 같이 저었다.

"그 책이 그 정도 가치가 없다고 생각해?"

운소는 그들 스스로 고른 만큼 값어치가 높은 것으로 생각해 이렇게 질문을 한 것인데 예상외로 그들의 반응은 빨리 전해졌다.

곡옥의 얼굴이 급변하면서 아까운 듯한 미소를 보였기 때문이다.

그들의 얼굴을 보던 운소는 '지화자!'를 속으로 외치며 거드름을 피우기 시작하였다.

"개뿔이! 돈 없으면 놓고 가!"

그의 말을 들은 임청아는 얼굴이 창백해진다 싶더니 고개를 숙여 손에 쥔 책을 보았다.

'이 책이 아미파의 비급이라는 것을 알고 있다는 것인가?'

이렇게 속으로 생각한 그녀는 왠지 불안해졌다.

만약 이 책을 다른 사람에게 빼앗긴다면 그것은 아미파의 절기를 빼앗기는 것이나 다름이 없었다.

어떻게 해야 할지 고민에 빠져 있는 그녀를 보던 운소는 속으로 계산을 하기 시작하였다.

'니미! 너무 세게 불렀나? 아니야! 분명 반응이 있었어. 에라! 모르겠다. 이렇게 되면 단무지(단순, 무식, 지랄)로 나가는 것이 최고다!'

이렇게 생각한 운소는 책을 돌돌 말더니 이내 품에서 화섭자를 꺼내 들었다.

난데없는 그의 행동에 임청아와 곡옥은 이내 기겁을 하고 말았다.

"뭐 하십니까?"

"어찌 책을······."

"지금까지 쓰던 불쏘시개가 없어져서 말이야!"

이 책들을 불쏘시개로 쓰겠다는 말을 한 운소는 그들의 안색을 살폈다.

아니나 다를까, 그의 행동을 본 둘은 급히 품 안에서 전표와 은자를 꺼내었다.

"일단 이것으로 안 될까요? 나머지는 지금 가져오도록 하겠어요."

그것을 본 운소는 조금은 못마땅하다는 듯한 표정을 지었지만 속으로는 기쁨의 외침을 지르고 있었다.

'어무이! 낚았어요!'

운소는 눈앞에 보이는 돈을 보다 전표와 은자 둘로 나누었다.

그가 돈을 둘로 나누는 것을 보고 있던 곡옥은 이상하다는 표정을 지으며 입을 열었다.

"뭐 하는 겁니까?"

"개뿔이! 난 언제나 은자로 받아. 전표는 사양이야!"

전표를 받지 않겠다는 그의 말에 곡옥과 임청아는 일순간 벽력탄이라도 맞은 듯한 표정을 지었다.

사실 운소가 전표를 받지 않는 것은 전에 일하던 곳에서 우연히 받은 전표가 재정 압박으로 문을 닫은 전장의 것이라서 한 푼도 받지 못했던 적이 있었기 때문이다.

그런 일을 모르는 임청아는 말도 안 된다는 표정을 지으며 운소에게 질문을 하였다.

"그럼 은자로만 오백 냥을 달라는 것이에요?"

"그럼 당연하지. 무슨 거래든 현찰(現札)이 기본이야!"

당연하다는 듯이 말을 하는 그의 모습에 임청아는 어처구니없다는 표정을 지었다.

말이 은자 오백 냥이지 은자 한 냥이 어른 손만 한 것을 생각해 볼 때 오백 냥이면 커다란 함 두 개에 담아 장정 여덟은 붙어야 들 수 있는 무게였다.

하지만 그녀의 생각은 그리 오래가지 않았는데, 곡옥이 갑자기 그렇게 하겠다고 말을 했기 때문이다.

"좋습니다. 은자 오백 냥이면 지금 드린 것이 은자 열여섯이니 사백팔십사 냥만 가져오면 되겠습니까?"

"당연하지!"

그의 질문을 들은 운소는 두말하면 잔소리라는 듯이 고개를 끄덕였다.

운소가 그의 전표를 주고는 은자를 받아 챙기는 것을 본 임청아는 내심 책을 사지 못할까 봐 초조해졌고 이내 은자를 가져오겠다는 말을 하고 말았다.

"좋아요. 그렇게 할게요. 그러니 책을 다른 사람에게 팔지 마세요."

곡옥에게 전표를 준 것처럼 그녀의 전표를 챙기던 운소는 안 된다는 듯이 고개를 내저었다.

"그건 안 되는 말이지. 당장 오백 냥을 들고 오는 사람이 있으면 그에게 팔아야지. 당신들이 언제 올 줄 알고 기다리란 말이야. 오늘 저녁까지 안 오면 이 책들 불쏘시개로 쓸 테니까 그리 알고……."

슬쩍 말끝을 흐리는 운소의 눈빛이 반짝였다.

이것이 바로 점소이의 최고 비기인 '입속에 고기를 넣었다 빼기!'로 이 비기를 사용해서 실패한 적이 없는 천하무적 비기인 것이었다.

최고의 비기답게 화들짝 놀란 둘은 뒤도 보지 않고 그대로 달려가기 시작하였다.

서점을 나온 그들은 서로 인사도 하지 않고 달려가기 시작했는데 그것은 혹시나 상대방이 빨리 와 자파의 비급을 살까 두려웠기 때문이다.

그들이 어느 정도 오해서점에서 멀어지자 서점 근처에서 한 사내가 모습을 드러냈다.

처음부터 모든 것을 다 보고 있었다는 듯한 모습을 보이던 그는 이내 몸을 돌려 어딘가로 가기 시작하였다.

이 세 명의 남녀로 인해 무림 역사상 최초라는 사천 서점 쟁탈전의 서막이 올려졌다.

커다란 두 개의 탑 사이로 기다란 장간이 펼쳐진 커다란 장원이 있었다.

보기만 해도 가세가 느껴지는 이곳은 사천의 지배자라고도 불리는 당문으로 두 개의 탑은 독각과 약각으로 불리며 문파에서도 최고로 우수한 자들이 머무는 곳으로 유명하였다.

그 탑 중앙에 당중천이라 불리는 곳이 있는데 그곳이 바로 당문의 문주가 머무는 처소였다.

오늘따라 유난히 조용한 이곳에는 여덟 명이 자리를 한 채 심각한 표정을 하였다.

그들의 시선은 기다란 탁자 가운데 놓인 만류귀종이라 적힌 책에 향해 있었다.

침묵 속에 시간을 보내던 그들 중에 문주인 당보악이 입을 열었다.

"아까도 말을 했지만 이것은 쉽게 넘길 만한 일이 못 되네. 생각해 보게! 만약 그곳에 만류귀종과 같은 비급이 천지로 깔려 있다면 무림은 그야말로 혈겁에 빠지고 말 걸세. 그리고 아까는 말을 하지 않았지만 대인께서는 이대로는 당문이 빛을 발할 기회가 없다는 것을 바둑으로 보여주기도 하였네."

그의 말을 듣고 있던 주위 사람들은 이내 한숨을 내쉬며 깊은 시름에 빠지고 말았다.

만류귀종이나 도문에게 빙천옥유를 준 것을 알고 있기에

지금 그들이 논하고 있는 것이 얼마나 중한지 잘 알고 있었다.

거기다 운소의 알까기를 무림 정세를 보여주는 바둑으로 생각하고 있는 당보악이 이렇게 말을 하자 좌중은 더욱 무겁게 가라앉았다.

이때 입가에 온통 수염으로 가득한 한 사내가 입을 열었다.

그는 외모가 장비와 비슷하다 하여 장팔사도(丈八死刀)라는 이름으로도 불리는 당강모였다.

"문주님, 그럼 이렇게 있지 말고 그냥 쳐들어가 오해서점인지 오강서점인지 하는 것을 없애 버립시다. 그럼 되지 않습니까?"

"강모야! 그게 말이 된다고 생각을 하느냐? 문주님이 말씀하시지 않았더냐? 한눈에 문주님의 내상을 짚어내는 혜안을 가지고 있다고 말이다. 그 정도의 혜안이면 무공은 어떨 것인지 생각은 하고 말을 하는 것이냐?"

성격까지 장비와 비슷한 그의 말에 옆에 있던 약선사(藥先士) 당조가 한심스럽다는 듯이 한숨을 쉬었다.

"그거야… 안 되면 독을 쓰는 거고……."

독을 쓰면 된다는 그의 말에 당보악이 눈살을 찌푸리며 말을 하였다.

"강모, 네 이놈! 그럼 우리더러 은인이신 대인에게 독을 쓰라고 하는 것이냐? 너는 도대체 무슨 생각을 하고 사는 것이

냐? 더 이상 헛소리를 할 것이면 내 이곳에서 쫓아낼 것이니 그리 알거라!'

탁자까지 치며 말을 하는 그의 모습에 당강모는 이내 고개를 숙이고 입을 다물었다.

분명 계속해서 말을 했다가는 독방에 갇혀 참회장(懺悔章)을 쓰라 할 것이 두려웠기 때문이다.

당강모로 인해서 더욱 싸늘해진 방 안을 느끼던 사람들의 귓가에 하나의 목소리가 들려왔다.

"문주님, 당길이 왔습니다."

당중천을 보호하는 호원무사에 의해 들려온 이 말을 들은 당보악은 급히 안으로 들여보내라 하였고 이내 당길은 숨을 헐떡이며 안으로 들어왔다.

"헉헉헉!"

천 리 길을 단숨에 온 듯한 그의 모습에 당보악은 대인에게 무슨 일이라도 생겼는지 걱정부터 앞섰다.

"대인에게 무슨 일이라도 생긴 것이더냐?"

하지만 여전히 숨을 몰아쉬던 그는 대답 대신 손을 내저었다.

아니라는 그의 모습에 더욱 초조해진 당보악은 재차 그를 향해 입을 열었다.

"그럼 서점이 불에 타기라도 했다는 것이냐?"

"감히 문주 앞에서 손으로 대답을 하려는 것이냐? 어서 제대로 말을 하지 못하겠느냐?"

여전히 손을 내젓는 그의 모습에 규율전을 담당하는 멸마정독(滅魔正毒) 당온기가 호통을 쳤다.

두 눈을 부라리며 말을 하는 당온기의 모습에 놀란 당길은 길게 몇 번 호흡을 하더니 입을 열었다.

"그런 것이 아니고, 서점에 아미파와 청성파의 제자가 들렀다 갔습니다."

"아미파와 청성파가 말이더냐?"

"네, 그렇습니다. 그런데 들어갈 때는 느긋하던 그들의 발이 나갈 때는 전신의 내공을 쏟아 붓듯이 달려갔습니다."

그의 말을 듣고 있던 당보악은 큰일이 났다는 듯이 몸을 일으켰다.

"아무래도 그들이 대인에 대해서 알게 된 것 같은데 어찌한단 말이냐?"

한탄을 하는 그의 모습을 보고 있던 독선주(獨善朱) 당약약이 살며시 입을 열었다.

당문에서도 심계가 깊기로 유명한 만큼 그녀의 입이 열리자 모든 시선이 그녀에게 쏟아졌다.

"제가 생각하기에 아마도 함부로 대인이나 서점에 해를 입히려 하지 않을 것이에요. 그렇다고 가만히 있을 그들이 아니지요."

"그럼 그들이 뭘 하려 들 것이라는 것인가?"

당보악의 질문을 들은 당약약은 눈을 작게 뜨는가 싶더니 입을 열었다.

"아마도 연을 맺으려 하겠지요."

"연?"

"그렇습니다. 무림에서 연은 문파의 생존이나 세력 확장에 많은 도움을 주고 있어요. 어차피 대인의 능력으로 보아 무림맹이나 마교의 귀에 들어가는 것은 시간문제예요. 대인 같은 분이라면 당연 연을 맺어야 한다고 생각을 해요. 다만 언제 맺느냐는 것이 중요한데, 일이 이렇게 된 이상 저희로서는 지금이 적기라고 할 수 있어요."

그녀의 말을 듣던 주위 사람들은 수긍을 한다는 듯이 고개를 끄덕였다.

분명 만류귀종이나 도문의 일은 이미 무림맹이나 마교의 귀에 들어갔을지도 몰랐다.

그렇다면 그녀의 말대로 누가 먼저 연을 맺느냐가 중요하다고 할 수 있었다.

여기까지 생각한 당보악은 그녀에게 계책이 있을 것으로 생각하고는 재차 입을 열어 물었다.

"약약아! 그럼 어떻게 해야 좋을 것 같나?"

"대인이 사천에서 서점을 한다는 것은 어찌 보면 은거를 하고 싶어하는지도 몰라요. 즉, 조용히 지내고 싶다는 말이 돼요. 우리는 그것을 이용해야 해요."

"그것을 이용해야 한다니 무슨 말이냐?"

"아마도 앞으로 많은 무림인이 대인과 연을 맺고자 올 거예요. 그렇다면 우리는 대인의 은거를 돕는다는 미명 아래 사전에 차단을 하는 것이에요. 그렇다면 대인은 조용히 지내서 좋을 것이고, 그로 인해 신뢰를 줄 수 있으니 앞으로 더욱 당문에 도움을 주실지 몰라요."

그녀의 말을 듣고 있던 당보악은 십 년 동안 묵은 체증이 내려가는 듯 시원해지는 것을 느꼈다.

"옳거니! 네 말이 맞다. 옛날부터 네 지혜가 뛰어남을 알았지만 이렇게 중요한 시기에 더욱 빛을 발하는구나!"

"과찬의 말씀이에요."

그의 칭찬이 싫지는 않은 듯 그녀는 얼굴을 붉히며 답을 하였다.

이때까지 가만히 듣고 있던 집형마도(執刑魔刀) 당형율이 입을 열었다.

"그럼 이제 어떻게 해야 하는 것인가?"

"아마도 집형부의 생사단(生死團)과 호원전의 귀영단(鬼影團)을 이용해야 할 듯싶어요."

"생사단과 귀영단을 말인가?"

그녀의 말을 듣던 당보악은 당문의 삼대세력 중에 두 개나 써야 한다는 그녀의 말에 조금 난처하다는 표정을 지었다.

하지만 그녀는 매우 강하게 자신의 의견을 피력하였다.

"문주님, 앞으로 우리 당문이 얻을 이익을 생각하면 그 정도는 해야 한다고 생각을 해요. 혹시 만류귀종과 같은 비급을 또 줄지 어떻게 알아요?"

"그래도……."

"문주님! 우리가 이렇게 망설이는 순간 아미파와 청성파 중에 한 곳이 대인을 보호하고 나설 것이에요. 그때쯤 되면 우리는 찬밥 신세가 되고 말 거예요. 그래도 망설이실 건가요?"

순간 당보악의 머릿속에 당길이 말한 내용이 그대로 되새겨졌다.

잠시 눈을 감고 생각하던 그는 이내 앞에 있는 당형율과 호원전주인 형도(刑徒) 당공장을 쳐다보았다.

"문주의 권한으로 너희에게 명을 내리겠다."

아까와는 사뭇 다른 모습으로 말을 하는 그의 모습에 당형율과 당공장은 고개를 숙이며 명을 받들었다.

"지금 당장 집형부의 생사단과 호원전의 귀영단을 데리고 오해서점으로 가서 대인을 보호하라. 단, 대인이 눈치를 채지 못할 정도로 은밀히 해야 하니, 이 점 명심하도록 하거라."

"알겠습니다."

"명을 받들겠습니다."

손을 들어 대답한 두 사람은 방에서 사라졌다.

그것을 본 당보악은 십 년 동안 겪을 고민을 처리했다는 듯한 표정을 지어갔다.

마치 새처럼 나뭇가지를 밟고 날아가는 한 사내가 있었다.
죽을 것같이 숨을 몰아쉬면서도 쉼없이 올라가는 것으로
보아 무척이나 급한 사정이 있는 듯싶었다.

금방이라도 부러질 것 같은 나뭇가지를 박차고 몸을 날리
는 것에 그의 신법이 극에 달했다는 것을 알 수 있었다.

그의 앞에는 마치 묵색의 붓으로 그어놓은 것 같은 산들이
병풍처럼 연이어 서 있는 삼대도교성 중에 하나인 청성산이
자리하고 있었고 그의 밑으로는 촉지사절 중에 하나인 청성
천하유가 보였다.

한참을 날아가던 사내가 커다란 문 앞에 멈추고서야 그의
모습을 확연하게 알아볼 수 있었다.

큼직한 이목구비의 호감형인 그는 청의를 입고 있었다.

거기다가 왼쪽으로 자연스레 내린 머리는 그의 이마를 덮
고 귀밑으로 내려왔는데 그 모양을 보아 아까 오해서점에서
운소와 말을 하던 곡옥이라는 것을 알 수 있었다.

얼굴을 잔뜩 찡그린 그는 숨을 수차례나 몰아쉬면서도 손
을 들어 문을 두들겼다.

탕탕탕!

예닐곱을 한순간에 쳐대는 그의 손짓에도 대답이 없던 문
이 곧이어 나온 말에 반응을 하기 시작하였다.

"푸른 성에 불이 발하니 상청궁에 빛이 발하리라!"

지금 곡옥이 말하고 있는 것은 청성파에서 전해져 오는 암호로 위험시에 쓰도록 되어 있었다.

그의 말이 끝나기도 전에 그 커다란 문이 좌우로 서서히 벌어지더니 안에서 서너 명이 튀어나왔다.

그중에 굵은 눈썹에 반달의 눈과 사각의 턱을 가진 한 사내가 급히 달려왔다.

그는 곡옥의 사제로 청성파에서 주목받고 있는 신진고수인 매강현이었다.

우연히 현청문(玄請門:청성파로 들어가는 입구에 서 있는 문)을 지나다가 위급시에 쓰이는 문구인 청화상광(靑火上光)을 읊는 소리가 들려 문을 열고 뛰쳐나온 것이었다.

"사형! 무슨 일입니까?"

"헉! 헉!"

여전히 거친 숨을 몰아쉬는 곡옥은 다른 말은 하지 않고 다가선 매강현의 어깨를 잡아갔다.

"이… 일단 장문… 인에게……."

숨이 턱에 찬 듯 말도 제대로 못하는 그를 등에 업은 매강현은 상청궁으로 뛰어갔다.

상청궁 앞에는 현 청성파의 제율단(制律團)의 단주인 강현공과 몇몇 제자가 기다리고 있었는데 아마도 곡옥이 읊은 청화상광이 전해진 듯싶었다.

새털처럼 가볍게 지면을 차고 다가오는 그를 본 강현공은 급히 등에 업혀 있는 곡옥에게 다가섰다.

"무슨 일인데 청화상광까지 읊었단 말이더냐?"

"사… 숙! 일단 장문인에게……."

"알았다! 어서 곡옥을 부축하거라."

그의 말이 끝나기도 전에 옆에 있던 제자들이 곡옥에게 달려들어 부축해서는 상청궁 안으로 들어섰다.

장문인이 머무는 상청궁 벽에는 삼라만상을 보여주는 천지연환도(天地連環圖)와 악귀에 대항하는 청성 무인들의 모습을 보여주는 천도진인(天道眞人)이 함께 그려져 있었다.

그리고 상청궁 중앙에는 커다란 글씨로 삼천연도(三天聯道)라 쓰여 있었다.

그 밑에는 세 명의 노인이 초조하게 기다리고 있었는데 그중에 색이 바랜 회색의 도포를 걸치고 있는 도인은 숨 막히도록 장엄하면서도 인자한 모습을 간직하고 있었다.

또한 희고 둥그런 얼굴에는 혜광이 감돌고 있었다.

탐스럽게 자란 은빛의 수염은 배꼽 언저리까지 흘러내려 있었고 솜사탕처럼 부드럽고 새하얀 눈썹은 귀밑까지 길게 뻗어 있었다.

그리고 그의 곁에 있는 두 명의 도인 또한 선풍도골의 신선 같은 모습을 지니고 있었다.

그들 역시 종전의 그와 마찬가지로 나이를 종잡을 수 없었는데, 전신에서 은연중에 풍기는 가공할 기도로 보아 일신의 공력이 절정에 다다른 듯싶었다.

이렇게 은연중에 좌중을 휘어잡는 기도를 가진 도인은 다름 아닌 청성파의 장문인인 방세현이었고 그의 곁에 있는 두 도인은 청성파의 대들보인 천지쌍극(天地雙極)이었다.

이들은 각각 청성파의 무공과 재정을 맡고 있으며 현 청성파를 구대문파의 반열에 올려놓은 수훈자들이기도 하였다.

이들은 우연히 문파의 일로 모여 있던 중에 청화상광이 읊어졌다는 소리에 기다리고 있었던 것이다.

안으로 들어선 강현공은 그들을 향해 인사를 하고는 옆에 있는 의자에 곡옥을 앉혔다.

여전히 거친 숨을 몰아쉬는 모습을 보던 그의 사부이자 천지쌍극인 노형면이 곡옥의 곁으로 다가와 내기를 불어넣어 주기 시작하였다.

너무나도 급히 달려온 나머지 원기를 많이 소진한 듯 보였기 때문이다.

곡옥의 속으로 들어간 노형면의 내기는 빠르게 그의 진기를 북돋아주는 한편 빠르게 움직이는 심장을 천천히 움직이도록 유도하였다.

창백하던 그의 얼굴에 혈색이 도는 것을 보고 나서야 노형면은 손을 거두고 잠시 운기를 하였다.

어느 정도 진정이 된 듯한 곡옥을 보던 방세현은 굳게 닫혀 있던 입을 열었다.

"옥아! 무슨 일인데 청화상광까지 읊으며 문파를 혼란하게 하는 것이더냐?"

조금은 책망하듯 말을 하는 그를 보던 곡옥은 아니라는 듯이 고개를 저었다.

"장문인, 아닙니다. 지금처럼 급한 것은 없다고 봅니다."

"그렇게나 급한 것이란 말이더냐?"

"그렇습니다."

평소 얌전하던 그가 이렇게 강하게 주장하는 것으로 보아 뭔가 있는 듯싶었다.

일단 무슨 일인지 들어나 보자는 생각을 한 방세현은 손을 들어 수염을 잡아갔다.

"그럼 일단 말해보거라!"

"감사합니다, 장문인!"

그의 허락을 들은 곡옥은 고개를 숙이고는 이내 말 대신 검을 들어 어떤 자세를 취하기 시작하였다.

두 발을 평행되게 선 그는 무릎을 살짝 굽히고는 오른발을 살짝 앞으로 내밀었다.

그리고는 왼손을 내려 배꼽 근처에 두고 오른손은 들어올려서 검이 어깨 너머로 가게 만들었다.

여기까지는 주위에 있는 사람들 모두 알고 있는 칠십이파검 중에 묵천우목으로 거센 비바람에도 굳건히 서 있는 나무의 모습을 뜻하고 있었다.

과거 이 초식 속에 깃든 장엄한 기도와 굳센 검은 많은 마도들을 죽음으로 몰아넣었다고 알려져 있었다.

그러나 뒷부분이 유실되는 바람에 또한 유명무실해졌다고 알려져 있었다.

그런 초식을 시연하는 그의 모습을 이상하게만 보던 사람들은 이내 펼쳐지는 동작에 두 눈을 부릅뜨기 시작하였다.

일순간 오른손에 들린 검을 밑으로 내려치는가 싶더니 오른발이 궁보를 밟으며 어깨를 향해 검을 찔러갔다.

순간 검에 십여 개의 검영(劍影)이 겹친다 싶더니 약 십여 번의 변초를 보이며 움직였다.

이 장 정도의 거리가 검기로 가득 차는가 싶더니 그대로 서로 격돌하기 시작하였다.

퍼퍼펑!

요란한 소리와 함께 곡옥의 앞에 있던 의자와 탁자가 박살이 났고 바닥은 보기 흉할 정도로 파헤쳐졌다.

그 모습을 보고 있던 방세현은 눈이 점점 커진다 싶더니 이내 경악을 하고 말았다.

"어… 어찌! 어찌 네가 묵천우목을 시연한단 말이더냐?"

약 팔십 년 전부터 정확하게 묵천우목을 시연했다는 문도가 없는 것을 아는 방세현은 그의 시연에 입을 다물지 못하고 있었다.

그것은 그의 사부인 노형면도 마찬가지였는데 평상시 불완전한 칠십이파검보다는 청운적하검을 주로 가르쳤기 때문이다.

"옥아! 어떻게 된 일인지 설명을 해보거라!"

"예, 사부님!"

멍하니 서 있던 곡옥은 노형면의 말에 대답하며 자리에 앉았다.

곡옥 또한 적잖게 놀랐는데 오해서점에서 본 서책에 있던 내용을 떠올리며 묵천우목을 시연한 것뿐인데도 예상을 훨씬 상회하는 엄청난 위력을 발했기 때문이었다.

그 놀라움도 잠시, 상황이 상황이다 보니 고개를 잠시 저어 사심을 없앤 그는 급히 고개를 돌려 방세현을 보았다.

"지금 제가 한 것은 완전한 묵천우목이 아닙니다."

"네가 한 것이 완전한 묵천우목이 아니라니, 무슨 말을 하려는 것이냐?"

방세현의 말을 들은 곡옥은 아미파 임청아와 동행을 했던 것부터 오해서점에서 일어난 모든 것을 말하기 시작하였다.

아미파 임청아의 이야기에는 그다지 반응이 없던 그들도 오해서점의 일을 듣자 때로는 황당하다는 표정을 짓기도 하고 때로는 경악을 하며 표정이 시시각각 변하였다.

끝까지 모두 들은 방세현은 어이없다는 듯이 말을 하였다.

"그럼 네가 방금 한 것은 그 서점에서 본 책의 일부분이라는 것이냐?"

"그렇습니다. 제가 우둔한 탓에 끝까지 기억을 못하고 그저 내기의 운용법만 알기에 그것을 사용하였습니다."

"그럼, 단순히 내기의 운용법만으로 이 정도 위력을 낸단 말이더냐?"

"그렇습니다."

곡옥의 대답을 들은 방세현은 황당하다는 표정을 짓다가 이내 칠십이파검의 위력에 대해 적어놓은 글이 생각이 났다.

'칠십이파검은 과거 무림을 주유하던 모든 청성인의 무공이었으며, 그 위력은 가히 하늘을 놀라게 하고 땅을 울리게 하리라'란 말이 거짓이 아니었단 말인가? 장문인이라는 내가 문파의 소중한 무공을 무심히 지나쳤다는 말이더냐?'

고개를 숙이며 자신을 탓하던 방세현은 곡옥이 말한 책이 생각이 났다.

"그래, 그 책을 서점에서 팔고 있더라는 말이더냐?"

"그렇습니다."

"팔고 있다고 한다면 문파의 비급을 다른 사람에게 전해주는 것이나 다름없는 것인데 어찌 그냥 왔다는 말이더냐?"

왜 그냥 왔느냐는 방세현의 말에 곡옥의 눈살이 찌푸려졌다.

그의 표정 변화를 보지 못한 방세현은 그저 그에게 대답하라고 재촉만 하였다.

"어찌 대답을 하지 못하는 것이더냐?"

"그것이… 값을 치르라고 하기에……."

자파의 무공이 새어나간 것도 모르고 있었다는 사실이 부끄럽기도 하였지만 값을 치러야 한다는 말에 방세현은 눈살을 찌푸리고 말았다.

"그럼 값을 치르면 되지 않느냐?"

"그… 그것이 은자 오백 냥이라고……."

"은자 오백 냥?"

그의 말에 주위 사람들의 얼굴이 그대로 구겨지고 말았다.

은자 오백 냥이라면 청성파 일 년 예산이 천이백 냥이란 것을 생각할 때 거의 반에 가까운 액수였다.

거기다 칠십이파검이 아무리 서점에 있다고는 하나 원래는 자파의 비급이 아닌가?

깎아주지는 못할망정 액수를 크게 불러도 지나치게 불렀다는 생각이 들었다.

"장문인, 그러지 말고 그 서점을 치는 것이 어떻습니까? 감히 자파의 비급을 가지고 은자 오백 냥을 달라고 하다니… 그게 말이 됩니까?"

학무전을 담당하고 있는 천지쌍극 중에 나머지 한 사람인 오중운이 이렇게 말을 하였다.

그러자 곡옥이 급히 손을 저으며 안 된다고 말을 하였다.

"안 됩니다. 그렇게 한다면 저희는 무림에서 손가락질을 받을지도 모릅니다."

"혹시, 아미파 때문에 그런 것이냐?"

"그렇습니다. 그녀 역시 지금쯤 자파로 돌아가 저와 같은 말을 하고 있을 것입니다. 그런데 저희가 만약 그 서점을 공격하는 일이 생긴다면 아미파에 의해 우리 문파는 얼굴도 들지 못하는 일이 생길 것입니다."

주위 사람들은 그제야 아미파를 생각해 내고는 긴 한숨을 내쉬었다.

방세현 역시 긴 한숨을 내쉬고 있었는데 장문인 된 지 십수 년 만에 이런 큰일은 처음인 듯싶었다.

그때까지도 가만히 있던 강현공이 주위를 둘러보며 입을 열었다.

"혹시 해서 하는 말인데 서점에 다른 무서는 없더냐?"

그의 질문을 들은 주위 사람들의 시선이 모조리 곡옥에게 집중이 되었다.

곡옥 역시 그의 질문을 듣고는 뭔가를 기억해 내려 애쓰는 듯싶더니 이내 생각났다는 듯이 입을 열었다.

"자파의 청홍현검(靑紅玄劍)과 영석신공(靈釋神功)을 본 듯합니다. 또한 무당의 무서도 있는 듯싶었습니다."

청홍현검과 영석신공이란 말에 주위 사람들은 또다시 입을 열고는 다물지 못했다.

그것들 역시 칠십이파검처럼 불완전한 무공이라 하여 누

구도 손을 대지 말라고 했던 것이기에 더욱 그랬다.

그의 말에 적잖이 놀라던 강현공은 고개를 혼들며 말을 하였다.

"그렇다면 다른 문파의 무공비급까지 있다는 말이구나."

"사제, 무슨 말을 하고 싶은 건가?"

갑자기 다른 책이 없냐고 물어본 의미를 알고 싶던 방세현은 급히 강현공에게 반문을 하였다.

그렇지 않아도 문파 안에서 지략이라면 그를 따라올 자가 없다는 것을 알기에 그의 궁금증은 더하였다.

그런 그를 보던 강현공은 잠시 한숨을 쉬다 힘겹게 입을 열었다.

"만약 서점에 대해 우리가 처신을 잘못하면 자파는 무림공적이 될 수 있다는 말입니다."

그가 갑자기 무림공적까지 들먹이자 주위 사람들은 서로를 쳐다보며 웅성거리기 시작하였다.

방세현 역시 갑작스런 그의 말에 놀란 듯하더니 이내 손을 들어 주위를 조용히 만들었다.

"그게 무슨 말인가?"

"말 그대로입니다. 곡옥은 자파 이외에 무당의 무서도 보았다고 했습니다. 그렇다면 같이 갔던 아미파 제자는 보지 못했을 것 같습니까?"

"그거야……."

"보고도 남았을 것입니다. 우리도 다른 파의 간단한 몇 초식 정도는 펼칠 수 있을 정도로 알고 있으니까 말입니다."

그제야 그가 하고 싶은 말의 의미를 깨달은 방세현은 어이없다는 듯이 입을 열었다.

"결국 서점에 대해 잘못 행동할 경우 아미파에서는 무당파말고도 다른 문파들에게 비급에 대해서 말을 할 것이고 잘못하면 그들에 의해 멸문까지도 갈 수 있다는 말을 하고 싶은 것인가?"

"그렇습니다."

멸문이라는 말에 놀라긴 했지만 그가 하는 말을 들은 주위 사람들은 다른 어떤 일보다도 제일 난감한 일이라는 것을 알게 되었다.

방세현 역시 이 일을 어떻게 해야 할지 몰랐기에 자연스레 시선이 강현공에게 돌려졌다.

"어찌하면 좋겠나? 넷째 사제, 자네가 말을 하였으니 방도가 있다면 좀 알려주게."

순간 방 안에 있는 모든 이의 시선들이 다시 강현공에게 쏟아졌다.

문파 내에서 제갈량이라 불리는 그이니 해결 방도가 있지 않을까 싶어서였기 때문이다.

잠시 생각을 하던 그는 손을 들어 차로 목을 축였다.

"방법은 하나뿐이 없습니다. 우리가 먼저 서점으로 가서 주인과 연을 맺는 것입니다."

"연이라니? 무슨 말을 하고 싶은 것인가?"

"현재 우리로서는 무력은 전혀 사용할 수 없습니다. 그랬다가는 아미파에 의해 힘들어질 것이 뻔합니다. 그렇다고 단순하게 비급이나 사 올 수는 없습니다. 제가 연을 맺자고 한 것은 그 서점 주인을 우리 사람으로 만들자는 것입니다."

그의 말에 방세현은 그제야 이해하겠다는 듯이 고개를 끄덕였다.

"그럼 그 서점 주인을 우리 사람으로 만들어 우리에게 유리하게 하자는 말인가?"

"그렇습니다. 곡옥의 말에 의하면 무림인도 아닌 듯싶으니 그를 만나 조금만 겁을 줘도 충분할 것입니다."

"그런 방법이라면 그다지 흠잡힐 것이 없겠지."

"그리고 또 한 가지! 만약 아미파가 무력으로 나올 것을 생각해서 갈 때 자파의 고수들을 데리고 가야 할 듯싶습니다. 그런 일이 생길 경우 우리가 나서 보호해 준다면 서점 주인은 꼬드기지 않아도 우리 측 사람이 될 것이고, 그렇지 않다 하더라도 우리 측 사람들에 의해 아미파도 함부로 나서지 못할 것입니다."

사람들은 이내 입가에 미소를 그리며 강현공을 칭송하였다.

"내 사제가 현명하다는 것은 알지만 이 정도일 줄은 몰랐

네. 자네가 진정한 청성파의 은인일세."

"그렇습니다. 사제, 자네의 생각에 내 놀랐다네."

"매우 훌륭한 지략일세."

그들의 말에 일일이 손을 들어 예를 표하는 강현공을 보던 방세현은 옆에 있는 오중운과 노형면을 보고는 이렇게 말을 하였다.

"자네들은 곡옥과 함께 은자 오백 냥을 준비해서 서점으로 가게. 나 또한 뒤따라가겠네."

"알겠습니다."

"그리하겠습니다."

이렇게 답을 하며 일어서는 그들을 갑자기 제지하는 사람이 있었으니 그는 다름 아닌 곡옥이었다.

"근데… 은자 오백 냥 말입니다. 꼭 은자로 오백 냥이어야 한다고 합니다."

그 말을 들은 방세현은 또다시 기겁을 하고 말았다.

보통 은자보다는 전표를 사용하기에 청성파가 현재 현찰로 가지고 있는 액수는 고작해야 삼백 냥을 좀 넘기 때문이다.

결국 또다시 청화상광이 청성파를 뒤흔들었다고 한다.

한편 두 개의 커다란 함을 들고 아미파의 복호사를 빠져나가는 무리가 있었다.

그들은 무림칠자이자 아미파의 장문인인 무절 사태(無切師太)를 위시한 아미칠려였는데 그들의 미간이 좁혀질 대로 좁혀진 것으로 보아 보통 심각한 일이 아닌 듯싶었다.

그들의 뒤를 따라나서는 여인은 이번 일의 장본인인 임청아였는데 쉴 새 없이 입이 움직이고 있었다.

하지만 소리가 새어 나오지 않는 걸로 봐서는 태전음(泰傳音)으로 대화를 하는 것 같았다.

태전음은 아미파의 독문수법으로 다른 전음과는 달리 같은 문파 사람이라면 누구나 들을 수 있었다.

이것은 타파의 침입이나 격전 속에서 문도들을 살피기 위한 방편으로 사용되고 있었다.

─현재 청성파에서는 그곳으로 향했을 것으로 생각합니다.

그녀에게 전음을 받은 무절 사태는 눈살을 찌푸렸다.

─흥! 청성산의 겁쟁이들이 그 서점을 통해 무림을 노린다는 말이더냐?

─그럴 수도 있습니다.

불같이 노하는 무절 사태를 본 오심각(悟心閣)의 각주이자 임청아의 사부인 정해 사태가 전음을 보내었다.

─스승님, 청아가 행동은 거칠어도 빈말은 하지 않는 아이이니 조심을 해야 할 듯싶습니다.

그녀의 전음을 들으며 돌 위를 박차고 오르던 무절 사태의 얼굴에는 싸늘한 한기만이 존재하고 있었다.

그간 왕래가 많은 아미파와 청성파는 겉으로 보기에는 관계가 좋은 듯싶지만 속을 들여다보면 전혀 그렇지 않았다.

과거 무절 사태의 사제인 무애 사태는 청성파의 대사형이자 장문인인 방세현을 좋아했지만 결국 버림받은 적이 있었기 때문이다.

그 일로 인해서 천일묵언(千日默言) 수행을 하던 무애 사태를 보다 못한 무절 사태가 청성파를 찾아가 칼부림을 하는 바람에 서로 앙숙의 관계가 되고 말았다.

오랜 시간이 흐른 지금에서야 기억 속에 묻히고 있었지만 그렇다고 완전히 잊어버린 것은 아니었다.

그런데 무림맹에 다녀온 임청아가 지천교의 서점에서 문파에는 없는 혜경창록의 완본을 봤다고 하였으니 서점에 있는 청성파의 비급 역시 완본이라는 말이 되었다.

청성파에 원한이 깊은 무절 사태로서는 그들이 비급을 얻는 것이 무엇보다도 싫었기에 자신이 앞장서서 서점으로 향하고 있었던 것이다.

한참을 달려가던 무절 사태는 옆에 있는 무언종의 종주인 정음 사태를 바라보았다.

아미파의 소리없는 종인 정음 사태는 아미파에 관련된 모든 정보를 처리하는 기관의 장인만큼 이번 일에 대한 계책이 서 있을 것이라고 생각을 했기 때문이다.

─정음아! 이제 어떻게 해야겠느냐?

─취해야 합니다!

자신에게 날아온 전음을 들은 정음 사태는 여전히 땅을 박차며 공중으로 날아올랐다.

그리고는 다른 말은 필요없다는 듯이 간단히 말을 하였다.

─취한다라? 그럼 서점을 우리 것으로 해야 한다는 것이더냐?

─그렇습니다. 청아의 말에 의하면 그 서점은 향후 사천은 물론이고 무림에 커다란 파장을 일으킬 곳입니다. 멸마(滅魔)를 추구하는 우리로서는 그런 곳을 가만히 둔다는 것은 어찌 보면 이상하겠지만, 그렇다고 서점을 없애자고 한다면 청성파에서 문제를 제기할 것이 분명합니다.

청성파를 들먹이는 그녀의 말에 무절 사태는 어느새 얼굴을 찡그렸다.

─흥! 고작 산속에 숨어 있는 청성파를 두려워할 줄 아느냐?

─사부님, 그들이 두려워서 그런 것이 아닙니다. 만약 그들이 그곳을 취해 자신들의 것으로 한다면 그들에게 있어 무림일통은 시간문제라고 생각을 합니다. 청아의 말대로 그곳에는 우리 문파 외의 다른 문파들의 비급도 있으니까 말입니다. 그걸 막기 위해서라도 우리가 그곳을 취해 비급이 마도에게 흘러가지 않도록 막아야 할 것이며, 이 일을 통해 다시는 청성파가 우리 파를 넘보지 못하도록 해야 할 것입니다.

그녀의 말을 듣던 무절 사태의 입에서 침음성이 흘러나왔다.

"흠!"

일순간 숲 속의 공기가 싸늘해지며 얼어붙기 시작하였다.

거창하게 무림일통을 들먹이지 않더라도 그녀의 말대로 마도가 그 서점을 차지하게 된다면 그야말로 일은 커지게 될 것이었다.

그녀의 말대로 자신들이 그곳을 취해 혹시나 있을 불상사를 막는 것이 더 낫다고 생각을 하였다.

정음 사태의 말을 듣고 있던 무절 사태는 더 이상 말이 필요없다는 듯이 더욱 내기를 발에 쏟아 부었다.

—너의 생각이 그렇다면 그리하도록 하자꾸나!

—사부님, 고맙습니다!

자신의 생각을 받아주는 무절 사태가 고마운지 정음 사태는 살며시 고개를 숙여 예를 표하였다.

그러나 그녀는 아무렇지도 않다는 듯이 여전히 발을 빠르게 놀리고 있었다.

—정조, 정교는 들어라!

—예!

—말씀하십시오!

무절 사태 옆에 있던 정심행 행주인 정교 사태와 고행각 각주인 정조는 그녀의 부름에 답하였다.

—일단 너희 둘이 그 서점을 선점하도록 하라! 이번 일에선

선점이야말로 최대 관건이니 모두 정신 바짝 차리고 하도록 하라!

―알겠습니다!

―예!

이렇게 답한 정조와 정교는 그들보다 더 빠르게 산을 타고 내려가기 시작하였다.

그녀들을 따라 십여 명의 여인이 쏜살같이 따라붙으며 무절 사태의 곁에서 멀어지기 시작하였다.

그런 그녀들을 보던 무절 사태는 입가에 싸늘한 한기를 머금은 미소를 그렸다.

―과거 정리 못한 그 일에 대한 답을 해주리라!

제3장

오해서 점배 장기전(將棋戰) !

세상 살다 보면 할 일이 없어 별 희한한 생각을 다 하는 것은 물론이고 그 생각을 실행으로 옮길 때가 있다.

성실히 일을 하며 사는 사람이라면 도저히 이해가 되지 않는 것이겠지만 일이 없어 집에서 놀고 있는 한량 같은 경우에는 그 누구보다도 동감을 할 것이라고 생각한다.

이 말은 운소에게도 해당이 되고 있었는데 두 번째와 세 번째 손님으로 인해서 은자는 벌었지만 손님이 워낙 없는 관계로 잠을 자다 지쳐 이제는 말도 안 되는 짓을 하고 있었다.

대형 장기를 두고 싶다는 단순한 생각에 서점 앞에 커다란 장기판을 그려가기 시작한 것이다.

처음에는 한 자(3.3m) 정도 크기의 장기판을 그리려고 했지만 기왕이면 크게 그리자는 생각에 무려 일곱 자나 되는 크기로 만들기 시작했다.

나뭇가지로 선을 그려가던 그는 기왕이면 제대로 그리자는 생각에 안으로 들어가서 먹물을 무려 세 통이나 만들고는 선에 따라 부어갔다.

결국 서점 앞에는 수많은 선으로 이루어진 장기판이 만들어졌고 선 옆에는 한자로 숫자가 적혔다.

얼굴 가득 묻은 먹물에도 불구하고 그는 만족스런 표정으로 안에 들어갔다가 나왔다.

그렇게 나온 그의 손에는 의복 두 개가 들려 있었는데 장기판 앞에 선 그는 그것을 힘껏 찢기 시작하였다.

무려 서른두 개의 띠를 만들어낸 그는 붓을 들어 장기 말을 보며 똑같이 쓰기 시작하였다.

하지만 문맹인 그가 글을 쓴다는 것이 쉽겠는가?

결국 서른두 개의 띠는 육십네 개로 늘어나고 말았다.

점심과 저녁까지 거르고 이 일에 열중하던 그는 있는 대로 성이 난 배를 잡으며 안으로 들어갔다.

하지만 이것이 사천무림 역사상 유례없는 장기전이 될 줄은 꿈에도 모르고 있었다.

생사단과 귀영단을 이끌고 오해서점으로 온 당문의 당보

악과 당약약은 눈앞에 펼쳐진 커다란 장기판에 어이가 없다는 듯이 바라보고 있었다.

과거 제왕들이 인간 장기를 두었다는 말은 들었지만 실제로 본 적은 없기에 그저 앞에 보이는 것이 꿈만 같았다.

거기다가 말에 쓰려는 듯 띠까지 만들어놓은 걸로 봐서는 자신들이 올 줄을 알고 있었던 것으로 보였다.

그것을 보고 있던 당보악은 옆에 있는 당약약을 보며 조금은 걱정스러운 듯 입을 열었다.

"약약아! 이건 어떻게 받아들여야 하는 것이냐?"

"저도 잘 모르겠습니다. 하지만 대인이 우리가 올 줄 미리 알고 준비한 듯싶으니 건들면 안 될 것 같습니다."

그녀 역시 눈앞에 펼쳐진 장기판에 황당해하는 사이 자신들 곁으로 다가서는 무리들이 보였다.

경계심 가득한 그들을 본 당보악과 당약약의 눈살이 심하게 찡그려지기 시작하였다.

제대로 방비도 못한 상태에서 그들이 너무나 빨리 모습을 드러냈기 때문이다.

거기다 눈앞에 만들어놓은 장기판의 진의를 모르고 있기에 경거망동을 할 수 없어 조용히 그들을 바라보는 것으로 마중하는 것을 대신하였다.

당문의 곁으로 다가오는 무리들은 두 개로 나뉘어 있었는데 그들 역시 눈앞에 있는 장기판을 보고 놀라는 듯싶었다.

하지만 그것보다 더 놀라고 있는 것은 당문이 사람들을 데리고 이곳에 있다는 것이었다.

소리 없이 다가선 아미파의 정조와 정교는 당황스러운 표정을 지었다.

"당문의 노독물들이 어찌 알고 왔을까요?"

"나도 모르겠다. 일단 사부님이 오시기 전까지는 경거망동하지 말고 기다리도록 하자!"

당문의 등장으로 인해서 서점으로 들어서기 난감해진 그들은 일단 무기를 잡아가며 주위를 살폈다.

아미파와 마찬가지로 출입을 허용치 않겠다는 듯 서 있는 사람들이 있었으니 그들은 바로 청성파의 방세현 일행이었다.

마치 서점으로 들어가는 것은 허용치 않겠다는 듯한 모습의 세 무리는 어느새 싸늘한 한기마저 보이고 있었다.

방세현은 옆에 있는 강현공을 보며 조용히 말을 하였다.

"정말 현공 사제의 예측대로 당문과 아미파 모두 모습을 드러냈구만!"

그의 말에 동의한다는 듯 오중운이 고개를 끄덕였다.

"현공 사제의 지략은 대단합니다. 정확히 짚어내니 말입니다. 하지만 이렇게나 빨리 이들이 행동을 취할 줄은 생각도 하지 못했습니다."

"이리되면 절대 물러서서는 안 됩니다. 잘못되면 우리는 사천에서 발도 못 붙일 것이니 말입니다."

"알겠네! 우리 청성파가 그동안 힘이 없어 가만히 있었던 것이 아님을 보여주겠네!"

강하게 말을 하는 강현공을 보던 방세현은 걱정 말라는 듯 고개를 끄덕였다.

이렇게 다짐을 하는 세 무리의 장들은 서로를 말없이 쳐다 보며 전의를 불태우고 있었다.

어느새 오해서점 앞은 온통 무림인으로 뒤덮였으며 자칫 잘못하면 커다란 불상사를 부를 만큼 일촉즉발의 상황이었 다.

하지만 무슨 일이든 선방이 중요하다는 것을 알고 있는 당 보악은 앞으로 나섰다.

"노부는 당문의 문주 당보악이네! 근데 이 야심한 밤에 어 찌하여 당문을 지척에 둔 이곳에 오신 것인가?"

유독 당문을 지척에 두었다는 것을 강조하는 그의 말에 정 조는 말도 안 되다는 표정을 지었다.

"저는 아미파의 정조라고 합니다. 이곳은 아미파의 영역이 지 당문이 손을 대고 있는 곳이 아닌 것으로 알고 있습니다."

"무슨 말을 하는 것인가? 어찌 청성의 땅을 자신의 것이라 말을 하는 것인가?"

참지 못하겠다는 듯이 이렇게 말한 방세현은 자신과 어깨 를 나란히 하고 있는 정조를 보며 코웃음을 쳤다.

"그리고 어른들 하는 일에 어찌 아미파의 아이가 끼어들려는 것이냐?"

"어찌!"

"좀 더 큰 다음에 나서도록 하거라!"

자신을 아이로 칭하는 그의 말에 발끈한 정조가 말을 하려고 했지만 들을 필요 없다는 듯 방세현이 말을 잘랐다.

사실 그가 정조를 아이라 칭한 것은 선기를 잡기 위한 것이지 놀리는 것은 아니었다.

하지만 말이란 입 안에서 맴돌더라도 일단 나오면 주워 담지 못하는 것이었다.

진의는 어쨌든 계속되는 아이 취급에 정조의 얼굴은 붉다 못해 홍당무가 되었고 치밀어 오르는 노기에 한마디 하려는 순간 뒤에서 커다란 외침이 들려왔다.

"감히 노부의 제자를 핍박하려는 자가 누구더냐?"

순간 들려오는 천리전성(千里轉聲)에 내력이 높지 않은 자들은 모두 제대로 서 있지 못하고 선혈을 뿜어냈다.

갑작스런 소리에 놀란 당보악은 문도들을 보호하기 위해서 발을 들어서 내려쳤다.

쿵!

지축이 울리는 듯한 굉음이 주위로 퍼져 나가자 당문을 위협하던 천리전성은 사라지고 말았다.

차앙!

방세현도 지지 않겠다는 듯이 검을 들어 날을 튕기자 당보악과는 다른 청명한 소리가 울려 퍼지면서 청성파로 날아오던 천리전성이 사라졌다.

방세현과 당보악이 그렇게 자파의 사람들을 챙기고 있는 가운데 누군가 허공을 격하고 날아왔다.

붉은 검날이 붙은 피를 들고 서 있는 그녀의 모습으로 보아 아미파의 무절 사태 같아 보였다.

"감히 노부의 제자를 핍박하려는 것이냐?"

노기 섞인 말투로 말을 하는 그녀를 보던 방세현이 코웃음치며 고개를 돌렸다.

"흥! 어른의 대화에 아이를 보낸 사태의 잘못이지, 그럼 내 잘못이겠는가?"

"어른들이 아이를 보살펴 주지 못할망정 그렇게 비꼬는 것이 어른의 도리란 말이더냐?"

"무슨……."

그의 말을 듣고 있던 무절 사태가 비웃으며 이렇게 말을 하자 순간 청성파 사람들에게서 진한 살기가 흘러나왔다.

치밀어 오르는 노기를 억누르느라 붉어진 얼굴을 하고 있던 방세현을 본 무절 사태는 여전히 비웃었다.

"할 말이 있으면 해보거라! 이 무정한 놈아!"

"무슨 망발을 하는 것이냐?"

그녀의 말에 끝내 이성을 잃은 듯 방세현은 손가락질을 하기 시작하였다.

어느새 아미파와 청성파는 금방이라도 싸움을 할 것같이 서로 살기를 보이고 있었다.

그런 그들을 보던 당보악은 혹시나 운소가 이 일로 화를 낼까 두려워 급히 입을 열었다.

"그만 하게나! 이러다 대인이 노할까 두렵네."

갑자기 당보악이 대인이라는 말을 담자 서로를 보며 으르렁거리던 방세현과 무절 사태의 고개가 홱 돌아갔다.

"대인?"

"무슨 말인가? 대인이라니……."

전혀 모른다는 듯한 표정에 당보악은 순간 묘한 표정을 지었다.

'설마, 대인의 존재를 모르고 이곳에 왔다는 말인가? 괜히 긁어 부스럼 만드는 것은 아닌지?'

이렇게 책망하던 당보악은 주위를 보며 상황을 주시하였고 그런 그를 본 방세현은 뭔가가 있다는 생각을 하였다.

'당보악이 대인이라 칭할 정도라면 저 서점에 뭔가가 있다!'

이렇게 생각한 그는 급히 강현공과 전음으로 이 상황에 대해서 주고받았고, 그들을 주시하던 무절 사태 역시 뭔가 있다는 생각을 하였다.

'그가 뭔가를 숨기는 듯싶으니 일단 상황을 주시하도록 하

는 것이 좋을 듯싶구나.'

이렇게 생각을 한 그녀는 아무 말 하지 않고 주위를 살피었
다.

그렇게 서로를 관찰하는 사이 어둑어둑해진 그들의 머리
위로 둥근 달이 떠올랐다.

그 순간 안에서 배를 두들기며 모습을 드러낸 사내가 있었
으니 바로 운소였다.

그는 오래간만에 힘을 썼는지 연신 성을 내는 배를 보고
는 안으로 들어가 환과 우물물을 몇 바가지나 먹었는지 몰
랐다.

마실 때마다 배가 찌르르한 느낌과 함께 묘한 기운이 사지
로 돌아다니는 것을 느꼈지만 이제는 만성이 된지라 별 생각
하지 않았다.

그래도 배부르게 먹고 나온 그는 아까 하던 장기나 해야겠
다는 생각으로 나온 것이다.

그런데 눈앞에 수많은 사람들이 보이자 운소는 잘됐다 싶
어 미소를 지었다.

"어라! 그렇지 않아도 장기 말이 필요했는데 잘됐네!"

운소가 이렇게 말을 하는 것은 눈앞에 있는 사람들이 이곳
을 우연히 지나가다 장기판을 보고 장기를 두러 온 사람으로
착각했던 것이다.

그렇게 말도 안 되는 오해를 한 운소는 품(品) 자로 서 있는

그들을 보고는 소리쳤다.

"뭐 해! 왔으면 여기 떠를 매라고……."

갑자기 떠를 매라는 그의 말에 서로를 쳐다보던 사람들은 황당한 표정을 지었다.

"대인, 무슨 말을……."

그에 당보악은 그의 심기를 건드리지 않기 위해 미소를 지으며 조심스레 물었다.

갑자기 그가 대인이라는 말을 하자 주위에 있던 모든 사람들의 시선이 그쪽으로 향했다.

그런 그들을 본 운소는 여전히 그들이 장기를 두러 온 사람이라 생각하고는 입을 열었다.

"이렇게 모였으니 결판을 내라고! 개뿔이! 오랫동안 시끄러웠으면 됐지 않아? 기왕 이렇게 된 것 하나만 남는 것이 좋을 듯싶은데……."

결판을 내라는 그의 말에 순간 세 무리의 장은 흠칫 놀라고 말았다.

그의 말로 보아 아마도 지금까지의 모든 상황을 보고 있었던 것 같았다.

'그럼! 대인은 이 모든 것을 예상하고 있었던 것인가?'

당보악의 머리에는 사천의 형세가 그려지기 시작했다.

사실 사천은 다른 곳과는 다르게 세 개의 문파가 자리하고 있는 만큼 형세가 복잡하기 그지없었다.

거기다 툭하면 세 파 간의 완력이 작용하며 이래저래 많은 소동이 일어나고 있었다.

그러나 무림에서 명망있는 문파들인만큼 쉽게 움직이지 못하고 있었다.

그런 그들에게 이제 결판을 내라는 말을 하는 그의 모습은 사천의 지배자를 확실히 하라는 것으로 보였다.

방세현이나 무절 사태 역시 같은 생각을 하였다.

하지만 운소가 오랫동안 시끄럽다 한 것은 식사하는 동안 귓가에 들려온 그들의 말 때문이고 하나만 남으라 한 것은 장기를 두러 온 만큼 승리자는 하나뿐이라는 것을 의미하고 있었다.

그렇게 운소와 세 파는 또다시 말도 안 되는 오해를 하고 있었던 것이다.

자신이 오해하고 있는 것도 모르던 운소는 피식 웃으며 역시 이기는 쪽이 최고라는 생각을 하였다.

"참고로 난 이기는 쪽 편이야!"

그의 말을 들은 방세현은 그가 한 말에 대해 나름대로 분석을 하기 시작하였다.

'참고로 이기는 쪽 편이라는 말은 사천의 지배자가 되는 쪽에 힘을 실어주겠다는 뜻이다. 이것은 저 서점에 있는 비급을 주겠다는 말이나 다름이 없는 것이다.'

이렇게 이해한 그는 고개를 돌려 강현공을 보았고 그 역시 그렇게 생각하고 있는 듯싶었다.

이것을 보던 무절 사태의 머릿속에 한줄기 전음이 들어왔다.

ㅡ사부님! 서점 주인이 당보악이 말하는 대인인지는 정확히 모르겠지만 그는 지금 서점의 비급을 한쪽에게만 보여주겠다고 하였습니다. 이것은 무림일통에 대한 의지를 묻는 것이니 우리로서는 가만히 있으면 안 된다고 생각합니다.

정음 사태의 전음을 듣고 있던 무절 사태는 무림일통이라는 말에 흠칫 놀라다가 이내 알겠다는 듯이 전의를 불태우기 시작하였다.

그런 이들의 표정을 보던 당문은 큰일이 났다는 듯한 표정을 지었다.

'탁상공론하느라 느렸던가? 그동안의 대인의 행적으로 보아 우리에게 힘을 실어주는 듯싶었는데 우리가 주저하는 바람에 기회를 걷어차 버린 듯싶구나!'

속으로 자책의 말을 하던 당보악은 이내 굳은 결심을 하고 손에 든 검을 쥐기 시작하였다.

자신의 말에 여전히 대답이 없는 그들을 보던 운소는 단순한 장기가 재미가 없어서 그런가 싶어 안으로 들어갔다.

그런 그를 말없이 쳐다보는 그들 앞에 다시 몸을 나타낸 운소의 손에는 책 한 권이 들려 있었다.

"개뿔이! 그냥 하면 재미없으니 이걸 부상으로 걸지!"

선심 쓴다는 듯이 던지는 그 책을 본 세 무리의 장들은 천천히 다가섰다.

책에 적혀 있는 글자를 보는 순간 세 명 모두 경악에 찬 소리를 지르며 운소를 바라보았다.

"건곤진경!"

"어찌! 전설의 건곤진경이……."

"이것을 부상으로……?"

건곤진경은 과거 달마대사가 역극경을 바탕으로 해서 만든 팔극경 중에 하나로 단순한 열여섯 개의 초식으로 되어 있지만 그 위력은 상상을 초월한다고 전해지고 있었다.

무당파의 장삼봉도 팔극경에 있는 한 개의 초식을 배워 득도했다고 전해지니 이 책의 가치는 상상을 불허한다고 할 수 있었다.

그런 절세비급을 준다는 그의 말에 세 사람은 그저 고개만 저을 뿐이었지만 머릿속에 공통적으로 떠오르는 것이 있었다.

'이겨야 한다!'

여전히 가만히 있는 그들의 모습이 맘에 들지 않아 운소는 팔짱을 끼고는 장기판을 넘어 다가섰다.

저벅저벅!

거침없이 다가온 그는 갑자기 두 주먹과 발을 들어 세 사람을 쳤다.

퍼퍼펔!

요란한 소리와 함께 세 사람은 일순간 무너지듯 바닥에 쓰러졌다.

눈, 가슴, 무릎을 만지던 세 사람은 책을 들고 털고 있는 운소를 보며 또다시 경악에 찬 소리를 질렀다.

"무… 무박자!"

동시에 지르는 그들의 말에 주위에 있던 사람들 역시 할 말을 잃은 듯 동작들을 멈췄다.

사실 세 사람이 아무리 당황했다고는 하나 운소의 주먹을 맞을 경우는 만분지 일도 되지 않았다.

그런데도 그들이 맞을 수밖에 없었던 것은 그에게서 그 어떤 기척도 보이지 않았기 때문이다.

무박자였기 때문에 맞을 수 있었던 것이다.

보통 사람들은 사람을 치기 위해서는 박자라는 것이 존재를 한다.

즉, 하나에 주먹을 들거나 자세를 취하고 둘에 때리는 것이 원칙이었다.

하지만 무박자는 하나에 해당하는 자세라는 것이 없었다.

즉, 무박자란 일절의 준비 자세 없이 공격하는 것으로 초절정고수가 할 수 있다는 전설의 공격법이었다.

그런 초절정고수나 할 수 있는 공격법을 운소가 선보이니 어찌 경악을 하지 않겠는가?

일순간 주위가 조용해지며 싸늘한 한기만이 주위를 감돌 뿐이었다.

사실 운소는 그들이 세 문파의 수장이라는 생각은 하지 못하고 그저 뭔 일인가 싶어 구경하러 온 구경꾼으로 생각하였다.

물론 당보악은 알아볼 수도 있겠지만 워낙 어두운 데다가 얼굴까지 찡그리고 있어 전혀 알아보지 못했다.

만약 이들이 세 문파의 수장이라는 것을 알았다면 무서워서 말도 못 꺼냈을 것이다.

또한 세 문파가 말하는 무박자라는 공격은 전에 일하던 곳에 있던 총관 길순에게 배운 것이었다.

그는 점소이를 들볶기로 유명한 자인데 툭하면 지금 한 것처럼 때렸다.

워낙 순식간에 때리는 것이라 그때마다 방비를 못한 사람들은 그대로 바닥에 쓰러질 수밖에 없었다.

오랫동안 그렇게 맞다 보니 운소 역시 그와 같은 수법으로 때리는 것이 가능해졌던 것이다.

책을 다시 회수한 운소는 띠를 가리키며 소리쳤다.

"개뿔이! 하려면 빨리 해! 안 그럼 없던 것으로 한다!"

화가 났다는 듯한 그의 모습에 세 무리의 장은 손을 저으며 각 진영으로 돌아갔다.

"하겠습니다."

"합니다!"

"뭘 하느냐, 준비하거라!"

허둥지둥 띠를 들고 준비하는 그들을 본 운소는 이제 장기 대결을 보겠다는 생각에 흐뭇한 미소를 지었다.

하지만 그는 모르고 있었다. 이 장기 대결로 인해서 온 무림이 떠들썩하게 된다는 것을 말이다.

운소의 말대로 손에 띠를 쥐고 자신의 진영으로 돌아간 당보악은 놀란 얼굴을 하고 있는 당약약에게 다가섰다.

그녀 역시 지금까지의 일을 모두 보고 들었기에 놀란 눈빛을 보이고 있었다.

"괜찮으신가요?"

"괜찮다. 그리 세게 치지는 않았느니라. 이게 다 대인이 너 그러운 마음으로 참아주신 것이 아니겠느냐?"

"그건 그렇지만 놀랐어요. 무박자라니요?"

무박자를 들먹이는 그녀의 말에 당보악은 턱을 어루만지며 조심스레 입을 열었다.

"그건 나도 마찬가지이다. 대인이 이 정도로 절세무공을 가지고 있을 줄은 꿈에도 몰랐다."

난감한 표정을 보이던 당약약은 이내 얼굴을 사정없이 구겨갔다.

"대인의 무공이 그 정도라면 그분이 하시려는 인간 장기에 대해서 다시 한 번 생각할 필요가 있어요."

앞으로 펼쳐질 인간 장기에 대해서 생각을 다시 해보자는 그녀의 말에 당보악은 의아한 빛을 보였다.

빈말을 하지 않는 그녀이기에 허투루 들을 수는 없었기 때문이다.

당보악은 뭐라 말을 하려고 했지만 골똘히 생각에 잠긴 그녀의 모습에 아무런 말도 하지 못한 채 바라보고만 있어야 했다.

잠시 생각을 하던 그녀는 이내 입을 딱 벌리고 어처구니없어하였다.

"설마 대인께서 그런 생각을……."

"왜 그러느냐?"

경악을 하듯 놀라는 그녀의 모습에 당보악은 왠지 불안한 듯 무슨 일인지 물었다.

그의 질문에 대답을 하지 못한 채 입을 벌리고 있던 그녀는 고개를 돌려 당보악을 보았다.

"너무나 절묘한 생각이에요. 너무나……."

"절묘하다니, 무슨 말을 하는 것이냐?"

완전히 넋이 나간 듯 말을 하는 그녀의 모습에 당보악은 점점 불안해지기 시작하였다.

지금껏 그녀가 이렇게까지 반응을 보인 적이 없었기에 더욱 그러하였다.

한참을 멍하니 있던 그녀는 이내 고개를 젓더니 한숨을 쉬었다.

갑자기 한숨까지 쉬는 그녀의 모습에 더욱 불안해진 그는 힘겹게 침을 삼키고는 입을 열었다.

"무… 무슨 일인데 그러는 것이냐?"

"대인이 하시려는 장기는 한마디로 저희를 시험하시려는 것이에요."

여전히 이해 못할 말을 하는 그녀의 모습에 당보악은 급히 설명을 바란다는 듯이 쳐다보았다.

"장기에서 필요한 것이 무엇인가요?"

"그야 전략이 아니더냐?"

"맞아요. 그렇다면 저희가 말이 된다는 것은 무엇을 의미하는 것이겠어요?"

"무림인이 말이 되는 것이니 당연 무공을 보이……."

여기까지 말을 하던 당보악은 그녀의 말하는 바를 깨달았는지 이내 입을 떡 벌리고 말았다.

그것은 주위에 있던 사람들도 마찬가지였는데 순간 그들의 고개가 운소를 향하기 시작하였다.

그것을 보고 있던 당약약은 마른 입술을 훔치며 말을 계속 이어나갔다.

"대인께서 이번 인간 장기를 하는 이유는 단 두 가지예요. 하나는 얼마나 전략을 구사할 수 있느냐고, 다른 하나는 저희의 무공 실력을 파악하려고 하시는 거예요."

"우리의 전략과 무공 실력?"

"그래요. 저희 문파에 대한 현 전력을 가늠하시려는 것입니다."

그녀의 말을 들어 그나마 대충은 알 수 있었지만 자세한 것은 잘 모르겠다는 듯한 주위 사람들의 모습에 잠시 한숨을 쉰 당약약은 천천히 입을 열었다.

"저희의 전력을 가늠하시려 한다는 것은 무림에서의 우리 힘이 얼마나 통할 수 있을지 가늠해 본다는 것이에요. 전에 문주님께서 대인께서 바둑으로 무림 정세를 논하였다고 하지 않으셨나요? 그것을 통해 우리 스스로 자각하도록 하고 이번 장기를 통해 진정한 힘을 가늠한다는 것입니다."

"그렇다면 대인께서 무림일통의 생각이 있… 으시다는 말이냐?"

"그것밖에는 없다고 생각이 듭니다."

그녀의 말에 당보악은 순간 할 말을 잃은 듯 한참을 입을 다물지 못하고 있었다.

그것은 다른 사람들도 마찬가지였는데 어느새 당문이 머무는 자리에는 공기마저 무겁게 가라앉아 있었다.

그렇게 침묵 속에 있던 그들의 귀에 들려온 목소리가 있었다.

"아! 그리고 규칙을 하나 바꿀까 하는데 보통 말을 움직여

상대방 말을 공격하면 그대로 죽어야 하는데 그렇게 하지 말고 싸워서 이긴 말이 남는 걸로 하자구!'

대수롭지 않게 하는 운소의 말을 들은 당약약은 이미 예상하고 있었던 일이라는 듯이 고개를 끄덕였다.

"역시 제 생각대로예요. 대인께서는 우리의 무공 실력도 보겠다는 것이에요. 그것도 확실하게 말이죠."

"그런 것 같구나!"

당보악은 그녀의 뛰어난 혜안에도 놀랐지만 이런 일을 생각한 운소에게는 경악을 금치 못했다.

"일단 장기 말을 할 사람들은 생사단과 귀영단 중에 실력이 뛰어난 자를 우선으로 해요. 그리고 우리가 장(將)이 될지 사(師:우리의 장기와는 달리 중국의 장기는 왕, 즉 궁이 초와 한이 아닌 장과 사로 되어 있습니다)가 될지는 모르겠지만 장에는 일단 율 오라버니를 하도록 하고 말은 제가 직접 움직이도록 하겠어요."

그녀의 말에 당보악은 알겠다는 듯이 고개를 끄덕이고는 주위를 둘러보며 다짐을 하듯 말을 하였다.

"만약 이번에 진다면 천추의 한이 될 것이니 이 점을 명심하고 또 명심하도록 하라!"

"알겠습니다!"

당문의 문도들은 알아들었다는 듯이 손을 들어 예를 표하며 큰 소리로 답하였다.

그것을 보고 있던 당보악은 고개를 돌려 청성파와 아미파를 죽일 듯이 노려보며 살기를 뿜어내었다.

"분명 서점 주인은 전대 고수가 분명합니다."

"내 눈을 속이는 고수가 있다는 생각을 못하였느니라. 참으로 부끄럽기 그지없구나!"

단정 짓듯 말을 하는 정음 사태를 본 무절 사태는 동의한다는 듯이 고개를 끄덕였다.

사실 무절 사태는 서점 주인이라는 운소에게서 일말의 기도 보이지 않는 것을 보고는 그저 평범한 사람으로 생각을 하였다.

그래서 그가 지니고 있다는 비급만을 생각했는데 막상 그에게 무박자로 당하고 보니 자신의 눈이 어두워졌음을 깨달았다.

그 순간 그들의 귀에 들려오는 말이 있었다.

"아! 그리고 규칙을 하나 바꿀까 하는데 보통 말을 움직여 상대방 말을 공격하면 그대로 죽어야 하는데 그렇게 하지 말고 싸워서 이긴 말이 남는 걸로 하자구!"

그런 그녀를 보고 있던 정음 사태는 아까보다 더욱 얼굴을 굳혔다.

"사부님, 지금 그것을 따질 때가 아닙니다."

"무슨 말을 하려는 것이더냐?"

"아까도 보셨듯이 대인께서는 정파의 무림일통을 원하고 있습니다. 그리고 그것을 위해 이번 일을 꾸미신 듯싶습니다."

그녀의 말에 무절 사태는 이제야 깨달았다는 듯이 고개를 끄덕였다.

"그것을 깜박했구나! 그래, 이번 일을 어찌하는 것이 좋을 듯싶느냐?"

너무나 쉬운 질문이었으나 정음 사태에게는 이보다 어려운 질문은 없는 듯싶었다.

이번 장기판에 담긴 의미를 안 이상 함부로 대처해서는 안 되기 때문이다.

한참을 고심에 고심을 하던 그녀는 고개를 들어 입을 열었다.

"일단 저와 정현을 뺀 정 자 계열은 모두 출전하도록 하겠습니다. 두 문파에 비해 주력이 적은 우리로서는 그 수가 제일 좋을 듯싶습니다."

"너희 모두 말이더냐?"

무절 사태는 놀란 듯 반문을 하였다.

그러자 서로를 쳐다보던 아미칠려는 손을 들어 그녀에게 예를 표하며 무릎을 꿇었다.

"아미의 영광을 이 자리에서 다시 꽃피우도록 하겠습니다."

한 몸인 듯 말을 하는 그녀들의 모습에 무절 사태는 이내 뭔가를 결심한 듯 창을 들어 바닥에 꽂았다.

쿵!

요란한 소리와 함께 창의 반이 지면 속으로 들어가 버렸다.

그녀의 신공에 놀란 듯 주위 사람들은 모두 고개를 돌려 쳐다보았다.

"나, 무절 사태는 너희의 노력을 헛되이 되게 하지 않겠느니라. 만약 그렇게 한다면 내 애병을 이곳에 묻고 돌아가리라!"

그녀의 말을 들은 아미파의 모든 문도들은 이내 무릎을 꿇으며 예를 표하였다.

"아미의 이치는 하늘에 닿고 지축을 울리니 그 이름에 모두 경외를 표하리라!"

이렇게 외치던 그들은 서서히 몸을 일으켰는데 그들의 전신에서는 이루 표현할 수 없을 만큼 강맹한 기세가 뻗어 나오기 시작하였다.

"아! 그리고 규칙을 하나 바꿀까 하는데 보통 말을 움직여 상대방 말을 공격하면 그대로 죽어야 하는데 그렇게 하지 말고 싸워서 이긴 말이 남는 걸로 하자구!"

갑자기 들려온 말에 고개를 돌렸던 방세현이 옆에 있는 강현공을 보았다.

"사제의 예상대로구먼!"

이번 대결에 분명 조건 같은 것이 있을 것이라 했던 그의 말을 상기하며 방세현이 이렇게 말을 한 것이다.

강현공 역시 혹시나 했던 것이 사실화되자 안색이 점점 굳어져 갔다.

한참을 고민하던 그는 자신을 바라보는 방세현을 보며 이렇게 말을 하였다.

"이 모든 것이 치밀하게 계획된 것이 분명합니다. 그렇지 않고서는 그렇게 많은 비급을 보유할 수도 없고 사천 땅에 나타나 당문과 아미파, 그리고 자파를 건들 수는 없을 것입니다."

"그렇다면 음모가 있다는 말인가?"

음모론을 거론하는 방세현을 보던 강현공은 이내 고개를 저었다.

그런 그의 모습에 방세현은 눈살을 찌푸렸다.

"음모론 같은 것은 절대 아닙니다. 그 반대라 할 수 있을 것입니다."

"음모론의 반대라니? 무슨 말을 하려는 것인가?"

"아마도 앞으로 혈겁이 올지 모른다는 말입니다."

음모론 대신 혈겁을 들먹이는 그의 모습에 방세현은 깜짝 놀란 듯 눈을 동그랗게 뜨며 쳐다보았다.

"혈겁이라니, 무슨 말을 하고 싶은 것인가?"

도무지 무슨 말을 하는지 모르겠다는 방세현의 말에 강현공은 그렇지 않아도 작은 눈을 더욱더 좁게 만들기 시작하였다.

　"아마도 무림의 혈겁을 대비해 이런 일을 만든 것 같습니다."

　"혈겁을 대비해?"

　"그렇습니다."

　혈겁을 대비해서 이런 일을 만든다니, 도저히 이해가 가지 않는 그의 말에 방세현은 답답하여 한숨까지 내쉬며 그에게 다가섰다.

　"사제, 알기 쉽게 좀 말을 해보게!"

　마치 방세현을 궁금증에 미치게 만들려는 듯 말을 하지 않던 그는 이내 굳게 닫힌 입을 천천히 열었다.

　"아마도 서점 주인, 아니, 대인은 앞으로 다가올 혈겁에 대비해 무림을 보호할 수호문파를 고르려는 듯싶습니다."

　"수호문파?"

　그의 말을 되풀이하던 방세현은 이내 입을 떡 벌리고 말았다.

　언젠가 문헌으로만 들었던 수호문파는 무림에 위급한 일이 오기 전에 한 기인에 의해 선택되어 무림을 보호한다고 되어 있었다.

　과거 혈림에 의한 혈겁 역시 한 기인에 의해 수호문파가 만들어졌으며 그로 인해 막을 수 있었다 전해졌다.

그러나 그 기인이 누구인지, 어떤 목적을 가지고 있는지 알려진 바는 전혀 없으며 지금까지 알려진 것이라곤 무박자의 절대고수라는 것뿐이었다.

강현공의 말대로 수호문파에 대해 이야기를 떠올린 방세현은 지금까지의 모든 일들이 일목정연하게 정리되는 것이 느껴졌다.

"그럼, 앞으로 무림에 과거 혈림과 비슷한 혈겁이 올 것이란 말인가?"

"지금까지의 정황으로 보아 그럴 가능성이 많습니다."

마치 혈겁이 오는 것이 기정사실인 듯 말을 하는 강현공을 보던 그는 지금의 상황이 얼마나 중한 것인지 깨닫게 되었다.

"그… 그렇다면 어떻게 해야 하는 것인가?"

머릿속이 혈겁에 대한 걱정으로 가득 찬 방세현은 떨리는 목소리로 말을 하였다.

그런 그를 보고 있던 강현공은 뭔가를 결심했는지 굳은 표정으로 입을 열었다.

"당연 우리가 수호문파가 되어야 합니다."

"수호문파를 말인가?"

당연히 수호문파가 되어야 한다는 강현공의 말에 머릿속을 채우던 혈겁에 대한 걱정거리가 사라진 방세현은 조금은 안정된 모습을 보였다.

그의 그런 모습에 강현공도 조금은 만족을 하는지 아까와는 달리 혜안을 보이며 입을 열었다.

"그렇습니다. 생각해 보십시오. 과거 수호문파라 일컫던 태양문은 현재 부림맹의 주축 세력이 되어 세간에 이름을 떨치고 있으며 문주인 멸마황(滅魔皇) 우지인은 현재 맹주로 활약을 하고 있습니다."

"그건 그렇네만……."

그의 말에 동의를 표하듯 고개를 끄덕이던 방세현의 눈은 이내 반짝이기 시작하였다.

"만약 우리가 대인의 선택에 들어 수호문파만 될 수 있다면 그때는 무림의 주축 세력으로 구파일방에 부럽지 않을 것입니다. 또한 우리 청성파의 이름을 만천하에 알리는 계기가 되어 후에는 우리를 칭송하는 사람들로 넘쳐날 것입니다."

칭송하는 사람들이 넘쳐날 것이라는 그의 말에 방세현은 이내 흐뭇한 표정을 짓기 시작하였다.

그동안 청성파는 정파임에도 세력이 적어 배척당해 온 것이 사실이었다.

그러나 강현공의 말대로 된다면 무림일통은 둘째 치고라도 무림판도 자체를 뒤집어엎는 결과를 낳게 될 것이다.

거기다 정파의 우상으로 떠오를 수도 있어 무림사에 길이 남는 문파가 될 것이 분명하였다.

어느새 흥분이 된 듯 붉어진 얼굴을 감추지 못하던 방세현은 고개를 돌려 강현공을 바라보았다.

"알겠네. 어떻게 하는 것이 좋겠는가?"

"일단 무공이 높은 사람을 우선으로 장기 말에 배치를 하고 제가 말을 움직이도록 하겠습니다. 그리고 장문인께서는 다른 문파에서 술수를 쓰지 못하게 대인을 맡아주시기 바랍니다."

"알겠네! 그리하도록 하세!"

"그렇게만 된다면 청성의 미래는 눈부실 것입니다."

단언하듯 말을 하는 그의 모습을 보던 방세현은 웃으며 자신만을 바라보는 문도들을 바라보았다.

"푸른 성이 마의 숨결을 막고 천도진인이 대지에 굳게 서는 날, 청성의 기개가 하늘을 꿰뚫으리라!"

자신도 모르게 청성도문(靑城道問:청성인으로서의 기개를 보여주는 구호)을 외우는 방세현을 따라 청성의 전 문도가 따라 읊었다.

그들의 말이 하나가 되면 될수록 그들의 몸에서는 엄청난 기운이 감돌기 시작하였다.

그런 그들을 보던 방세현은 자신도 모르게 투기를 보이며 입을 열었다.

"청성의 기개를 꺾을 자, 그 누가 있겠는가? 가라! 청성의 이름을 만천하에 알리도록 하거라!"

태양이 뜬 것마냥 주위를 환히 비추는 횃불 앞에 있던 운소는 띠를 가지고 각자의 진영으로 돌아가는 세 무리의 장을 보며 자신도 모르게 웃고 있었다.

앞으로 펼쳐질 일에 대한 기대감으로 부풀어 있었기 때문이다.

서로들 모여 한참을 이야기하는 모습이 마치 작전 회의를 하는 것 같아 재미있다는 생각까지 들고 있었다.

그 순간 뭔가가 생각난 운소는 주위를 바라보며 말했다.

"아! 그리고 규칙을 하나 바꿀까 하는데 보통 말을 움직여 상대방 말을 공격하면 그대로 죽어야 하는데 그렇게 하지 말고 싸워서 이긴 말이 남는 걸로 하자구!"

너무도 편한 표정으로 말을 하는 그와는 반대로 갑작스런 그의 제안에 모든 사람들이 심각해지기도 하고 부산해지기도 하는 등 난리법석을 떨었다.

그런 그들의 모습을 보면서도 운소는 뭐가 좋은지 연신 웃고만 있었다.

사실 그가 장기의 규칙을 바꾼 것은 그들이 모여서 작전 회의를 하는 것을 보고 문득 점소이 단합대회가 생각이 났기 때문이다.

항주 점소이들은 매년 세 번씩 단합대회를 하는데 그때 하는 것이 이른바 철인(鐵人) 삼종(三種) 경기(競技)라는 것이다.

철인 삼종 경기는 장기, 알까기, 격오(格五 : 오목의 다른 말)를 말하는데 일반적으로 하는 규칙과는 조금씩 다르며 지는 순간 출신 주루 사람들에게 거의 초죽음이 되기에 철인(언어 맞아도 죽지 않을 정도로 체력이 좋은 사람) 삼종 경기라 부르는 것이다.

과거의 기억을 되새기던 그는 어느새 다가온 방세현, 당보악, 무절 사태를 보고는 이내 입을 열었다.

"장기를 둘 사람이야?"

난데없이 장기를 둘 사람이냐는 말에 셋은 서로를 보다 고개를 저었다.

그런 그들을 보던 운소는 기본이 안 되어 있다는 듯이 눈살을 찌푸리고는 고개를 저었다.

"개뿔이! 장기 둘 사람이 와야지. 어째 아무것도 아닌 사람들이 오는 거야?"

나설 사람이 나서야 하는 것 아니냐는 그의 말에 세 명은 자신도 모르게 얼굴이 붉게 상기가 되고 말았다.

순간 치밀어 오르는 노기를 참느라고 그런 것이 분명했다.

잠시 말도 못한 채 전신의 내력을 이용해 노기를 억누른 그들은 장기를 두기로 했던 사람들을 부르기 시작했다.

잠시 후 불려 나온 강현공, 정음 사태, 당약약을 본 운소는 나무로 만든 통을 들어 보였다.

그곳에는 젓가락 비슷한 것이 네 개 있었는데 아마도 그것을 뽑는 것으로 순서를 정할 듯싶었다.

사람은 세 명인데 네 개가 있다는 것에 의문을 품을 만도 하였지만 장기에 대한 생각 때문인지 그들은 전혀 눈치 채지 못하였다.

거기다 서로 생각하는 바는 다르지만 첫 시합에 나서서 화려한 승리로 운소에게 강한 인상을 남기려는 생각 때문인지 세 사람은 서로 뽑겠다 나서고 말았다.

"제가 뽑겠습니다."

"이보세요! 당문이 먼저예요!"

"무슨 말씀이신가요? 아미가 먼저입니다."

언성까지 높이며 말을 하는 그들의 모습에 운소는 한숨을 쉬다 이내 버럭 소리를 질렀다.

"개뿔이! 지금 누구 앞에서 시끄럽게 구는 거야?"

순간 시간이 멈춘 듯 사람들의 동작이 멈췄다.

동작이 멈출 만큼 놀라하던 당약약은 눈살을 찌푸리며 옆에 있는 강현공과 정음 사태를 보았다.

'청송의 말코도사와 아미의 푼수들 때문에 대인께 찍힐 수는 없는 일이다. 일단 대인의 말씀을 들어보자!'

청성파와 아미파를 욕하던 당약약은 조용히 입을 다물고 운소의 눈치를 보았다.

그런 그녀를 눈으로 흘기던 강현공은 이내 미간을 좁혔다.

'당문과 아미의 계집 때문에 대인에게 찍혀서는 안 된다! 젠장! 저것들은 낄 데 안 낄 데 다 껴가지고… 일단 대인의 명에 따른다.'

어느새 미간에 내천 자를 그리는 그를 보고 있던 정음 사태는 무심한 표정으로 운소와 그를 번갈아 보았다.

'청성의 능구렁이와 당문의 계집 땜에 무림대계를 놓칠 수는 없는 법. 일단 대인 때문에 참는다. 후에 보자!'

자신도 모르게 이를 가는 정음 사태의 모습에 운소는 다시 눈살을 찌푸리다 입을 열었다.

"오른쪽부터 순서대로 돌아간다!"

이 말을 들은 세 명의 얼굴에 일순간 희색이 완연하였다.

'아직 대인은 우리를 버리지 않았어!'

이렇게 속으로 말을 하는 당약약을 본 정음 사태는 비웃는 듯이 입가에 미소를 걸었다.

'대인께서 우리를 마지막으로 한 것은 그들의 전력을 분석하라는 천재일우(千載一遇)의 기회를 준 것이다. 즉, 우리 아미파에 믿음을 주신다는 의미이다.'

느긋한 자세로 서로를 경계하는 정음 사태와 당약약을 보던 강현공은 조롱의 눈빛을 보였다.

'대인께서 두 번째 순서를 준 것은 앞에 뽑은 번호를 보고

대처하라는 의미이다. 눈에 보이지는 않지만 청성파에 좀 더 힘을 실어주는 것이야.'

이렇게 서로를 보며 의미심장한 속엣말을 하던 세 사람은 천천히 앞으로 나와 운소가 들고 있는 통에서 나무를 뽑았다.

통에서 나무가 뽑힐 때마다 희비가 교차하였는데 첫 번째로 뽑은 당약약이 삼(三)을 뽑아 실망하는 반면에 두 번째로 뽑은 강현공은 이(二)를 뽑아 좋아하는 듯한 표정이 보였다.

그런 그들을 보며 뽑을 것도 없이 당연 일(一)이 자신이라고 생각한 정음 사태는 말도 하지 않고 돌아섰다.

그것은 옆에 있던 다른 두 사람도 마찬가지였다.

하지만 운소는 조금 다르게 생각을 하는지 고개를 갸웃거리며 말을 하였다.

"안 뽑아?"

얼른 자신의 진영으로 돌아가 대결을 준비하려던 정음 사태는 무슨 말이냐는 듯한 표정을 지어 보였다.

"당연 제가……."

이렇게 말을 하던 그녀는 그제야 그곳에 하나가 아닌 두 개가 남았다는 것을 깨달았다.

그것은 그녀와 같이 돌아가던 다른 두 사람도 마찬가지였다.

한 개가 아닌 두 개가 남았다는 사실에 이상해하던 정음 사태는 뽑으라는 운소의 재촉에 이내 어쩔 수 없다는 듯이 통에 손을 뻗어갔다.

그 순간 알 수 없는 불안감이 그녀의 온몸을 휘감고 돌아다니기 시작하였다.

귓가에 들릴 정도로 심장이 빠르게 움직이고 그녀의 온몸이 떨리기 시작하는 순간 그녀의 손에 사(四)라는 숫자가 들려 나왔다.

생각도 못한 숫자인 사(四)가 들려 나오자 그곳에 있던 세 사람은 이내 고개를 돌려 주위를 돌아보기 시작하였다.

그들이 운소 때문에 정신이 없다고 하더라도 자신들 말고 또 다른 무리가 있다는 것을 눈치 못 챌 정도는 아니었기 때문이다.

아무리 둘러봐도 또 다른 기척을 느낄 수 없는 그들에게 청천벽력 같은 소리가 들려왔다.

"그럼 내가 첫 번째인가?"

너무나도 익숙한 목소리에 셋은 설마하는 표정으로 고개를 돌리다 이내 운소와 시선이 마주쳤다.

너무도 당연하다는 듯이 손에 든 일(一)이 쓰인 나뭇조각을 보이는 그의 모습에 셋은 그만 허탈해지고 말았다.

"설마 장기 대결에 참여하실 생각입니까?"

"개뿔이! 당연하지!"

무슨 말을 하느냐는 듯한 그의 표정으로 보아 무슨 일이 있어도 참여할 것이라는 것을 안 세 사람은 이 상황을 어떻게 해야 하는지 고민에 빠졌다.

하지만 그런 그들을 더욱 혼란에 빠지게 만드는 말이 있었다.

"난 사람이 없으니깐 각자 알아서 사람을 뽑아줘! 아참! 저기 나이만 먹고 하릴없는 사람들은 꼭 끼워줘야 해!"

순간 그들의 시선이 운소가 가리키는 곳으로 홱 돌아갔고 이내 어처구니없다는 표정을 짓고 말았다.

그곳에는 이들과 마찬가지로 황당한 표정을 하고 있는 세 사람이 있었는데 그들은 바로 방세현, 무절 사태, 당보악이었다.

믿기지 않는다는 표정으로 있던 방세현은 지금의 일을 확인이라도 하듯 입을 열었다.

"정말이십니까?"

"당연!"

"정말로 그냥 하시는 말씀이 아니십니까?"

"개뿔이! 내가 미쳤어! 비싼 밥 먹고 헛짓거리나 하게!"

"그냥 하는 말이 아니고 정말로 진심이십니까?"

"개뿔이! 준비나 해!"

버럭 소리를 지르고는 너무나도 밝게 웃는 운소와는 반대로 그를 보던 세 사람은 이내 망했다는 표정을 짓기 시작하였다.

그것도 제대로 망했다는 듯한 표정을 말이다.

"이게 도대체 무슨 일이더냐?"

근심 어린 표정으로 말을 하는 당보악을 보던 당약약은 한숨을 길게 내쉬며 고개를 내저었다.

아마도 이번 일은 꿈에도 생각을 못했던 것이라 그런 모양이었다.

계속해서 한숨을 내쉬던 당약약은 힘없이 고개를 들었다.

"아마도 대인의 계략에 제대로 당한 듯싶어요."

"계략이라니 무슨?"

계략을 들먹이는 그녀의 말에 당보악은 무슨 말을 하느냐는 듯한 표정을 지었다.

그런 그의 표정을 말없이 바라보던 그녀는 또다시 힘없이 길게 한숨을 내쉬었다.

"대인께서는 모든 것을 꿰뚫어 보셨던 겁니다. 저희가 문주님을 빼고 장기 말을 구성할 것이라는 것을 말이에요."

"그런데 그게 이것과 무슨 상관이냐?"

"즉, 대인께서는 시련을 주려는 것이란 말이에요. 그것도 무림일통을 위한 시련을 말이죠."

갑작스런 무림일통을 위한 시련이라는 말에 당보악은 또 무슨 말을 하려는 것이냐는 듯한 표정을 지었다.

"무림일통에는 수많은 시련이 뒤따르게 되어요. 그중에서 제일 힘든 것이 믿고 있던 자기편을 베는 것이에요. 즉, 측근의 간자를 뜻하는 것이지요."

"그렇다면 문주가 간자라면 어떻게 하겠냐는……."

"그래요. 그렇게 된다면 벨 수 있겠느냐는 질문이겠지요."

그녀의 진의를 깨달은 당보악은 너무나도 어처구니없다는 듯이 입을 떡 벌리고 말았다.

사실 그녀의 말이 틀린 것은 아니라 할 수 있었다.

무림의 많은 문파들이 백 년도 채 가지 못해 멸문하는 것은 내부의 적이 그들을 괴롭혔기 때문이다.

과거 무림일통을 꿈꾸던 마교 역시 내부의 간자 때문에 결국 제대로 꿈을 펴보기도 전에 물러서야 했다.

또한 어떠한 문파를 무너뜨리기 위해서는 간자를 심는 것은 당연하다고 할 만큼 정설이 되고 있는 실정이었다.

이런 사실을 모르고 있는 바는 아니지만 이것까지 동반한 시험이라니 순간 당보악은 운소를 보며 경악의 눈빛을 보내었다.

"만약 대인이 정파가 아닌 마도였다면 큰일이 날 뻔했구나!"

"맞아요. 만약 문주님 말씀대로 이번 일로 인해서 대인이 마도로 돌아선다면 그건 무림에 있어선 씻을 수 없는 커다란 치욕을 남기고 말 것이에요."

마도의 무림일통이 어떤가는 그동안의 사례를 통해 잘 알고 있기에 당보악은 걱정스럽다는 표정을 지었다.

"그럼 어떻게 해야 하는 것이냐?"

자신의 거취에 대해서 묻는 그의 말에 제일 난감한 문제라는 듯 그녀는 잠시 눈살을 찌푸렸다.

"분명 문주님이 제대로 안 하시면 자파만을 위한다는 생각을 가지실 것이 분명해요. 그러니 문주님께서는 전력을 다해 주세요."

"그래도 어떻게 그럴 수 있겠느냐?"

"걱정 마세요. 대신 저희는 저와 결 오라버니가 같이 말을 움직일 것이니 너무 심려치 마세요."

당문에서 손꼽히는 두뇌인 두 사람이 같이 말을 움직이겠다는 말에 당보악도 조금은 마음이 놓이는지 고개를 끄덕였다.

하지만 가슴 한 켠을 메우고 있는 불안감은 더욱 커지고 있었다.

"정말 엄청난 지략입니다! 사부님!"

놀랐다는 듯이 고개를 절레절레 흔드는 정음 사태를 보던 무절 사태 역시 난감한 표정을 짓고 있었다.

"이 정도 지략이라면 과거 악비나 제갈공명에 비할 것이 못 됩니다. 그 이상입니다."

여전히 감탄해 마지않는 정음 사태의 모습에 무절 사태는 답답한 듯 한숨을 내쉬었다.

"이것을 어떻게 받아들여야 하는 것이더냐?"

그녀의 말을 듣고 있던 정음 사태 역시 답답한 듯 마주 한숨을 쉬었다.

무절 사태는 자신이 다른 편이 되어 자파와 겨루어야 하는 상황이 답답하였고 정음 사태는 이 모든 것을 타개하고 나가야 하는 것이 너무나도 힘겨웠다.

한참 서로를 보며 한숨을 쉬던 정음 사태는 이내 힘겹게 입술을 떼었다.

"이 모든 것은 어쩌면 우리에게 무림일통을 위한 난관을 제시하는 것일지도 모릅니다. 그러니 더욱더 신중에 신중을 기해야 할 것입니다."

"난관이라니, 무슨 말을 하려는 것이더냐?"

갑자기 난관을 언급하는 그녀의 말에 무절 사태는 그렇지 않아도 복잡한데 무슨 말을 또 꺼내려 하느냐는 듯한 표정을 지었다.

하지만 정음 사태는 할 말을 다 하겠다는 듯 굳게 다문 입술을 벌렸다.

"지금껏 정파에 의해 무림일통이 된 사례를 보면 보통 굵직한 인물보다는 굳은 신념을 가지고 일어선 군웅에 의해서 이루어진 것입니다. 즉, 뛰어난 무공보다는 의지가 이루어냈다고 봐도 과언이 아닙니다."

그것은 누구나 아는 사실 아니냐는 듯한 표정으로 바라보는 무절 사태를 본 그녀는 이내 한숨을 쉬며 답답한 속내를 표현하였다.

"그것은 바로 지금 같은 상황을 말하는 것입니다."

"지금 같은 상황이라니 무슨 말을 하려는 것이더냐?"

여전히 알아듣지 못하는 그녀의 모습을 본 정음 사태는 조금은 한심스럽다는 표정을 짓고는 천천히 설명해 나가기 시작하였다.

"지금처럼 사부님이 없는 상황을 말하는 것입니다. 즉, 절정고수가 없는 상태는 과거 정파에 의해 무림일통이 된 상태와 같습니다. 이는 결국 대인이 우리에게 무림일통에 대한 굳은 의지가 있는 것인지 알아보려 하는 것이나 마찬가지란 말입니다."

"아……."

침음성을 흘리던 무절 사태는 이제야 이해가 된다는 듯 고개를 끄덕였다.

그리고 지금 같은 상황에서 속뜻을 확실히 알아내는 그녀의 능력에 새삼 경의를 표하였다.

"모든 것을 꿰뚫어 보는 너의 통찰력에 새삼 경의를 표하고 싶구나!"

감탄하듯 말을 하는 무절 사태의 말에 정음 사태는 아니라는 듯이 고개를 숙여 답을 하였다.

그런 그녀를 보고 있던 무절 사태는 앞으로의 일에 대해서 논의를 하기 시작하였다.

"그렇다면 어떻게 해야 하는 것이냐?"

"제 생각에는 대인의 편으로 가신 이상 제대로 실력 발휘해서 인정을 받는 것이 좋다고 생각합니다. 저희 또한 있는 힘껏 싸워 대인께 인정을 받을 생각입니다."

일단은 인정을 받는 것이 급선무라고 생각한 그녀는 자신의 속내를 이렇게 털어냈고 무절 사태 역시 동감을 표한다는 듯이 고개를 끄덕였다.

하지만 그 순간 뭔가 생각이 났는지 무절 사태의 얼굴이 급속도로 빠르게 어두워졌다.

"그런데 만약 지게 된다면 어떻게 될 듯싶더냐?"

지고 난 후에 대한 일을 묻는 그녀의 말에 정음 사태는 그것에 대해서도 설명을 하기 시작하였다.

"물론 질 수도 있습니다. 하지만 대인께서 보고자 하는 것은 우리의 굳은 의지이지 승패를 논하자는 것은 아닐 것으로 생각됩니다. 그러니 너무 심려 마십시오."

그제야 무절 사태는 조금은 안정이 되는지 표정이 부드러워졌다.

어느 정도 해결책이 마련됐다고 생각한 둘은 이제 대결에 앞서 어떻게 장기 말을 구성해야 하는지 논의에 들어가기 시작하였다.

"완전히 그 기인과 같습니다."

"어떻게 이리도 척척 맞을 수가 있는가?"

기가 막히다는 듯이 혀를 두르던 방세현은 눈앞에 있는 강현공을 보며 이렇게 말을 하였다.

그 역시 자신의 예상이 이렇게 적중될지는 몰랐기에 좀 얼떨떨하면서도 기분이 좋았다.

하지만 그것도 잠시 방세현의 얼굴에 그림자가 드리워지며 이내 주위의 공기마저 무겁게 가라앉았다.

"그렇다고 해도 앞으로 어떻게 해야 하는 것인가? 자파와 대결을 해야 한다니… 원!"

아무래도 자파의 사람과 대결을 펼쳐야 한다는 생각에서인지 가슴 한 켠이 무거워짐을 느낀 그는 자신도 모르게 한숨을 내쉬었다.

그러나 강현공은 괜찮다는 듯이 웃으며 입을 열었다.

"이로써 앞에 있는 대인이 태양문을 만든 그 기인이라는 것이 판명된 만큼 너무 슬퍼할 일은 아닌 듯싶습니다."

갑자기 웃으며 말을 하는 그 모습에 이상하게 생각하던 방세현은 급히 질문을 던졌다.

"왜 그렇게 생각하는가?"

"생각해 보십시오. 과거 태양문을 만든 기인이 어떻게 하였는지?"

갑자기 태양문을 생각해 보라는 그의 말에 잠시 생각에 빠져 있던 방세현은 이내 밝게 웃었다.

"그렇구나! 과거의 기인 역시 장문인을 제외한 문도와 대결을 벌였고 졌음에도 불구하고 그들의 용기에 놀라 그들을 도왔다는……."

"그렇습니다."

급히 말을 자르며 나선 강현공은 미안하다는 듯이 고개를 숙였지만 방세현은 아무렇지도 않다는 듯이 고개를 내저었다.

"아닐세! 계속 말을 해보게."

"장문인, 죄송합니다. 그럼 계속해서 말을 하겠습니다. 과거 그 기인은 태양문 문도들의 용기에 놀라 그들을 도왔습니다. 또한 그들의 무공을 높여 끝내는 절정고수의 반열에 올려 놓았습니다. 그때의 상황을 미루어봤을 때 그렇게 비관할 것은 아닌 듯싶습니다."

그의 말을 듣던 방세현은 다행이라는 듯이 웃기 시작했고 주위에 있던 다른 사람들도 웃기 시작하였다.

갑자기 울려 퍼진 웃음소리에 놀란 다른 문파의 사람들이 쳐다보자 그들은 급히 입을 막고 작은 소리로 말을 하기 시작하였다.

"장문인, 이것은 저희만 아는 비밀이어야 하니 모두 조심하셔야 합니다."

"알겠네!"

이렇게 대답한 둘은 앞으로의 일에 대해서 논의를 하기 시
작하였다.

처음엔 심심해서 시작한 운소의 장기 대결이 이내 무림을
좌지우지하는 그런 대결이 되고 말았다.

제4장

청성파 대 오해서점

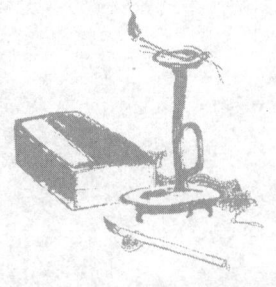

햇빛마냥 바닥을 비추는 횃불에 따라 일렁이는 그림자 속에 열여섯 개의 그림자가 일렬로 서 있었다.

헛기침만 하며 머뭇거리는 그들의 옷이 세 갈래로 나누어지는 것만 보아도 출신들이 다르다는 것을 알려주고 있었다.

거기다가 나이도 많아 보이는 세 사람은 연신 고개를 딴 곳으로 돌리고 있었다.

아마도 마주치기를 꺼리는 듯 보이는 이 사람들은 운소의 장기 말이 될 방세현, 무절 사태, 당보악이었다.

방금 전까지만 해도 서로를 향해 전의를 태우던 터라 마주보고 있는 것이 좀 민망했던 것이다.

그런 그들을 보던 운소는 피식 웃는다 싶더니 뭔가를 손에 들어 보였다.

척 보기에도 한기가 절로 느껴지는 것으로 보아 아마도 운소가 안에 들어가서 우물물, 즉 빙천옥유를 통에 담아온 듯했다.

그것을 본 당보악은 자신도 모르게 경악을 하고 말았다.

"빙천옥유!"

일순간 시끄럽던 주위가 조용해지면서 온 시선이 운소에게 모여들었다.

난데없이 들려온 말이 자신의 바가지에 있는 물의 이름이라는 것도 모른 채 운소는 연신 웃고만 있었다.

그런 그를 보고 있던 방세현과 무절 사태는 난데없는 빙천옥유라는 말에 순간적으로 당보악을 보았다.

그제야 자신의 실수를 깨달은 그는 급히 입을 막았지만 상황을 정리하기에는 빙천옥유가 주는 이름의 무게가 너무나 컸다.

'당가 노독물! 대인에게 빙천옥유가 있다는 것을 알면서 그동안 가만히 있었다 이거지!'

'이 노인네가 빙천옥유의 존재를 알면서도 감춰! 혼자 독식하자 이거지!'

어느새 쌍심지를 켜며 살기를 일으키는 방세현과 무절 사태를 피해 고개를 돌리던 당보악은 난감하기 그지없었다.

'이런! 내가 화를 자초했구나!'

자신의 입을 탓하며 이렇게 말을 하던 그의 귓가에 청천벽력 같은 소리가 들려왔다.

"만약 이번 장기를 이기면 내가 이 통에 있는 것 먹여줄게!"

여전히 웃고 있는 운소의 말에 주위에 있던 사람들의 눈에 희비가 교차하기 시작하였다.

겉으로 보기에는 경악을 하고 있는 듯싶었지만 운소와 편을 이룬 사람들의 눈에는 행복의 눈빛이, 자파의 장기 말을 하는 사람들에게는 부러움의 눈빛이 흘러나왔다.

그것은 앞에 서 있던 세 사람 역시 마찬가지였다.

"대… 대인 정말입니까?"

자신도 모르게 떨리는 목소리로 말을 하는 방세현을 보던 운소는 당연하다는 듯이 고개를 끄덕이고 있었지만 그의 생각은 전혀 달랐다.

'이기려면 힘들 텐데 목이라도(?) 축여야지!'

장기 시합을 하면 이래저래 힘들 것이니 목이라도 축이게 해주는 것이 좋다고 생각했던 것이다.

그의 생각과는 달리 기연을 얻었다고 좋아하는 사람들의 얼굴에서는 희색이 연연했다.

그와 동시에 앞에 서 있던 세 사람의 머릿속은 빠르게 돌아가고 있었다.

'대인의 눈에 들기만 한다면 이런 기연은 계속될 수 있을 것이다!'

이렇게 생각하던 당보악은 얼른 당문의 문도의 곁으로 다가서 전력을 다하라 말을 하였고, 그런 그를 보던 방세현 역시 자파의 문도 곁으로 다가서며 계산을 하기 시작하였다.

'빙천옥유까지 알고 있는 당문 노친네의 모습으로 보아 예전부터 대인을 눈독 들였음이 분명하다. 그렇다면 질 순 없는 일! 전력을 다한다!'

전의를 불태우며 문도에게 다가서는 그를 보던 무절 사태 또한 자파의 문도 곁으로 다가서며 경멸의 미소를 그렸다.

'노독물! 치사하게 숨기느냐? 역시 당문의 음흉함은 여전하구나! 하지만 정파 무림일통은 우리가 할 것이다! 또한 빙천옥유 역시 우리 차지이니라!'

갑자기 끼리끼리 모여 말을 주고받던 그들은 서로를 보며 경계를 하기 시작하였다.

그런 그들의 모습을 보고 있던 운소는 자신도 모르게 사악한 웃음을 지어갔다.

한참을 이야기하던 그들은 원래대로 돌아와 일렬로 섰는데 그 어느 때보다도 전의에 불타고 있었다.

섬뜩한 살기마저 보이는 그들을 보고 나서야 운소는 만족한다는 듯이 몸을 일으켰다.

그가 일어서는 것을 본 세 사람은 재빨리 그의 곁으로 다가왔다.

"대인을 위해 이 한 목숨을 바치겠습니다."

있는 대로 예를 표하며 말을 하는 방세현의 모습에 옆에 있던 무절 사태가 눈을 흘기며 잡아당겼다.

"청성의 능구렁이야! 대인 앞에서 무슨 망발이더냐? 대인, 이번 장기에서 저를 많이 써주시기 바랍니다. 그러기만 하면 승리할 것이 분명합니다."

연신 웃으며 말을 하는 그녀를 본 당보악은 눈살을 찌푸리며 그들 사이로 끼어들었다.

"대인 앞에서 무슨 짓을 하는 것이냐! 대인, 이런 경망스러운 것들보다는 저를 위주로 해주십시오. 기대를 저버리지 않을 겁니다."

경망스러운 것들이라고 말을 하는 당보악을 본 나머지 두 사람은 이내 치밀어 오르는 노기를 참지 못하는 듯 그를 확 잡아당겼다.

"당가 노독물! 무슨 망발을 하는 것이냐!"

"노친네가 무슨… 당장 대인에게서 멀어지거라! 너 때문에 대인의 몸이 상할까 두렵다!"

붉어진 얼굴로 말을 하는 그들의 모습에 당보악 역시 노기를 억누르지 못하고 맞서 나갔다.

"감히! 노부에 맞서려는 것이냐?"

"무슨 말을 하는 것이냐? 나 무절 사태에게는 두려운 것이 없느니라."

"청성의 무인이 당가의 노친네를 무서워하겠는가?'

어느새 서로의 멱살을 잡고 두 눈을 부릅뜬 세 사람은 금방이라도 살수를 펼치겠다는 듯이 살기 짙은 눈빛을 보였다.

그런 일촉즉발의 사태 속에 갑자기 바람 빠진 북소리가 들려왔다.

그것도 세 번에 걸친 묘한 소리였다.

퍼퍼퍽!

일순간에 바닥에 쓰러진 세 사람은 고개를 들어 눈살을 찌푸리는 운소를 보았다.

"너희 지금 죽고 싶냐?'

어떠한 내력도 쓰지 않고 그저 나직이 말을 하는 것일 뿐인데도 쓰러진 세 사람은 몸을 움찔하며 고개를 숙였다.

또다시 무박자에 당한 그들이기에 운소의 말은 저승사자와도 같았다.

거기다가 죽이겠다는 말까지 했던 터라 그들이 느끼고 있는 것은 두려움이 아니라 공포에 가까웠다.

하지만 지금 느끼는 공포보다 더 큰 공포를 주는 말이 있었다.

"한 번만 더 그러면 장기 말로 안 쓴다!'

일순간 멈춰 버린 그들을 보던 운소는 몸을 돌려 아무렇게 띠를 주기 시작하였다.

그런 그의 행동에도 불구하고 누구 하나 그를 제지하는 사람이 없었는데 혹시나 그의 입에서 장기 말로 안 쓴다는 말이 나올까 두려웠기 때문이다.

그렇게 띠를 받아가던 사람들의 시선이 일순간 모두 앞에 서 있는 세 사람에게 모여졌다.

그 세 사람이 들고 있는 띠는 다름 아닌 졸이었기 때문이다.

차나 포가 아닌 졸의 띠를 받은 세 사람은 황당한 표정을 지으며 운소를 바라보았다.

그런 그들을 바라본 운소는 별일 아니라는 듯이 입을 열었다.

"앞장선다며! 그럼 앞에 서야지!"

"그래도!"

"그것이……."

"졸이라는 게 좀……."

명색이 각 문파의 장인 그들이 졸로 분한다는 것이 기분이 나빠 불만을 토로하려는 순간 운소의 눈살이 찌푸려졌다.

"거참! 말 많다!"

이 말로 모든 상황을 정리한 운소는 그들을 보며 자신의 옆에 있는 통을 가리켰다.

그것도 빙천옥유가 있는 통을 말이다.

"이것을 생각하라고……."

"와아!"

일순간 사그라졌던 전의가 다시 불타기 시작하였는데 그 모양새가 마치 죽일 듯한 기세였다.

이내 주위는 이들이 뿜어내는 전의로 인해서 후끈 달아오르기 시작하였다.

"오(五)에 오(五:중국 장기는 숫자로 말을 하기도 하는데 운소쪽의 첫줄을 일(一)로 보고 청성파 강현공의 마지막 줄을 십(十)으로 본다. 또한 좌측을 일(一)로 보고 우측 맨 끝줄을 구(九)로 본다)! 졸(卒) 전진!"

나지막이 말을 하는 운소의 말에 따라 중앙에 있던 졸인 방세현이 앞으로 한 칸 걸어 올라갔다.

이것을 본 강현공은 이내 얼굴을 찡그리며 어이없어하였다.

'이것은 단순한 전진인가? 아니면 졸로 분한 장문인을 통해 승리하려는 것인가?'

강현공은 눈살을 찌푸리며 앞에 펼쳐진 장기판을 보았다.

벌써 여섯 수나 흘러가고 있건만 운소의 진영에는 다른 움직임은 전혀 없고 대신 졸 세 개만 앞으로 전진해 있는 상태였다.

보통 장기를 두면 한쪽 차문을 열어두고 다른 쪽 마(馬)를 움직인다던지 아니면 상(象), 마 순으로 움직인다던지 하는데 운소는 그런 것 필요없다는 듯이 졸로 밀고 들어오고 있었다.

맨 처음에는 기회다 싶어 포(包)로 운소의 차(車)를 먹는 등 기세등등하며 달려들던 강현공, 그도 이제는 입가에 미소를 지운 채 머리를 싸매기 시작하였다.

어느새 장고에 들어간 그의 머릿속은 이루 형용할 수 없을 정도로 복잡하였다.

'맨 처음부터 잘못되었다. 각 파의 장문인이 졸로 분한 것을 전력 차를 극복하기 위한 위협용으로만 생각했던 나의 잘못이다. 이렇게 되면 어차피 피할 수는 없으니 싸워야 한다. 그렇다면 상대는 차가 아닌 졸이니 차륜전으로 가는 수밖에 없다.'

이렇게 생각을 하던 강현공은 자신도 모르게 입술을 깨물었다.

그래도 결정이 안 내려지는지 잠시 머뭇거리던 그는 이내 손을 들어 지시하였다.

"구(九)에 일(一)에 있던 차(車)를 구(九)에 사(四)으로!"

차까지 불러들이며 방어에 열중하는 그의 모습을 보던 운소는 생각할 필요가 없다는 듯이 입을 열었다.

"육에 오! 졸을 칠에 오로 전진!"

또다시 전진을 명하는 운소의 말에 전진해야 할 방세현도, 대비하고 있는 강현공도, 장기를 보던 사람들도 모두 당황하기 시작하였다.

특히 장기를 보고 있는 아미파 정음 사태와 당문의 당약약
은 벌써부터 사색이 되어 있었다.

그들은 자신들의 결과야 어쨌든 후에 운소와 싸울 것으로
생각하고 있던 터라 지금 같은 수는 위협적이었기 때문이다.

당약약은 옆에 있는 당율결을 보며 난처한 표정을 보였다.

"결 오라버니! 어떻게 해야 하나요?"

"약약아, 나도 지금 같은 상황이라면 정말 난처할 듯싶네.
정말 대인의 지략은 상상을 초월하고 있네. 보통 차나 포로
분할 줄 알았던 장문인과 문주께 졸을 시킨다는 것 자체가 우
리가 알고 있는 모든 것을 무너뜨리고 있네."

혀를 두르며 고개를 젓는 당율결을 보던 당약약은 알고 있
다는 듯이 고개를 끄덕였다.

"대인은 언제나 저희의 지략을 완전히 파악하고 있어요.
또한 도저히 안 될 것 같은 지략을 선보임으로써 우리가 전혀
예상 못하는 상황으로 몰고 가세요. 그러니 우리도 대인의 생
각에 발맞출 필요가 있어요. 그렇게 하려면 우리는 전략에 대
한 다양성을 추구해야 해요."

"네 말이 맞구나! 일반적인 전술과 그것을 파해하는 전술,
마지막으로 상상을 초월하는 전술까지 모두 총합해야지만 대
인의 신기(神技)에 맞설 수가 있을 듯싶구나!"

"맞아요! 그러니 우리는 조금이라도 지금의 장기에 눈을

기울여야 해요."

그녀 역시 당율결의 말에 동의를 하듯이 강하게 말을 하였
다.

그 말을 끝으로 그 둘은 지필묵을 꺼내 장기의 내용을 기록
하며 토론을 하기 시작하였다.

그렇게 술렁이는 주위와는 상관없이 여전히 앞으로 나아
가지 못하고 있던 방세현의 귀에 이제는 익숙한 목소리가 들
려왔다.

"앞으로 안 가면 나에게 맞는다!"

너무나 단순한 말이지만 이 말이 누구의 것인지 잘 알기에
방세현은 흠칫 놀라고 말았다.

조금은 화가 난 듯한 모습의 운소를 본 방세현은 치를 떨
듯 떨기 시작하였다.

가느다랗게 움직이던 어깨에서 시작된 떨림은 이내 척추
를 타고 발까지 이어졌다.

어느새 온몸을 떨고 있는 그의 머릿속은 무박자에 의한 무
공이 자신의 몸을 난타하는 장면으로 가득 차고 말았다.

이제는 공포가 된 그의 무공에 방세현은 이를 악물며 앞에
있는 자파의 문도에게 다가섰다.

"미안하구나!"

이 말을 한 방세현은 손을 든다 싶더니 묘한 움직임을 보이
며 상대의 어깨를 잡아가기 시작하였다.

약 사성의 공력으로 하는 대라금수(大羅擒手) 중에 하나인 역압산토(易壓山土)로 이것은 상대방의 힘을 빌어 바닥에 넘어뜨리는 일종의 금나수(擒拿手)이다.

순식간에 어깨를 잡아 누르는가 싶더니 그대로 손목을 잡아 꺾어가는 방세현의 모습에 옆에 있던 당보악과 무절 사태는 그 현묘한 기법에 놀란 듯 탄성을 지르고 말았다.

"오!"

"흠!"

방세현의 공격에 맞서려는 듯 그가 급히 어깨를 튕겨내었지만 방세현의 손이 그의 몸에 붙어 떨어지지 않고 있었다.

자신의 생각과는 달리 떨어지지 않는 그의 손에 놀라던 청상파의 문도는 이내 가벼운 소리와 함께 그대로 바닥으로 떨어지고 말았다.

탁!

쿵!

가볍게 휘두른 듯한 방세현의 발길질에 그대로 걸려 허공을 날아 꼬꾸라지는 청상파의 문도를 본 사람들은 그의 순간적이고 묘한 동작에 다시 한 번 감탄해 마지않았다.

간결하면서도 실전형인 그의 모습과는 달리 아무 이상 없이 일어나는 문도의 몸을 보아 아무래도 넘어지기 전에 뒷덜미를 낚아채어 바닥에 닿는 충격을 없앤 듯싶었다.

먼지를 털어내며 일어나는 그의 모습을 보고 있던 방세현은 그래도 걱정이 되는지 그의 몸 상태를 이리저리 살피며 입을 열었다.

"괜찮은 것이냐?"

넘어졌던 문도는 이리저리 몸을 움직이더니 이내 손을 들어 예를 표하였다.

"장문인의 보살핌으로 아무런 이상이 없습니다."

그의 대답을 듣고 나서야 안심이 되는 듯 고개를 끄덕인 방세현은 가슴 한편에 가득 차 있던 불안감을 쓸어내렸다.

사실 그는 운소의 앞에서 하는 첫 격돌이라 자신도 모르게 긴장을 한 듯 힘을 과하게 썼다.

다행히 뒤늦게 그의 목덜미를 잡아끌기는 했으나 창졸간에 일어난 일이라 혹시 문도의 몸이 상했을까 걱정되었던 것이다.

다행히 대라금수를 잘 알고 있는 문도이기에 적절한 몸동작으로 충격을 완화시켰고 결국 이것으로 말미암아 아무 이상이 없었던 것이다.

첫 격돌에서 별 무리 없이 승리한 방세현은 늠름한 자세로 한 발자국 전진하였고 그것을 본 운소의 얼굴에 미소가 피어올랐다.

이것을 보고 있던 무절 사태와 당보악은 이내 얼굴을 사정없이 구기고 말았는데 그것은 첫 격돌을 멋지게 마무리하여 운소의 눈에 들고 싶었는데 그것을 뺏겨 마음이 상하였던 것이다.

"고작 자파의 문도를 쓰러뜨린 주제에 거들먹거리기는……."

"청성파를 대표하는 고수라는 것들이 단 한 수에 넘어가나?"

그의 모습이 마음에 들지 않은 두 사람은 이내 방세현에게 딴죽을 걸기 시작하였다.

비아냥거리는 그들의 모습에 방세현은 치밀어 오르는 노기로 인해 얼굴이 붉어지고 있었다.

혹시나 운소에게 나쁜 인상을 남길까 두려워한 그는 힘들게 그것을 참아냈다.

여전히 붉은 얼굴을 한 채로 방세현은 살기를 피우며 양옆에 있는 그들을 바라보았다.

'대인 앞에서 실수라도 하기를 바란다면 오산이다! 내 결코 그런 일은 없을 것이다. 이 빚은 추후에 꼭 갚겠다!'

이렇게 속으로 말한 그는 옆에서 무슨 말을 하더라도 묵묵히 자기 자리를 지켰다.

그런 그의 모습에 두 사람은 자신들의 작전이 실패했다는 것을 깨닫고는 입을 다물었다.

이렇게 세 사람이 서로를 향해 견제를 하고 있는 동안에도 강현공은 깨질 듯한 머리를 붙잡고 있었다.

이번 격돌로 인해 졸로 분한 그들을 막기는 턱없이 부족하다는 것을 깨달았기 때문이다.

차륜전을 통해 기세를 누를까 싶어 준비하기는 했지만 첫 대결에서 단 한 수에 나가떨어질지는 전혀 예상을 못하고 있었다.

한참을 고심하던 강현공은 초강수를 두기로 하고는 이내 고개를 들어 앞을 보고 외쳤다.

"구(九)와 사(四)에 있는 차를 삼(三)에 사(四)로 전진!"

일순간 차가 바닥을 박차고 강현공이 말한 지점으로 날아갔다.

그 모습을 보고 있던 당문과 아미파는 호기심 어린 눈빛으로 바라보기 시작하였다.

장의 말을 하고 있던 사람이 바로 청성파의 문도인 것을 감안할 때 이번 한 수는 명백한 무공의 실력으로 제압하려는 듯 보였다.

그러나 이것 말고도 이번 한 수로 알게 된 사실이 하나 있었다.

그것은 보통 장기처럼 둘러싸서 공격을 안 해도 무공으로 인해서 충분히 장을 취할 수 있다는 사실이었다.

이번 한 수를 보고 있던 정음 사태는 놀란 듯 옆에 있는 정현 사태를 바라보았다.

"지금 같은 수가 있군요."

"그렇구나! 물론 보통 장기에는 말도 안 되는 수이기는 하

지만 대인이 정한 상대방이 자신을 공격해도 무공으로 막을
수 있다면 죽지 않는다란 규칙을 적절히 이용한 한 수라고 할
수 있겠구나!'

그녀의 말에 대답을 한 정현 사태는 상대편에 있는 강현공
을 쳐다보았다.

여전히 굳어 있는 그의 얼굴은 혹시나 있을 일에 대한 걱정
으로 가득 차 있는 듯싶었다.

그의 표정에 속내를 읽었다는 듯이 한숨을 쉬던 정현 사태
는 갑자기 자신의 말을 불러내는 운소의 목소리를 들었다.

한바탕 격돌을 예상한 것과는 달리 갑자기 그를 부르는 모
습에 강현공 역시 놀란 듯 그들의 귀추에 주목했다.

그런 주위 시선에는 아랑곳하지 않은 채 운소는 자신에게
다가선 장의 말을 하고 있는 청성파 문도인 일진악을 보았다.

"부르셨습니까, 대인!"

난데없이 부른 운소를 보며 고개를 갸웃거리던 일진악은
갑자기 자신의 코를 잡는 그의 행위에 기겁을 하였다.

"왜 그러… 꼬로로록!"

코가 막혀 숨도 제대로 못 쉬는 상황에서 그대로 붓는 운소
의 손길에 일진악은 더 이상 말도 못하고 버둥거리기만 하였
다.

"너, 참 말 많다!"

이 말 한마디만 하고는 바가지 안의 물을 그대로 다 부어버

리는 운소의 모습에 주위에 있던 모든 사람들이 경악을 하고
말았다.

그것도 그럴 것이 보통 기물이라면 남에게 뺏기지 않으려
고 하는 것이 보통인데도 빙천옥유라는 천고의 기물을 아무
거리낌 없이 주는 모습이 너무나도 황당했기 때문이다.

무려 네 모금이나 되는 빙천옥유를 일진악의 입에 쏟아 부
어버린 운소는 살며시 웃으며 자신의 자리로 돌아갔다.

'내… 내가 빙천옥유를… 마시다니? 이런 기… 연… 윽! 크
으윽!'

기연을 얻었다는 기쁨에 반색을 하던 그의 얼굴이 무참히
구겨짐과 동시에 그의 가슴에서부터 얼어붙는 듯한 거센 한
기가 주위로 뻗어나가기 시작하였다.

어깨에서 팔로, 또는 배에서 무릎과 다리로 뻗어가는 한기
와 고통에 온몸이 떨렸다.

계속되는 고통으로 인해서 이를 악문 입에서는 선혈이 흘
러내렸지만 그것마저 허용이 되지 않는지 이내 고드름이 맺
히듯 얼어갔다.

난생처음 느껴보는 한기에 그는 급히 가부좌를 틀고 내력
을 움직이기 시작했다.

하지만 그의 단전에 있던 내력은 오히려 차가운 한기를 따
라 움직였고 그것은 급하게 임맥과 독맥을 향해서 달려가고
있었다.

콰콰쾅!

'크윽!'

어느새 아득해지는 정신을 간신히 부여잡고 있는 그의 입에서 청적흑백황의 연기가 뿜어져 나오기 시작했다.

그리고 그 기운들은 그의 몸 구석구석을 훑는다 싶더니 이내 정수리로 올라가기 시작했다.

그렇게 올라간 기운은 서로 뒤엉키다 그대로 그의 코를 통해 안으로 들어갔다.

도문과 같이 오기조원의 경지를 보이는 그를 보던 주위의 모든 사람들은 부러움의 눈길을 주고 있었지만 유독 한 사람, 앞으로 그를 공격할 차의 말을 하고 있는 사내만이 곤혹스런 표정을 짓고 있었다.

잠시 후 정신을 차리는 그의 눈 속에서 차분하게 가라앉은 내기가 엿보였다.

그는 그대로 운소를 보며 연신 떨리는 눈빛으로 고개를 숙여갔다.

자신이 마신 것이 무엇인지 잘 알고 있기에 고마움에 이렇게 고개를 숙인 것이다.

'대인! 고맙습니다. 저에게 이런 기연을 주시다니…….'

고마움에 눈물까지 흘리는 그의 모습에 운소는 빙그레 웃기 시작하였다.

'역시 이 우물물이 아프게 만드는 데는 최고란 말이야!'

누굴 아프게 만든다는 것인지 구분이 안 되는 말을 하던 그는 됐다는 듯이 손짓을 하였다.

사실 그가 장의 말을 부른 것은 그에게 앞으로 치를 고통(?)을 미리 맛보게 하겠다는 생각에서였다.

자신의 생각대로 물을 마신 순간 한기로 고생을 하는 그를 보면서 운소는 고소해하였다.

그리고 잠시 후 눈물까지 흘리는 것으로 보아 이런 고통은 다시는 맛보고 싶지 않다는 행동으로 착각한 것이다.

이런 말도 안 되는 운소의 착각과는 달리 이 상황을 다른 시점에서 보며 착각하는 사람들이 있었다.

'아무리 변수가 많은 것이 장기라지만 이런 경우가 어디 있다는 말인가?

이렇게 말하며 얼굴을 있는 대로 구기던 강현공의 눈에 장기판에서 입을 떡 벌리고 있는 차의 말을 맡고 있는 문도의 모습이 보였다.

사실 차의 말이나 장의 말을 맡고 있는 문도들의 무공은 그다지 차이가 나지 않는다.

다만 차이가 나는 것이 있다면 그것은 다름 아닌 내공의 경지였는데, 두 단계 정도 아래였던 일진악이었지만 지금의 일로 인해서 오히려 일 단계 정도 위로 올라가 버렸다.

결국 무공의 차이로 공격하려던 그의 전술은 운소의 말도 안 되는 행동으로 인해서 그만 깨져 버리고 말았다.

여전히 얼굴을 구기고 있는 그를 보고 있던 당약약과 당율결은 서로를 보며 고개를 끄덕였다.

"저희가 노려야 하는 것은 순위 이위예요."

"여부가 있겠나. 어차피 대인의 말을 이기기란 어려울 것이니 문파의 이름을 더럽히지 않으려면 그 수밖에 더 있겠나."

이렇게 말을 하며 그는 당약약의 의견에 동의를 하였다.

"그래요. 이제는 대인의 장기보다 아미파와의 결전을 준비하도록 해요."

"그렇게 하세!"

이렇게 시작된 장외 대결은 눈앞의 장기가 끝날 때까지 계속되었다.

한편 운소의 도움으로 한순간에 내공의 경지를 세 단계는 끌어올린 일진악은 어깨를 펴고 자신있다는 표정으로 장기판으로 돌아갔다.

자신의 자리로 돌아간 일진악은 차의 말을 하고 있는 조현철을 보며 검을 들어 보였다.

"사형! 많이 기다리게 해서 죄송합니다."

"아… 아니야!"

"오래 기다린 만큼 대접에 소홀함이 없을 겁니다."

제법 대인의 풍모를 보이는 그의 모습에 조현철은 조금 화가 나는지 거칠게 검을 뽑아내었다.

"사제, 자네 말대로 대접이 소홀하지 않기를 바라네."

이렇게 말한 그는 검을 들고 일진악을 보며 경계를 하기 시작하였다.

방금 전의 일로 인해서 자신보다 그의 내공이 한 단계 위의 경지라는 것을 알고는 있지만 자신이 질 리 없다고 생각하고 있었다.

일진악 역시 지금의 일로 부족했던 내공의 차이를 메운 만큼 이번 대결은 해볼 만하다고 생각을 하였던 터라 한 걸음도 물러서지 않고 있었다.

이런 일촉즉발의 상황에서 먼저 몸을 움직인 것은 다름 아닌 일진악이었다.

그는 순간 건(乾), 태(兌), 이(離), 진(辰)의 방위를 두루 점하며 다가오는 듯싶더니 몸을 왼쪽으로 돌리면서 검을 움직였다.

지금 그가 하고 있는 무공은 청운적하검(靑雲赤霞劍) 중에 운하환생(運河幻生)으로 청성파를 대표하는 초식이라 할 수 있었다.

이리저리 움직이는 검을 바라보고 있던 조현철은 마치 춤을 추는 듯이 부드러운 움직임을 보이는 그를 보며 감탄의 눈빛을 보였다.

하지만 그대로 있을 수 없어 그는 운하환생과 반대가 되는 절악귀생(絕岳歸生)을 펼쳤다.

일순간 뒤로 몸을 빼던 그는 일진악과는 달리 손(巽), 감(坎), 간(艮), 곤(坤)의 방위를 점하여 비틀며 검을 쭉 뻗었다.

일순간 둘 사이에 엄청난 검기가 주위로 날아가기 시작하였다.

다행히 주위를 의식한 듯 옆으로는 뻗어나가지 않는 것이 다행이라면 다행이라고 할 수 있었다.

퍼퍼펑!

두 개의 검을 맞대고는 주위에 검기를 날려 날아오는 상대의 검기를 상쇄시키는 장면은 너무나 기이해 보는 사람들로 하여금 탄성을 지르게 만들었다.

하지만 내공이 우위에 있었던 일진악의 검기에 밀린 조현철은 뒤로 빠르게 움직였다.

허공을 격하여 회전하며 빠르게 뒤로 움직이는 그를 따라 같은 움직임을 보이는 일진악의 모습은 숙련된 연극을 보는 듯한 기분이 들었다.

그렇게 도망치던 조현철은 급히 태와 이의 방위를 점하며 그대로 돌아 발을 날렸다.

그의 발이 순간 공중을 날아 자신의 머리로 날아오는 것을 본 일진악은 그대로 고개를 숙이며 두 다리를 벌려 조현철의 앞으로 미끄러져 갔다.

"하연생공(河聯生共)!"

이렇게 외치며 조현철의 발을 향해 검을 날리던 일진악은 그대로 바닥을 손바닥으로 치며 몸을 거꾸로 일으켜 세웠다.

동시에 두 발을 꼿꼿이 세워 그의 턱을 향해 쭉 뻗어갔다.

너무나도 절묘하게 날아오는 검과 발에 놀란 조현철은 그대로 한 발을 들어 뒤로 빼며 헐보(歇步)를 취하며 검을 밑으로 찔러갔다.

"낙수유사(落水流砂)!"

마치 떨어지는 물과 같이, 흐르는 모래같이 일순간에 밑으로 가던 검은 이내 반전하듯 옆으로 휘둘러졌다.

푸른 검기와 함께 휘둘러지는 그의 검에 일진악은 굴러가며 계속해서 검을 찔러갔다.

파파팍!

그의 검이 바닥에 꽂힐 때마다 땅이 파헤쳐지며 흙먼지가 공중에 피어올랐다.

계속해서 찔러가던 일진악은 급히 몸을 일으키며 조현철의 검과 마주쳐 갔다.

휘이잉!

순간 두 개의 검이 공명을 하듯 묘한 소리가 울린다 싶더니 일진악의 검이 그의 검신을 타고 그대로 휘감아 조현철의 목을 노렸다.

이때까지도 묵묵히 보고 있던 방세현이 살며시 미소를 띠었다.

"옳거니! 멋진 화경(化輕:검의 화경이 아닌 공격을 회피하는 기술)의 수법!"

이렇게 말을 하며 좋아하는 그의 모습에 옆에 있던 당보악과 무절 사태는 어이없다는 듯한 표정을 지었다.

자신의 제자들이 서로를 죽이려는 듯 싸우는 모습을 보면서도 웃는 그의 모습이 너무나도 황당했기 때문이다.

그 역시 이런 그들의 반응을 알았는지 이내 입을 다물고는 웃고만 있었다.

그들의 생각대로 서로를 향해서 검을 겨누고 있었지만 일진악과 조현철이 보여주는 대결이야말로 청운적하검의 대전 교본이 될 만큼 초식과 내력의 운용에서 뛰어났다.

사람들의 표정이 시시각각으로 변할 만큼 급박하게 움직이던 둘의 검이 이내 멈추는가 싶더니 그대로 휘둘러졌다.

그 순간 주위 사람들의 얼굴에 놀란 표정이 떠올랐는데 지금 휘두르는 조현철의 검에 이전과 달리 강맹한 기운이 어리기 시작했기 때문이다.

"청천뇌검(靑天雷劍)!"

청운적하검 후반부에 있는 초식으로 푸른 하늘을 뚫는 우뢰 같은 검이란 이름에 걸맞게 조현철의 검이 조금씩 일진악의 검망을 뚫기 시작했다.

자신의 검망이 뚫리는 것을 보고 있던 그는 이내 몸을 돌려 상반신을 밑으로 내리며 발뒤축을 이용해 찼다.

이것은 청성파에 있는 각술인 폭우중화(暴雨中華)로 거친 비바람에도 싹을 틔우는 꽃을 연상시키는 듯한 모습이었다.

탁!

묘한 소리와 함께 들어올려진 조현철의 검을 본 일진악은 그 자리에서 빙글 돌며 검끝을 들어 원을 그리며 그대로 쳐냈다.

"무원천생(無圓天生)!"

조현철의 검끝을 다른 곳으로 돌리면서 앞으로 나간 일진악의 검은 일순간 그 움직임이 빨라지더니 조현철의 목 앞까지 다가섰다.

갑작스런 그의 공격에 망연자실하던 조현철은 이제는 체념을 한 듯 어깨를 축 늘어뜨렸다.

그와 함께 잠시 침묵에 빠져 있던 주위 사람들의 귓가에 자그마한 목소리로 패배를 시인하는 조현철의 목소리가 들려왔다.

"졌네!"

있는 대로 얼굴을 찡그린 채 자신의 감정을 그대로 드러내는 그를 보던 일진악은 기쁨에 미소를 흘렸다.

혹시나 하고 있었지만 진짜로 이기자 자신도 모르게 몸을 돌려 운소에게 고개를 숙였다.

그런 그를 보며 입가에 미소를 그린 채로 손을 드는 운소가 보였다.

'대인! 고맙습니다.'

이렇게 기뻐하는 그와는 달리 그들의 처절한 싸움을 보면서도 운소는 당연하다는 듯 웃고만 있었다.

그가 일진악의 대결을 아무렇지도 않게 볼 수 있었던 것은 전에 있던 주루 뒤편이 낭인의 숙소였기 때문이다.

허구한 날 칼부림이 일어나고 팔이나 다리 하나 정도는 허공에 헤엄쳐 다니는 것을 보는 것이 그의 일상생활이었기에 처절했던 그들의 싸움은 애교로 봐줄 정도였다.

물론 무공에 대한 이해가 부족했던 것도 작용을 하고 있었다.

그저 우물물 때문에 그가 이길 수 있었다고 생각한 그는 자신도 모르게 살기 짙은 미소를 그렸다.

'역시! 우물물의 한기가 무서웠던 모양이군. 종종 애용해야겠는걸!'

운소의 착각으로 인해 고문용(?) 재료로 둔갑한 빙천옥유는 장기의 판도에 많은 변화를 주며 승리의 깃발이 조금씩 보이기 시작하였다.

'크윽! 정말 질 줄이야!'

어느새 고개까지 숙이며 한탄을 하던 강현공은 이내 옆에서 침울하게 있는 자파의 문도들을 보았다.

그렇지 않아도 빙천옥유의 등장으로 위화감을 가지고 있던 그들은 일진악이 그것을 복용하고 두 수 위였던 조현철을 이기는 것을 보자 전보다 더 위축이 되는지 입만 굳게 다물고 있었다.

그들의 심정을 잘 알고 있기에 단 한 수에 역전을 하려던 그는 이 모든 것이 수포로 돌아가자 허탈한 마음까지 들고 말았다.

'이것으로 청성파는 세 파 중에 최하위라는 것인가?'

강현공은 치욕스럽다는 듯이 눈을 감고 말았다.

아직 아미파와 당문의 대결이 남은 만큼 청성파가 최하위라고 말할 수는 없지만 지금의 상황에서라면 어느 파와 재대결을 하더라도 이기기는 힘들 것이라는 생각이 들었다.

그렇게 침울해 있던 강현공의 눈이 반짝이더니 그의 입가에 살며시 미소가 그려졌다.

'어차피 우리 파가 지게 되어 있다면 대인 편에 있는 우리 문도가 돋보이게 하는 것이 좋을 것이다. 그것이 잘되기만 한다면 우리는 지더라도 자파에 대한 인상이 나쁘게 될 리 없을 것이다.'

강현공은 이 생각을 왜 진작 하지 못했는지 자신을 나무랐다.

그러던 그가 급히 주위에 있는 문도를 불러 이 같은 생각을 말하자 그들의 얼굴이 서서히 퍼지더니 이내 환히 웃기 시작하였다.

강현공은 옆에 있는 문도를 시켜 장기 말을 하고 있는 문도들에게 이 얘기를 전하도록 하였다.

그들과 마찬가지로 침울해하던 장기 말의 문도들은 강현공의 생각을 듣고는 환히 웃었다.

강현공 역시 좋다는 듯 입가에 미소를 그렸다.

"아직 장기는 끝나지 않았다! 모두 분발하도록 하거라!"

갑자기 이렇게 말을 하며 분위기가 화기애애해지자 주위에 있던 다른 두 문파의 사람들은 실성한 사람을 본다는 듯이 고개를 갸웃거렸다.

당율결 역시 그런 그들을 보며 고개를 갸웃거리다 이내 뭔가 생각이 났다는 듯이 입을 열었다.

"혹시……?"

갑자기 놀라는 그를 본 당약약은 무슨 일인가 싶어 급히 입을 열었다.

"무슨 일인가요?"

그녀의 반문에 선뜻 대답을 하지 못하던 그는 잠시 고민한다 싶더니 이내 천천히 입을 열었다.

"저들의 표정을 보니 한 가지 생각이 나서 말이야. 혹시 청성파에서 이번 대결에서는 지더라도 아까처럼 자신의 문도를 돋보이게 하려는 전술을 펼치면 어떻게 되나 싶어서 말이야."

"그런 전술을……!"

그녀 역시 미처 생각을 못했던 일인지 눈만 동그랗게 뜨고 있었다.

그의 말대로 그런 전술을 구사할 생각이라면 첫 대결인 지금이 적기라는 것을 알고 있었다.

그렇지 않아도 운소를 상대로 그들이 이길 수 없다는 것은 이미 정설이 되고 있는 상황에서 그런 전술만큼 좋은 것도 없을 것이란 생각이 들었다.

거기다 방금 빙천옥유를 마시고 난 후 청성파의 문도가 멋진 활약을 했지 않은가?

그런 활약이 계속된다면 운소의 눈에 깊은 인상을 남길 것이 분명했다.

여기까지 생각을 한 당약약은 자신의 입술을 꽉 깨물었다.

"전화위복이라는 건가요?"

"그렇게밖에는 볼 수가 없겠지. 앞으로 펼쳐질 그들의 전략을 봐야겠지만 만약 우리의 생각이 맞는다면 대인과 첫 대결을 하지 못한 우리에게 매우 불리하다고 할 수 있겠지."

갑자기 상황이 급반전되는 듯한 기분에 당약약과 당율결의 얼굴이 굳어지고 있었다.

위기를 넘긴 운소는 살며시 웃으며 입을 열었다.

"육에 칠, 졸! 칠에 칠로 전진!"

그의 말이 끝나기가 무섭게 당보악이 웃으며 앞으로 발걸음을 움직였다.

그렇지 않아도 청성파의 제자가 뛰어난 활약을 보이면서

선전을 하자 오장이 꼬인 그는 자신의 활약을 보라는 듯 앞으로 나섰다.

동시에 멋들어진 초식을 구사하며 상대의 졸을 넘어뜨렸음에도 불구하고 졸의 말을 했던 문도는 여전히 웃고만 있었다.

이상한 마음에 청성파를 보자 그의 직감에 정확히 들어맞는 말이 흘러나왔다.

"팔에 구, 포! 일에 구로 전진!"

포로 차를 죽이는 극히 평범한 전략임에도 불구하고 그것을 행하는 포의 말이나 운소의 말이나 모두 웃고만 있었다.

그들 모두 아까 강현공의 전언을 들은 뒤였기 때문이다.

아까와 마찬가지로 운소에게 빙천옥유를 마신 차의 말을 맡고 있던 문재열은 새로운 기연에 기쁨을 표시하며 포의 말을 맡고 있는 비장을 보며 웃었다.

"사형, 최대한 멋지게 싸우셔야 합니다!"

"알았네, 사제!"

도저히 알 수 없는 말을 하는 그들을 보던 당보악의 눈에 그들과 같이 환히 웃고 있는 방세현의 모습이 보였다.

마치 실성한 듯한 그들의 모습에 어이없던 그는 이내 들려온 전음에 모든 것을 알게 되었다.

—문주, 청성파는 대인의 말을 맡고 있는 청성 문도와 멋지게 싸워 지는 것을 보여주려 하고 있습니다. 그러니 문주님은

그것을 최대한 제지해야 합니다. 문주님도 최대한 멋지게 싸우셔야 합니다.

갑자기 청성파가 멋지게 싸워 지려 한다는 말에 당보악은 어리둥절한 표정을 지었다.

뒤를 이어 설명하는 당약약의 전음으로 지금의 상황을 알게 된 당보악은 황당해하면서도 한편으로는 화가 치밀어 올랐다.

'실력으로 안 되니까 연극으로 한다 이거냐? 산속에 자리잡은 능구렁이 같은 놈들답구나! 과연 네놈들 생각대로 되나 보자.'

이어 당보악은 장기 말로 있는 자신의 문도에게 모종의 지시를 내렸다.

그의 지시를 들은 문도들은 일제히 얼굴을 굳히며 고개를 끄덕였다.

검을 맞대고 싸우려는 찰나 갑자기 내민 발에 걸린 비장은 그대로 앞으로 넘어졌다.

갑작스런 일에 방어를 하려고 검을 내밀던 문재열은 손을 멈춘 채 넘어진 비장을 보았다.

어느새 몸 전체가 흙먼지가 되어버린 자신을 향해 재미있다는 듯 당문의 문도는 웃기 시작했다.

"크크크! 땅바닥이 그렇게 좋으면 계속 누워 있든지……."

연신 웃는 당문의 문도를 본 비장은 검을 치켜세우며 살기를 뿜어내기 시작하였다.

"네 이놈! 감히 대결을 망쳐! 죽고 싶은 것이냐?"

"어라? 왜 이래? 장기 말이 발 걸지 말라는 법 있어? 난 엄연히 내 편 말을 도와준 것이라고……."

당연하다는 듯이 말을 하는 그의 모습에 비장은 할 말을 잃고 가만히 있었다.

그런 그들의 모습을 보고 있던 강현공도 이 일만은 참지 못한 듯 큰 소리로 말을 하였다.

"일 대 일 대결임에도 불구하고 그렇게 하는 것은 잘못……."

하지만 그의 말이 끝나기도 전에 누군가 박수를 치며 말을 잘라 버렸다.

"잘했어!"

단 한 마디의 말이었지만 이것으로 인해 당문과 청성파 사이에 명암이 명확하게 갈리고 있었다.

당문은 운소에게 칭찬을 받아 좋은 듯 환히 웃었고 청성파는 자신들의 계획이 또 어긋난다 싶어 굳어지고 있었다.

청성파는 이번 일만은 절대 양보할 수 없다는 듯이 강맹하게 맞섰다.

"대인, 아까 말씀하셨다시피 공격당하는 말만이 상대방 말에 맞설 수 있다고 하셨지 않습니까?"

"그런데?"

"그런데도 당문의 저 파렴치한 행동을 내버려 두는 것은 무슨 이유에서입니까?"

단단히 화가 난 듯 손가락질까지 하는 강현공을 본 운소는 한심스럽다는 듯이 고개를 내저었다.

"누가 적진에 들어오래!"

너무나도 당연한 말이기에 대답할 말조차 찾기 힘들었다.

일순간 말이 막힌 강현공은 더듬거리며 말을 하였지만 계속되는 운소의 말에 여의치 않았다.

"그… 그래도……."

"넌 적진에 들어가서 일 대 일 할 건데 다른 사람은 비켜달라고 할 거냐?"

말도 안 되는 소리 하냐는 듯이 말을 하는 운소의 모습에 강현공은 이내 입을 다물고 말았다.

그런 그의 모습을 본 운소는 속으로 기쁨의 소리를 질렀다.

'아싸! 이로써 이번 판은 나의 것이다!'

사실 운소가 이렇게 나오는 것은 당문의 문도가 좋아서도 청성파의 대결이 보기 싫어서도 아니다.

그저 이기고 싶다는 승부욕에 이렇게 한 것인데 막상 받아들이는 사람 입장에서는 달랐다.

'대인은 우리를 지지하시는군! 청성파의 애늙은이들아! 이번엔 우리가 활약을 할 차례다.'

당보악은 이렇게 생각을 하며 히죽히죽 웃고 있었고 반면에 강현공은 눈살을 찌푸리며 아래와 같이 생각하였다.

'이렇게 되면 장기에 있는 모든 말들을 상대한다!'

또한 곁에 있던 무절 사태는 지금이 기회라는 듯이 웃으며 제자들에게 전음을 날리었다.

—잘 듣거라! 대인께서 허락을 하셨으니 자신의 옆에 다가서는 말들이 있으면 생각할 필요 없이 상대해 주거라!

삽시간에 장기판이 난장판으로 변하였고 이내 장기는 엄청나게 빠르게 전개가 되기 시작하였다.

청성파는 계속해서 자신의 부하들을 향해 공격을 하였고 운소는 묵묵히 졸 세 개만 앞으로 전진시켰다.

계속해서 적진으로 뛰어드는 청성파의 장기 말은 당문은 물론 아미파에 자파의 문도까지 상대하게 되어 속속들이 선혈이 낭자한 채 쓰러졌다.

어느새 장기판 위에는 청성파의 사(師)와 마(馬) 두 말만 남고 말았다.

결국 청성파의 대패로 결정된 가운데 어둠만이 자리하던 하늘에 푸르스름한 빛이 감돌기 시작하였다.

밤을 홀딱 샜다는 생각에 운소는 반쯤 감긴 눈을 비비며 자리에서 일어섰다.

자고로 점소이는 일찍 자고 일찍 일어나야 한다고 배운 그이기에 지금까지 버틴 것만 해도 용하다고 할 정도였다.

주위를 둘러보던 그는 방세현이 청성파의 수를 취하는 순간 몸을 돌려 나갔다.

"와아! 이겼……."

운소의 말들이 기쁨에 소리를 지르다가 서점으로 돌아가는 그를 보고는 무슨 일인가 싶어 조용해졌다.

그것은 다음 대결을 준비하던 아미파와 당문도 마찬가지였는데 뒤돌아가는 그를 보며 정음 사태가 급히 입을 열었다.

"대인! 어디 가시나요?"

"졸려!"

한마디로 자신의 행동을 표현하는 그의 모습에 정음 사태는 어이가 없다는 표정을 지었다.

지금껏 피 터지게 싸우게 해놓고 안으로 들어가는 그의 모습이 너무나도 황당했기 때문이다.

"그래도 대결은 마무리하는 게……."

"이따가 저녁때 해!"

졸려서 귀찮다는 듯이 손을 휘이 젓는 그의 모습에 정음 사태는 할 말을 잃고 가만히 있었다.

그런 그녀를 보고 있던 임청아는 재빨리 그에게 다가가 입을 열었다.

"대인! 아미파의 임청아라고 합니다. 죄송하지만 아까 사기로 한 책은……."

그녀의 말을 들은 운소는 서점 앞까지 가다가 이내 멈춰 섰다.

"다시 말해봐? 뭐라고?"

"아까 사기로 한 책……."

"그거 말고!"

갑자기 반문을 하는 운소의 모습에 임청아는 무슨 잘못을 했는가 싶어 조그마한 소리로 답을 했다.

"아미파의 임청아라고……."

"너, 아미파였냐?"

"예!"

"그럼 저기 저쪽은?"

운소가 가리키는 곳을 보던 임청아는 그가 가리키는 것이 청성파라는 것을 알고는 아무 생각 없이 대답을 하였다.

"청성파……."

그녀의 대답을 다 듣기도 전에 서점으로 들어간 운소는 책 두 권을 들고 와 그녀에게 던졌다.

뭔가 싶어 책을 보던 임청아의 눈이 휘둥그레졌다.

지금 그녀가 들고 있는 책은 오경진창의 원본이라고 할 수 있는 현창무집(玄槍武輯)으로 과거 곽양이 집필했다는 절세비급이었다.

자신의 손에 놓인 현창무집을 본 그녀는 잠시 몸을 떨다가 운소에게 그대로 몸을 숙였다.

고개뿐 아니라 몸까지 완전히 숙이는 것이 대례를 하는 듯한 모습이었다.

갑작스런 상황에 놀란 주위에 있던 모든 사람들이 그녀의 곁으로 다가섰다.

그들 역시 현창무집을 보고는 놀랐지만 그들이 더욱 놀랐던 것은 그녀가 들고 있는 또 다른 책 때문이다.

청성파 조사가 사용했다는 무공이 적혀 있는 청성도결(靑城道訣)이었기 때문이다.

갑자기 나타난 두 개의 비급으로 인해서 술렁이는 사람들은 반쯤 감긴 눈을 하고 있는 운소를 보며 고마워하였다.

"대인! 고맙습니다!"

"고맙소이다!"

"감사합니다!"

계속되는 감사에 조금은 귀찮다는 듯한 표정을 짓던 운소의 입이 열렸다.

"너희 좋으라고 준 것이 아니야. 다만 줘야지 제대로 할 것 같아서 준 것이야."

그의 말을 들은 사람들의 머릿속에는 수많은 생각들이 떠다니기 시작하였다.

'대인이 생각하기에 우리의 실력이 모자란다는 말이구나!'

'자파의 무공을 제대로 펼치지도 못한다고 꾸중을 하시는 거구나!'

'앞으로 분발하라는 계시일 것이다.'

여전히 말도 안 되는 것을 상상하는 그들과는 달리 운소의 생각은 너무나 단순했다.

'돌팔이 도사가 주라고 했으니 준다!'

운소는 이내 몸을 돌리려 했으나 계속해서 자신을 부르는 소리가 들려왔다.

"대인!"

"왜!"

자신도 모르게 짜증을 낸 운소의 눈에 자신이 들고 왔던 물통 옆에 서 있는 한 사내가 보였다.

장기 말 첫 대결에서 이긴 일진악으로 남은 빙천옥유의 처리에 대해서 물어왔다.

애초에 고문용(?)으로 들고 왔던 만큼 쓸모가 없다고 생각한 운소는 귀찮다는 듯이 입을 열었다.

"마음대로 해! 그리고 한 번만 더 부르면 그땐 알아서 해!"

이렇게 말을 한 운소의 주먹이 서점의 옆을 내려치자 갑자기 커다란 소리와 함께 서점이 옆으로 기울어져 버렸다.

우지끈! 쿵!

살짝 때린 것 같은데 서점 한쪽이 그대로 주저앉은 것을 본 사람들은 입이 딱 벌어지며 다물지를 못하였다.

하지만 건물이 오래되어 삭아서 그렇다는 것을 모르는 그들은 그저 운소의 신공(?)에 놀라고만 있었다.

그의 신공(?)에 놀란 일진악은 빙천옥유가 담긴 통을 잡아가다 이내 멈춰 섰다.

"아… 아… 알겠습… 니다."

더듬거리며 대답하는 그의 모습을 보고서야 안심이 되는 듯 몸을 돌린 운소는 이내 안으로 들어가 버렸다.

여전히 그의 신공(?)에 놀라고 있던 그들은 잠시 후 자신들의 눈앞에 있는 빙천옥유, 청성도결, 현창무집으로 인해서 싸우기 시작하였다.

그렇게 오해서점배 장기전의 첫 번째 대결은 너무 허무하게 끝났지만 이로 인해 사천 지방에 많은 절정고수들이 탄생했다는 동화(?) 같은 이야기가 전해져 갔다.

제5장

운소의 아내가 무려 백이십일 세? !

하늘 높은 줄 모르고 떠 있는 태양 아래 힘겹게 지천교 위를 지나는 수레가 있었다.

그 수레 옆에는 마치 흑탑을 연상시키는 듯한 사내가 붙어 있었는데 흑의를 입고 구레나룻을 길게 기른 그는 칠 척 정도 되어 보이는 큰 키에 커다란 체구를 가지고 있었다.

하지만 인상과는 달리 해맑게 웃고 있는 표정과 행동이 그가 백치라는 것을 알 수 있게 해주었다.

그런 그가 이끄는 수레 위에는 한 여인이 있었는데 태양의 붉은 빛을 받아서 그런지 그녀가 입고 있는 하얀 옷이 마치 붉은 매화꽃처럼 보였으나 실상은 백의인 듯싶었다.

한참을 걸어가던 노새가 길 가운데에 멈춰 서자 수레 위에 있던 여인은 자신의 치마를 잡고는 바닥으로 내려섰다.

가느다란 눈썹과 자그마하고 탐스러운 분홍 입술, 매우 고운 턱 선과 길고 연약해 보이는 손 모양과 모습은 보는 사람으로 하여금 천사가 내려온 것 같은 착각이 들게 했다.

또한 그녀의 머리에는 긴 비녀가 두 개 꽂혀 있었으며 귀걸이는 빨간색과 파란색이 각각 있었는데 그 모습이 여타 귀걸이와는 다른 모습을 하고 있었다.

성숙한 여인의 모습을 한 그녀는 살짝 미소를 지으며 한쪽이 주저앉은 이상한 건물을 보았다.

"별(別)아! 이곳인 듯싶구나!"

"주모! 이곳이 맞아? 맞아?"

어린아이처럼 웃으며 말을 하는 그의 모습에 주모라 불린 그녀는 살며시 고개를 끄덕이고는 눈앞에 보이는 건물로 다가갔다.

다가가면 갈수록 그녀의 눈동자에는 네 글자가 깊이 새겨지고 있었다.

"이곳이 바로 별이의 주인님이 계신 곳이란다. 나의 낭군이 있는 곳이기도 하고……."

이렇게 말한 그녀는 또다시 웃으며 그 건물로 들어섰다.

그것을 본 별이라 불린 흑의의 사내는 연신 고개를 흔들며 나귀를 잡아끌고 건물로 다가섰다.

그렇게 다가선 그는 기울어진 현판을 보며 한 글자씩 읽기 시작했다.

매우 커다란 글씨임에도 불구하고 한 글자씩 힘들게 읽는 것이 아무래도 글자를 잘 모르는 듯싶었다.

"오… 해… 서점? 히잉! 오해서점이 맞다! 내 주인님이 계시는 곳이다!"

이렇게 외친 그는 머리를 흔들면서 안으로 들어갔다.

해가 중천에 뜬 지 오래이건만 당중천은 그 어느 때보다도 서늘한 한기를 보이며 착 가라앉아 있었다.

그곳에는 약 십여 명이 세 종류로 나뉘어 심각한 표정으로 한 사람을 주목하고 있었다.

그들의 시선 끝에는 백발의 한 노인이 서 있었는데 그의 표정 역시 딱딱하게 굳어 있는 것이 매우 심각한 듯 보였다.

지금 서 있는 노인은 당문의 문주인 당보악으로 오해서점에 있던 청성파, 아미파와 같이 이곳으로 와서는 잠깐 동안 휴식을 취하고는 오해서점에 대해 논의를 하였다.

장시간 동안 논의를 하던 그들은 이내 당보악의 말에 의해 결론이 지어지고 말았다.

"이것으로 오해서점을 공동경비구역(公同警備區域)으로 선포합니다."

간단한 내용인 듯하지만 그 속에는 수많은 내용을 내포하

고 있는 말인만큼 이 말을 끌어내기까지 수많은 우여곡절이
있었다.

세 파는 팽팽하게 자신들의 구역임을 주장하며 오해서점
을 자신의 것으로 하려 하였다.

그 속에는 그들 나름대로 이유가 있었지만 제일 큰 것이 바
로 운소가 가지고 있는 비급과 기물 때문이다.

아침에 운소가 빙천옥유를 아무 생각 없이 내줄 정도면 더
한 것도 있을 것이라 생각을 했던 것이다.

끝까지 팽팽하게 맞서던 세 파는 결국 공동경비구역이라
는 말을 만들어내었다.

이에 대한 세부 사항까지 만들어놓은 그들은 당보악의 다
음 말이 이어지기를 기다렸다.

"우선 공동경비구역인 오해서점에는 위급한 상황을 제외
하고는 한 문파당 하루에 네 사람 이상은 출입을 불허한다."

이 말을 들은 청성파는 약간 불만인 듯 눈살을 찌푸렸으나
불만을 토로하거나 화를 내지는 않았다.

이미 다 끝난 이야기를 또다시 하고 싶지 않았기 때문이다.

그런 그들의 표정을 보던 당보악은 잠시 말을 멈추는 듯하
다가 이어나갔다.

"그리고 오해서점 옆에 객잔을 만들고 세 문파의 거점으로
사용하며 공동경비구역을 수호할 인원을 점원으로 배치한
다. 단, 객잔에 투입될 인원은 각 문파당 두 명을 넘으면 안

되며 배치하는 인원에 대한 선별권은 각 문파가 갖는다."

이 사항에 대해서는 아미파가 불만인 듯싶었으나 청성파와 마찬가지로 가만히 있었다.

"또한 세 파의 거점에 있는 인원을 제외하고는 다른 문파의 출입은 허용치 않는다."

이 말은 이상하게도 세 파 모두 긍정의 눈빛을 보이고 있었는데 그들의 모습으로 보아 오해서점을 다른 문파에 절대 뺏기지 않겠다는 의지가 엿보이고 있었다.

당보악 역시 이 점에는 수긍을 한다는 듯이 고개를 끄덕이고는 계속해서 입을 열었다.

"다른 세부 사항은 아까 나눠 드린 것으로 대처하도록 하고 이제 남은 것은 앞으로 있을 무림대전에 대한 것이네. 그 일로 인해 대인이 만천하에 공표가 될 듯싶은데 이것에 대한 생각은 어떠한가?"

갑자기 무림대전에 대해 들먹이는 당보악의 모습에 청성파와 아미파가 부산스러워졌다.

그들 역시 대인의 정체가 만천하에 드러나는 것을 원하지 않기 때문에 무림대전을 그다지 반가워하지 않았다.

한참을 자파의 사람들과 이야기하던 청성파의 방세현이 입을 열었다.

"꼭 무림대전을 열어야 하는가?"

지금처럼 중요한 때에 그것을 해야 하냐는 책망의 말을 하는 그의 모습에 당보악은 눈살을 찌푸렸다.

사실 그로서도 무림대전을 하고 싶다는 생각이 들지 않았다.

운소가 준 빙천옥유를 통해 내공 증강과 더불어 비급인 만류귀종을 통해 세가의 무공 실력을 높이는 중요한 시점에 그런 행사는 별로 마음에 들지 않았던 것이다.

하지만 그가 무림대전을 하지 않는다면 도문이 있는 소림에서 이상하게 생각할 것이고, 그로 인해 또 다른 일을 야기할 것이 분명했다.

그렇지 않아도 운소의 마음을 확실히 빼앗지 못하고 있다생각하고 있던 터라 더욱 그러하였다.

그렇게 고심을 하고 있는 그들의 뒤로 부서져라 문이 열리며 세 사람이 뛰어들어 왔다.

쾅!

부서진 문을 뒤로한 채 그들은 거친 숨을 몰아쉬며 입을 열었다.

"큰일입니다!"

오해서점의 동태를 살피기 위해 보냈던 그들이라고 해도지금처럼 복잡한 상황에서 들이닥친 그들이 곱게 보일 리 없었다.

"경거망동하지 마라! 이곳은 문파의 어르신들이 있는 곳이다. 그러니……."

고운 말투로 타이르는 강현공의 말을 묵살한 채 그들은 서둘러 자신들이 온 목적을 말하였다.

"오해서점에 낯선 이들이 왔습니다."

낯선 이들이 왔다는 그들의 말에 그곳에 있던 모든 이들이 의자를 박차고 일어섰다.

"도대체 어떻게 된 일인지 자세히 여쭈어라!"

정음 사태가 오해서점을 감시하라고 보냈던 임청아를 보며 말을 하였다.

그녀는 숨이 턱까지 차오르는 듯 잠시 숨을 고르더니 이내 입을 열었다.

"서점에 낯선 두 사람이 들어섰어요. 근데 그들의 말에 의하면……."

"…의하면? 뭘 그리 끄는가?"

제대로 말을 잇지 못하는 행동에 나무라는 듯 재촉을 하는 방세현을 보고 그녀는 이내 천천히 말을 이어나갔다.

"그것이… 대인을 보고 남편이라고 하였습니다."

"남편?"

일순간 주위에 있던 사람들은 고개를 갸웃거리기 시작하였다.

그에게 아내가 있다는 사실이 전혀 믿겨지지 않고 있었기 때문이다.

그 순간 대인의 정체를 알 수 있을지 모른다는 생각을 한 정음 사태는 급히 입을 열었다.

"대인의 아내라고 하시는 분이 어떻게 생겼더냐?"

갑자기 생김새를 물어보자 왜 그런 질문을 하나 생각을 하던 사람들은 이내 그 질문의 의미를 깨닫고 어떤 답이 나올지 기다렸다.

한참을 생각하던 임청아는 뭔가 떠올랐다는 듯이 입을 열었다.

"그게 너무나 고운 이십대의 여인이라 뭐라 말을 못하겠지만 머리에 꽂은 두 개의 비녀와 두 개의 귀걸이는 확실히 기억을 합니다."

"두 개의 비녀와 두 개의 귀걸이?"

난데없는 비녀와 귀걸이 이야기에 잠시 고개를 갸웃거리던 정음 사태는 눈이 동그랗게 떠지며 경악에 찬 목소리로 반문을 하였다.

"혹시 귀걸이의 색깔이 청과 홍색을 띠고 있지 않더냐?"

"네, 그렇습니다. 아! 그리고 이름이 단소소라고 하였습니다."

거친 숨을 몰아쉬는 것도 잊은 채 그녀의 반응에 무심결에 대답한 임청아는 그 뒤에 이어지는 정음 사태의 표정에 할 말을 잊었다.

백설이라면 이럴까?

하얗게 변한 그녀의 창백한 얼굴은 이내 점점 눈과 입이 벌어지더니 그대로 멈춰 버렸다.

적나라하게 변하는 표정에 놀라던 사람들은 그녀와 같은 표정을 보이며 멈춰 서는 또 다른 사람을 보았다.

그 사람은 다름 아닌 당약약이었고 그 뒤를 이어 강현공이 똑같은 표정을 지었다.

각 문파의 머리에 해당하는 사람들이 그런 표정을 보이자 무슨 큰일이 난 줄 알고 주위 사람들은 안절부절못했다.

한참 후에 겨우 정신을 차린 정음 사태는 자신과 같은 표정을 한 채 멈춰 서 있는 당약약과 강현공을 보며 그들도 같은 생각을 했을 것이라 짐작하였다.

그런 그녀의 모습을 보던 무절 사태는 더 이상 참지 못하겠다는 듯이 옆으로 다가와 입을 열었다.

"도대체 그 여인이 누구이기에 이렇게 놀라는 것이냐?"

그녀의 질문에 답을 하려던 정음 사태는 추후에 벌어질 사태에 대해서 생각을 하다 이내 입을 열었다.

"청아가 말하는 두 개의 비녀와 청과 홍색의 귀걸이를 모르십니까?"

"모르니까 이렇게 답답해하는 것이 아니더냐?"

사람 놀리냐는 듯한 표정에 정음 사태는 잠시 한숨을 쉬었다.

"그 여인은 과거 마교와 담판을 지었던 협녀이자 무림성녀인 단소소입니다."

그녀의 말이 끝나기도 전에 주위에 있던 모든 사람들이 경악을 하였다.

한참을 그렇게 놀란 표정을 하던 그들은 겨우 정신을 차린 당약약과 강현공을 보고서야 조금씩 안정을 찾았다.

"아니! 무림성녀 단소소라면 벌써 백 년이 더 된 사람이 아니더냐?"

"그렇습니다. 무림에서 사라진 것은 아마도 백 년이 좀 안 될 겁니다. 갓 스무 살에 무림에 출도하여 일 년 안에 모든 실력자의 무릎을 꿇린 그녀는 그해 터진 마교와의 대전을 마지막으로 사라졌으니까 말입니다."

그녀의 설명을 듣던 사람들은 잠시 생각에 잠겼다.

약 구십팔 년 전 마교의 침공을 받았던 무림은 그때 한 여인에 의해서 구원을 받았었다.

과거 검성의 후계자로 알려진 그녀는 무림에 출도한 지 팔 개월 만에 무림의 모든 강자를 무릎 꿇렸다.

그리고는 자신이 대표자가 되어 마교와 담판을 지으러 떠났고 그 후 생사조차 알지 못하고 있었다.

그 후 간간이 마교의 교주와 생사결을 하다 죽었다거나, 신선이 되어 하늘로 올라갔다는 등의 소문이 있었으나 정확히는 그 누구도 알지 못했다.

오 년 뒤 무림맹은 그녀가 교주와 생사결을 하다 죽었으며 그녀를 무림성녀로 봉한다는 공식 발표를 하였다.

그 후 그녀는 무림의 여신으로 많은 무림 여성들의 꿈이 되었다.

그런 여성이 다시 나타났다니 방 안에 있던 모든 사람들이 어이없다는 표정을 지었다.

거기다 살았으면 백이십 세 정도 될 여인이 이십대의 용모를 하고 있다고 하니 더욱 믿지 못하였다.

"혹시 무림성녀의 후예가 아닐까 싶은데……."

조심스레 이런 의견을 내보는 당보악이었지만 옆에 있던 당약약에 의해 일언지하에 쓸모없는 말이 되었다.

"대인의 아내라면 말이 됩니다."

하기야 운소 역시 이십대의 용모인데도 불구하고 무박자의 무공을 쓰고 천고의 기물을 물 퍼주듯 주는 기인이 아닌가?

이걸 생각한 그들은 그라면 그녀 역시 예전과 같은 용모를 할 수 있지 않을까 싶었다.

그 순간 모든 이들의 머리에 공통적으로 떠오르는 생각이 있었고 이내 그들은 또 한 번 놀라고 말았다.

"그럼 대인은 백이십 세가 넘는단 말인가?"

무심결에 말을 한 방세현이었지만 그 누구 하나 탓하는 사람이 없었다.

오히려 그의 말에 동의라도 한다는 듯 고개만 끄덕이고 있었다.

이렇게 이들은 운소를 반박귀진의 고수에서 나이가 백이십 세나 되는 노고수로 만들고 있었다.

오해서점에 나타난 한 여인에 의해서 말이다.

"어라! 그냥 가나요?"

말 몇 마디 못했는데 그냥 가버린 사람들을 보며 이상하다는 듯 고개를 갸웃거리고 있는 여인이 있었다.

그녀가 바로 당문을 발칵 뒤집어놓은 주인공인 백이십일 세의 단소소로 운소를 보기 위해 안으로 들어섰을 때였다.

자신들을 당문, 청성파, 아미파의 제자라고 밝힌 세 남녀가 그녀의 앞을 막더니 누구냐고 물어보았다.

단소소는 길게 생각할 필요 없다는 듯이 운소를 가리키며 자신의 낭군이라고 말하자 놀라더니 죄송하다며 그냥 나가버렸다.

자신에 대해 소개할 시간도 없이 낭군이란 한마디에 그냥 가버린 그들을 여인은 멍하니 보았다.

그러나 현재 그가 그들에게 어떤 존재인지 모르기에 그냥 그러려니 하고는 고개를 돌려 간이 침상에 누워 있는 운소를 보았다.

곧게 뻗은 검미에 칠흑같이 까만 흑발과 백의는 그의 수수한 성품을 보여주는 듯싶었으나 그대로 엎어져 침을 바닥에 흘리고 있는 모습은 그런 상상을 완전히 깨고 말았다.

그것뿐만이 아니었는데, 팔을 뒤로 해서 쉴 새 없이 엉덩이를 빡빡 긁어대는 통에 보는 사람이 민망할 정도였다.

하지만 그런 모습도 좋은지 단소소는 연신 웃으며 그의 몸을 바로 눕혔다.

그리고는 서점 안을 보다가 눈살을 찌푸리고는 이리저리 청소를 하기 시작하였다.

옆에 장승처럼 버티고 있던 흑의사내도 그녀의 명령에 따라 서점 이곳저곳을 수리하기 시작하였다.

그가 맨 처음 한 것은 서점을 바로 하는 것인데, 보기만 해도 엄청나게 무거울 건물 한쪽을 드는가 싶더니 돌로 괴어놓는 것이 아닌가?

아무리 임시방편이라고 해도 건물을 돌에 괴어놓는 것은 너무한 듯싶었다.

하지만 그 모습이 좋은지 연신 손바닥을 치며 웃고만 있었다.

안에서 일을 하던 그녀도 그런 그의 모습이 좋은지 미소를 그려 보였다.

그렇게 한참을 청소하고 있는 그녀의 뒤로 서서히 눈을 뜨고 일어서는 운소가 보였다.

입이 찢어져라 벌리며 하품을 하던 운소는 눈앞에 보이는 단소소를 잠시 보는가 싶더니 그대로 몸을 일으켜 뒤편의 창고로 가 물 한 사발을 마셨다.

그는 그대로 자신의 자리로 돌아와 이번엔 의자에 앉아 연신 졸기 시작했다.

마치 오랫동안 알고 지낸 사이처럼 그들은 아무런 말 없이 각자의 일(?)을 하였다.

잠시 후 청소를 끝마친 그녀는 여전히 자고 있는 운소를 보고는 살며시 미소를 짓다가 옆으로 다가왔다.

"운 가가!"

한없이 부드러운 말투로 부르는 그녀의 말에 대답이라도 하듯 잠시 흠칫거리던 그는 코가 뒤집어지도록 큰 소리로 대답을 하였다.

"커커커컥! 푸우우!"

보통 사람들이 보면 놀라 인상을 쓸 만한 코 골기였지만 그런 모습도 귀여운지 단소소는 연신 웃기만 하였다.

그러던 그녀는 숨넘어갈 듯 고는 그의 코를 잡아갔다.

"커커커컥! 케엑!"

묘한 소리와 함께 화들짝 놀라 일어난 그는 눈앞에 있는 아리따운 여인을 보고는 또다시 놀랐다.

"넌 누구냐?"

"저요? 저는 운 가가의 아내인데요."

난데없는 그녀의 아내라는 말에 잠시 멍해 있던 운소는 그대로 자세를 원래대로 하고는 눈을 감아갔다.

"매우 좋은 꿈이야!"

이런 말을 하며 잠에 빠져드는 그의 모습을 보고 있던 단소소는 재미있다는 듯이 또다시 코를 잡았다.

갑자기 코에 통증이 몰려들자 그대로 몸을 일으킨 운소는 여전히 눈앞에 있는 그녀를 보고는 이상하다는 듯이 고개를 갸웃거렸다.

"이거 꿈 아닌가?"

"아닌데요."

여전히 웃으면서 말을 하는 그녀의 모습에 운소는 이 여인을 어디서 봤는지 곰곰이 생각해 보기 시작하였다.

한참을 생각해도 기억해 낼 수 없는 그녀의 모습에 결국 염치 불구하고 물어보기로 했다.

"나 본 적 있어?"

앞의 말, 뒷말 다 빼고 하는 그의 질문에도 여전히 웃던 그녀는 살며시 입을 떼었다.

"법망도사가 운 가가를 제 남편이라고 했어요."

돌팔이 도사가 자신이 남편이라며 사천 땅에 보냈다는 그녀의 말에 운소는 살며시 고개를 저었다.

'쯧쯧! 불쌍한 것! 너도 당했냐?'

자신도 모르게 연민의 정이 느껴지는 운소였다.

그렇지 않아도 자신도 그의 말대로 했다가 고생만(?) 하고 있던 터라 더욱 그러하였다.

자신을 남편이라고 하는 그녀의 말이 조금 걸리긴 했지만 그래도 혼자보다는 둘이 낫다는 생각에 이곳에 머물라고 하였다.

"네가 날 남편이라고 부르든 말든 네 마음대로 해. 하지만 난 너를 아내라고 할 생각 없으니 그리 알라고……."

"알았어요. 저는 단소소라고 해요."

그의 말을 듣는 둥 마는 둥 하더니 이내 자신의 소개를 하였다.

그녀의 이름을 들은 운소는 그래도 이름이 이쁘다는 생각에 살짝 미소를 보였다.

하지만 그의 미소는 다음 말을 듣는 순간 그대로 일그러지고 말았다.

"제 나이는 백이십일 세예요. 하지만 이것은 구십팔 년간 빙정에 있어서 그런 것이고 실제 나이는 스물셋이에요."

백이십일 세라는 그녀의 말을 듣는 순간 운소는 조금 어이없다는 표정을 지었다.

"그걸 누가 말해준 거야?"

"법망도사가요."

또 그냐는 생각에 얼굴을 찡그리던 운소는 이내 불쌍하다는 눈빛을 보였다.

'그렇지 않아도 순하게 생긴 것에게 남편에다, 빙정에 있어서 백 살이 넘는다고 속이냐? 나중에 돌팔이 악덕 도사 보면 한번 제대로 따져 봐야겠군!'

돌팔이 도사에서 순진한 사람 여럿 울리는 돌팔이 악덕 도사로 뒤바뀐 명칭은 이내 그의 머릿속을 맴돌았다.

　불쌍하다는 듯 한숨을 쉬고 있는 운소를 보고도 연신 웃고 있는 그녀 뒤로 또 다른 누군가가 안으로 들어왔다.

　연신 고개를 흔들며 들어오던 흑의사내는 운소를 보더니 좋아 죽겠다는 표정을 지었다.

　"와! 주인이다! 주인 일어났다!"

　이번엔 주인이라고 말을 하는 그를 본 운소가 조용히 단소소를 보고는 손으로 가리키자 그녀는 웃으며 고개를 끄덕였다.

　그 모습을 보던 운소는 한숨을 쉬며 불쌍하다는 듯 보았다.

　'네 녀석도냐? 도대체 그 돌팔이 악덕 도사는 몇 명에게 사기 치고 다니는 거야?'

　이렇게 말하며 법망도사를 속으로 욕하던 그는 급히 단소소를 보며 입을 열었다.

　"근데 이 녀석은 나보고 왜 주인이라는 거야?"

　"아! 법망도사가 조별이에게 서점 직원(職員)을 하라고 했거든요."

　그녀의 말에 운소는 그래도 그보고 직원을 하라고 한 것이 다행이라고 생각을 하였다.

　그렇지 않아도 요즘 들어 귀찮은 땡중, 늙은이 등이 자주 찾아오는데 잘됐다 싶은 생각에 그녀의 말대로 직원으로 채

용하기로 했다.

"좋아! 별아, 너 여기 직원 해라. 대신 앞으로 서점이나 나에게 귀찮게 하는 사람이 오면 혼내줘라!"

"나, 직원? 좋아! 근데 주인을 귀찮게 하는 사람이 있엉?"

금방이라도 울 것같이 울상을 짓는 그의 표정에 운소는 난감하듯 손을 들어 내저었다.

"그게, 여기가 서점이다 보니깐 좀 그런 게 있어. 그러니까 그런 일 생기면 네가 나서서 혼내주라고. 알았지?"

그의 말을 들은 조별은 한참을 생각한다 싶더니 이내 활짝 웃었다.

"웅! 주인 만세! 멋쟁이 주인 만세!"

좋다는 듯이 연신 머리를 흔들며 대답을 하던 그는 이내 손을 들어 만세를 외쳤다.

난데없이 만세를 부르는 그의 행동에 살짝 눈살을 찌푸리던 운소는 난생처음 듣는 주인이라는 말에 기분이 좋아 그대로 두었다.

그래도 계속 만세를 외치는 것이 이상하여 옆에 있는 단소소를 보았다.

"근데 왜 별이가 만세를 외치는 거야?"

"아! 저건 놀이라고 해요. 저번엔 시체놀이를 하더니 지금 하는 것을 보니 아마도 만세놀이 같은데요."

시체놀이에 만세놀이까지 희한한 명칭으로 놀이를 하는

그의 모습에 운소는 조금 황당하긴 했지만 그래도 그만의 놀이라고 하는데 뭐라 할 수는 없었다.

그렇게 조별이 손을 들어 만세를 대여섯 번 했을까?

갑자기 그가 손을 들다 말고 뚱한 표정으로 운소를 바라보기 시작하였다.

"혹시 주인 귀찮게 하는 사람이 지금 오는 사람들을 말하는 거야?"

입까지 불쑥 내민 채 말을 하는 모습이 꼭 서너 살의 어린아이가 하는 것 같아 귀여워하던 운소는 그가 뭘 말하는지도 잊어버린 채 그저 웃고만 있었다.

그 순간 손을 들어 예를 표하며 서점 안으로 들어서는 세 사람이 있었다.

그들이 어제 장기를 둘 때 졸의 말을 했던 하릴없는 늙은이라는 것을 알게 된 운소는 과거 주루에 있던 개방의 문도를 생각하며 단체 구걸이라도 하러 온 것으로 생각하였다.

그렇지 않아도 어제 한 통의 우물물에 그렇게 사족을 못 쓰던 그들이 아닌가?

이렇게 생각을 한 그는 조금 경계를 하는 듯한 표정을 지었다.

어제와는 달리 갑자기 경계를 하듯이 쏘아보는 운소의 모습에 안으로 들어서던 방세현, 당보악, 무절 사태는 잠시 멈칫거렸다.

운소의 아내라는 단소소가 맘에 걸린 그들은 혹시나 하는 생각에 아까 서점을 감시했던 사람들을 데리고 온 것이었다.

'괜히 당문의 노독물의 말을 들었다가 가족 상봉식(?)에 끼어 대인을 화나게 만드는 것 아니야?'

생각과 동시에 방세현은 급히 고개를 돌려 옆에 있는 당보악을 보았다.

그의 눈짓을 받은 당보악은 이내 그와 비슷한 표정을 지으며 옆에 있는 무절 사태를 보았다.

'괜히 이 할망구의 부추김에 넘어가서 대인에게 안 좋은 인상을 남기는 것이 아니야?'

당보악의 쏘아보는 눈길을 의식한 무절 사태는 고개를 들어 왼쪽에 있는 방세현을 보았다.

'저 청성의 애늙은이 때문에 괜히 우리 문파만 욕보는 것 아닌지 모르겠네!'

이렇게 서로를 보며 욕을 하던 세 사람은 이내 들려온 운소의 말에 언제 그랬냐는 듯이 활짝 웃어 보였다.

"무슨 일이야?"

"저희 제자가 우연히, 우! 연! 히! 지나다가 대인의 아내께서 오셨다는 말에 이렇게 들르게 되었습니다."

언제나 그렇지만 거짓말도 상황을 봐가면서 해야 하는 것이다.

'우연히' 라는 단어를 유독 강조를 하는 그의 말을 듣던 단소소는 뒤쪽에 서 있는 세 사람을 가리키며 고개를 갸웃거렸다.

"어라? 저 사람들은 아까 이곳에서 제게 누구냐고 물어봤던 사람인데요."

"뭐라고?"

그렇지 않아도 대인의 아내라는 단어가 눈에 거슬렸던 그는 당보악이 거짓말을 하고 있다는 단소소의 제보에 고개를 들어 그를 쏘아보았다.

"어머니는 말하셨지! 거짓말을 하는 사람과는 상종도 하지 말라고……."

평소와는 달리 음율이 있는 말로 하는 운소의 모습에 앞에 있던 세 사람은 겁먹은 표정으로 바뀌었다.

그렇게 서 있던 방세현은 이내 초조한 눈빛으로 옆을 바라보았다.

'이것 봐! 역시 노독물의 말을 듣는 것이 아니었어! 이렇게 되면 아무래도 먼저 진실을 말하는 것이 좋을 듯싶다.'

이렇게 속으로 말하는 그의 시선을 본 당보악은 급히 옆에 있는 무절 사태를 보았다.

'역시 미친 할망구의 말을 듣는 것이 아니었어. 지금 같은 상황이라면 먼저 사실을 말하는 것이 좋다.'

이렇게 생각하는 그의 눈에 방세현을 바라보는 무절 사태의 모습이 보였다.

'저 능구렁이의 말을 듣는 것이 아니었어. 이러면 솔직히 말하는 것이 좋아.'

어느새 묘하게 서로의 의견이 일치가 된 셋은 손을 들어 서로를 가리켰다.

"저 노독물이 시켰습니다."

"아니, 저 미친 할망구가……."

"무슨 망발을 하는 것이냐? 저 능구렁이 돌팔이 도사가 시켰습니다."

자신의 속엣말을 그대로 드러내며 말을 하는 그들을 보던 운소는 한심하다는 표정을 지어 보였다.

"너희가 무슨 은밀원이냐? 사람 뒷조사한다고 광고(廣告)나 하고 다니고 말이야."

갑자기 은밀원(隱密院)이냐는 그의 말에 세 사람은 놀란 듯 눈을 동그랗게 떴다.

은밀원은 마교에서도 모르는 무림맹의 비밀 조직으로 사람들의 뒤를 조사하고 감사를 하는 추밀원(樞密院)의 상부 조직이다.

거기다가 은밀원은 만들어진 지 불과 일 년도 안 되는 신생 조직이다.

보통 은밀원을 추밀원으로 잘못 알 정도로 베일에 싸여 있는 만큼 그 조직을 아는 이는 아무도 없다고 할 수 있는데 운소가 그 명칭을 정확히 알고 있었기에 놀란 것이다.

그의 말에 놀라던 당보악은 침을 꿀꺽 삼키며 입을 다물 줄 모르고 있었다.

'역시 무림에 대해서는 모든 것을 알고 있는 것인가? 거기다 옆에 있는 능구렁이와 미친 할망구가 은밀원이라는 것은 어찌 알았을까?'

이렇게 질문을 던지며 놀라워하는 그의 뒤로 방세현은 주위를 연신 살피고 있었다.

'우리 외에 들은 사람은 없겠지? 어찌 대인께서 우리의 존재를 알고…….'

불안한 듯 주위를 살피는 그의 옆에는 역시 대인이라는 표정으로 서 있는 무절 사태가 있었다.

'처음부터 대인은 우리의 정체를 알면서도 그동안 가만히 있었던 것인가? 그런 줄도 모르고 우리는 하룻강아지 범 무서운 줄 몰랐으니…….'

자책하듯 속엣말을 하던 무절 사태는 이내 고개를 떨구었다.

하지만 그들과는 반대의 반응을 보이고 있는 사람이 있었느니 그것은 다름 아닌 운소였다.

'이것들, 혹시 떼인 돈 받아주는 은밀원 아냐? 사람 뒤를 캐고 다니는 것을 보면 그런 것 같기도 한데…….'

이렇게 생각한 운소는 잠시 얼굴을 찡그리며 눈앞에 있는 세 사람을 바라보았다.

사실 운소가 은밀원이라는 단어를 알게 된 것은 주루에 단골처럼 오는 하오문의 한 문도 때문이었다.

그는 은밀원의 소속으로 사람의 뒤를 캐고 다니는 일을 주로 하였다.

그중에서 돈을 떼어먹고 다니는 악질 사기꾼들의 약점을 캐는 데 주력을 하는 자들로 흔히 말하는 수금 해결사였다.

그래도 하오문이 무림의 한 문파라고 자처하기에 명칭도 멋있게 한다고 은밀원으로 만든 것이 이들 오해의 시작이라고 할 수 있었다.

이런 것을 모르던 운소는 앞의 세 사람에 대해서 하오문의 건달로 생각하고는 이내 입을 열었다.

"계속해서 내 뒷조사하면 맞는다."

살며시 주먹을 쥐는 운소를 본 세 사람은 이내 몸까지 움츠리며 고개를 숙였다.

아무리 그들이라도 그가 펼치는 무박자의 무공에는 감당할 자신이 없었던 것이다.

이를 바득 갈며 주먹을 드는 그의 모습을 본 단소소는 이내 손을 들어 주먹을 감싸 쥐었다.

"그러지 마요. 모두 겁먹었잖아요. 그냥 흙냄새 맡게 해줘요!"

아무렇지도 않게 흙냄새 맡게 해주라는 그녀의 말에 주위에 있던 모든 사람들이 입을 떡하니 벌리고 말았다.

생긴 것과는 전혀 다른 그녀의 말에 잠시 정신을 놓았던 운소는 이내 고개를 저었다.

하지만 그녀는 아무렇지도 않다는 듯이 빙긋 웃어 보였다.

"별이가 내신하노록 해요! 만약 별이로도 감당이 안 되면 흙냄새 맡게 하면 되죠! 뭐!"

여전히 흙냄새를 맡게 하면 된다는 그녀의 말에 주위 사람들은 새삼 사람은 외모로 판단하면 안 된다는 진실을 되새겼다.

한참을 멍하니 있던 운소는 그녀의 말대로 하는 것이 좋다는 듯 고개를 끄덕였다.

"개뿔이! 그렇게 하지 뭐!"

"그럼 그렇게 할게요."

갑자기 분위기가 벌 주는 쪽으로 기우는 것을 본 세 사람은 자신들이 잘못 생각하고 있다 판단하고는 급히 단소소가 말하는 별이라는 사내를 바라보았다.

순간 그들의 입이 딱 벌어지고 말았는데 그의 엄청난 체구와 키는 그들과 비교하자면 마치 어른과 아이를 보는 듯하였고 몸 전체에 보이는 울퉁불퉁한 근육은 마치 돼지 오줌보를 집어넣은 듯 부풀어 올라 있었다.

갑자기 자신에게 모든 시선이 쏟아지자 별이는 이상하다는 듯이 고개를 갸웃거리다가 자신을 향해 손을 흔드는 단소소를 보고는 이내 얼굴 가득 미소를 그리며 연신 고개를 흔들며 달려왔다.

워낙 검은 피부에 흑의를 입고 있어 언뜻 보기에도 무서웠는데 달려오기까지 하자 웃고 있는 그의 표정이 모두 험악한 표정으로 보였다.

"주모! 왜?"

"별이야! 네가 좋아하는 놀이를 해볼까?"

갑자기 놀이라는 단어를 들먹이자 앞에 있던 세 사람은 이해를 못한다는 듯이 고개를 갸웃거렸고 반대로 조별은 좋다는 듯이 연신 고개를 흔들었다.

"할래! 할래!"

"그럼, 이 세 사람을 데리고 나가서 구타놀이 하고 올래?"

갑자기 구타놀이라는 말을 들은 세 사람은 사색이 되어서는 눈앞에 있는 조별을 보았다.

그런 그들을 보던 조별은 차마 할 수 없다는 듯 고개를 젓기 시작했다.

하지만 여인의 무서움은 행동보다는 말이라고 하였던가?

그런 조별의 행동을 보던 단소소의 입에서 흘러나온 한마디에 고양이 앞의 쥐마냥 떨고 있던 세 사람은 급기야 기절하고 말았다.

"주인을 화나게 한 사람이야! 그러니 네 분 풀릴 때까지 구타놀이 하고 오렴!"

운소를 화나게 한 사람이라는 말에 일순간 검붉게 변한 조별은 코로 하얀 김을 뿜어내며 고개를 돌려 옆에 있는 세 사람을 보았다.

그렇지 않아도 험한 인상에 검붉게 변해 표정까지 일그러뜨리는 그의 모습에 주위에 있던 모든 사람들은 기겁을 하고 말았다.

거기다가 코에서 나오는 하얀 김은 마치 지옥도에 나오는 야차를 연상시켰다.

"주인을 화나게 했어? 주모, 나 구타놀이 할 거야!"

마치 산짐승처럼 으르렁거리는 그의 모습에도 연신 미소를 그리는 단소소의 모습에 운소는 자신도 모르게 한기가 온몸을 스쳐 지나가는 것을 느꼈다.

"그래! 단, 밖에서 해야 한다. 그러지 않으면 또 청소해야 돼! 그리고 흙냄새 맡게 하면 안 된다!"

서점 안에서는 안 된다는 말에 고개를 끄덕이던 조별은 다짜고짜 세 사람의 뒷덜미를 잡고는 밖으로 나갔다.

갑작스런 상황에 놀란 그들은 운소를 애처롭게 바라보았다.

"대인!"

"제발……."

"대인, 저희 좀……."

비참하게 끌려 나가는 그들의 말은 이내 처절하고도 처절한 비명 소리로 바뀌고 말았다.

"제발, 거기만은……."

"허걱!"

"때린 데 또 때리지 마!"

한참이 지나서야 세 사람을 끌고 들어온 조별은 매우 해맑게 웃고 있었다.

아마도 제대로 분을 푼 듯 연시 콧노래까지 부르고 있는 그의 모습에서 운소는 할 말을 잊었다는 듯이 고개를 내저었다.

그렇게 고개를 젓던 그는 이내 조별의 손에 들린 사람들을 보며 흠칫 놀랐는데 세상에 어떻게 맞았는지 눈이 무슨 옥구슬마냥 부풀어 올라 있었고 몸 이곳저곳이 전과 달리 통통해 보였다.

아무래도 통통해 보이는 곳이 아까 비명에서 들린 때린 데 또 때린 곳인 것 같았다.

삼가 명복을 빌고 싶은 운소의 눈에 칭찬을 바라는 듯 자신을 쳐다보는 조별이 들어왔다.

칭찬에 목마른 사람마냥 눈까지 빛내며 바라보는 그의 모습에 운소는 잠시 한숨을 쉬다 이내 웃어 보였다.

"잘했다!"

단 한 마디의 말이지만 조별은 뭐가 그리 좋은지 연신 고개를 흔들며 웃어댔다.

"이야! 주인에게 칭찬받았다."

어린아이마냥 좋아하는 그의 모습에 잠시 실소를 하던 운소의 눈에 돌 맞은 개구리마냥 쭉 뻗어 있는 세 사람이 보였다.

아무리 맞았다고는 하나 그들의 모양새가 좋지 않기에 운소는 살짝 눈살을 찌푸렸다.

"개뿔이! 그만 일어나지?"

죽은 척 쓰러져 있던 세 사람은 운소의 말에 재빨리 몸을 일으켰다.

부동자세까지 취하고 있는 그들을 본 그는 이내 입을 열었다.

"근데 왜 온 거야?"

그들이 온 이유를 궁금해하는 그의 말에 두 눈과 입이 시퍼렇게 변한 당보악이 큰 소리로 말을 하였다.

"대인께 아내가 찾아오셨다는 말에 축하해 드리러 왔습니다."

너무도 큰 소리에 운소는 귀가 떨어질 것 같은 기분이 들었지만 옆의 누구 때문에 싫은 내색도 하지 못하였다.

"어머, 저 때문에 그런 거예요?"

입을 가리며 웃는 그녀의 모습에 조별을 제외한 모든 사람들이 흠칫 놀라 잠시 멈추었다.

웃으면서 한마디의 말로 세 사람을 명태마냥 두들겨 패더니 이번엔 고맙다 웃는 모습이 섬뜩하기까지 했기 때문이다.

거기다 운소의 옆구리를 치며 몸을 배배 꼬기까지 하니 사람들은 섬뜩하기보단 이젠 공포로 느껴지기까지 했다.

"그러시지 않아도 되는데……."

계속되는 그녀의 모습에 참다못한 당보악은 급히 입을 열었다.

그런데 언제나 그렇지만 무서운 존재와 눈이 마주치면 자신도 모르게 실언을 하는 법이다.

하필이면 말을 하려는 순간 조별과 눈이 마주칠 게 뭐란 말인가?

"아닙니다. 저희 당문에서 축하연을 준비할 것이니 잠시후에 들러주십시오."

자신의 생각과는 달리 엉뚱한 말을 한 당보악은 자신도 모르게 울상이 되고 말았다.

'하필이면 저 괴물하고 눈이 마주쳐서… 내가 하고 싶은 말은 고만 좀 몸을 꼬라는 것이었는데…….'

당보악의 속도 모르고 그를 쏘아보며 다른 생각을 하는 두 사람이 있었다.

'오호라! 대인에게 잘 보이겠다 이거지!'

'역시, 늙은 생강이 맵다고 하더니 이 상황에서도 대인에게 잘 보이려 하는 것이냐? 그건 안 될 일이지. 그렇고말고…….'

이렇게 생각한 방세현과 무절 사태는 서로를 쳐다보다 이내 급히 입을 열었다.

"대인, 저희는 이미 준비가 됐으니 저를 따라가는 것이……."

"아닙니다. 도가에 뭐 먹을 것이 있겠습니까? 차라리 저희를 따라가는 것이……."

서로를 견제하듯 이렇게 말을 하는 그들의 모습을 흐뭇하게 바라보던 단소소는 여전히 입을 한 손으로 가리며 말을 하였다.

"호호호! 저희가 만난 것이 뭐 그리 대단한 일이라고……."

슬쩍 넘어오는 듯한 그녀의 모습에 무절 사태는 기회다 싶어 급히 말을 이었다.

"아닙니다. 저희가 대인께 신세를 지고 있으니 은혜를 갚는 것이 당연합니다."

"미친 할망… 아니, 그녀의 말이 맞습니다. 은혜를 갚아야 하니 부디 저에게 기회를 주십시오."

자신도 모르게 미친 할망구라고 말을 할 뻔했던 당보악은 급히 말을 바꿔 좋게 말을 하였다.

그런 그의 태도에도 아랑곳하지 않은 채 여전히 웃고 있던 단소소는 살며시 입을 열었다.

"그런가요? 하기야 저희가 만난 것도 구십팔 년 만인데 축하는 해야겠지요."

구십팔 년 만에 만났다는 그녀의 말에 운소는 아무렇지도 않다는 듯이 바라보았다.

사실 그동안 빙정에 갇혀 있었다고 하였으니 틀린 말은 아니기에 그도 가만히 있었던 것이다.

하지만 이들과는 반대로 앞에 있던 세 사람은 대단하다는 표정을 지었다.

'너무나 지고지순한 사랑이구나!'

'대인같이 한 여인에 대한 깊은 사랑을 가진 사람이 어디 있을까?'

'같은 여인이 봐도 너무나 부럽게 느껴지는구나!'

이렇게 속으로 생각하던 세 사람은 너무나도 부럽다는 듯한 표정을 지었다.

그저 구십팔 년 만에 만났다는 말에 그들이 오랜 세월 동안 서로를 그리워하며 사랑을 했다는 것으로 오해한 그들이었다.

또다시 단소소로 인해서 지고지순한 사랑을 가진 사내로 바뀐 운소는 무슨 말을 하냐는 듯이 입을 열었다.

"무슨 축하연이야! 그냥 넘어가!"

고개를 돌리며 말을 하는 그의 모습을 본 세 사람은 사랑하는 사람 앞에서는 부끄러워하시기도 하는구나 하고 생각을 하였다.

하지만 운소가 이렇게 고개를 돌린 것은 다른 이유에서였다.

갑자기 날아온 날파리 하나가 갑자기 자신의 귀 옆을 간질였기 때문이다.

마침 말하는 순간이었기에 자연스레 고개를 돌리면서 입으로 불어 날파리를 날려 보냈는데 그것이 세 사람에게는 부끄러워하는 것으로 보인 것이었다.

그 모습을 보고 또다시 오해를 한 세 사람은 자신의 이익을 위해 축하연을 연다는 것이 부끄럽다는 생각을 하고는 서로 전음을 통해 의견을 조절했다.

한참을 조용히 있던 세 사람 중에 당보악이 고개를 들어 입을 열었다.

"대인, 그래도 오늘 같은 날 어찌 가만히 있겠습니까? 저희가 축하연을 준비할 터이니 그저 오셔서 즐겁게 지내셨으면 합니다."

여전히 축하연을 하자는 그의 말에 잠시 눈살을 찌푸리던 그는 그동안 우물물만 먹었던 것을 기억하고는 오랜만에 제대로 된 식사 한번 하자는 생각으로 허락을 하였다.

"좋아! 대신 제대로 해봐!"

그의 허락을 얻은 당보악은 기쁨에 겨워 자신도 모르게 고개를 숙였고 주위에 있던 사람들도 좋은지 연신 웃었다.

그러나 그 뒤에 나온 말은 축하연을 하자던 세 사람을 또다시 죽이는 결과를 낳았다.

"근데 난 웬만해서는 성이 안 차니 그리 알아! 일단 음식은 방선궁정채(方膳宮廷菜), 담가채(譚家菜), 살기마(薩其馬), 계혈탕포(鷄血湯包), 구불리포자(狗不理包子), 십팔가마화(十八街麻

花) 정도는 우습게 먹었으니 그 정도는 되어야겠지? 아, 술도 모태주(茅台酒), 오량주(五糧酒), 검남춘(劍南春), 양하대곡(洋河大曲) 정도는 먹어봤으니 거기에 맞추도록 해!'

유명한 진미와 술을 열거하며 그 수준에 맞추라는 말에 세 사람은 할 말을 잊어버렸다.

특히 방선궁정채는 북경의 황족이나 먹는 것으로 알려져 있는 음식이니 그들의 놀람은 더욱 컸다.

하지만 이 정도는 당연하다고 생각하는 운소는 조금 달랐는데 항주의 주루는 소문난 관리들이 많이 찾는 곳으로 유명하였다.

그런 관계로 북경에서도 먹을 수 있는 음식은 우습게 구할 수 있었던 것이다.

물론 항주의 모든 주루가 그런 것은 아니었는데 한때 특급 요리사인 원장의가 머물렀던 주루가 바로 운소가 머물렀던 주루였다는 것도 작용을 하였다.

하여튼 운소의 입맛을 맞추기는 불가능이라 여긴 세 사람은 서로를 보며 울상을 짓고 말았다.

'젠장! 식신(食神)을 불러달라고 해!'

제6장

나무아미타불! 성불하시길…

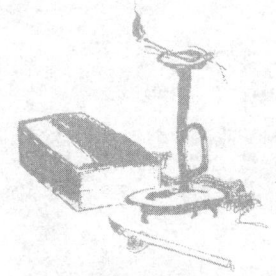

"사천성 성도의 서북부에는 무담산(武擔山)이라는 것이 있는데 촉한의 소열제(昭烈帝)가 무담산 남방에 도읍을 정하였다고 전하여지며, 그보다 옛날 무도(武都)에 있는 한 장사가 화신하여 여자가 되었는데 촉나라 왕은 이 여자를 왕비로 삼았다고 하더군. 그러나 오래 살지 못하고 죽으매 오정(五丁)이라는 사람을 시켜 무도에서 흙을 져다가 성도의 곽중(郭中)에 묻고 무담이라고 이름 지었다는 전설이 있다고 하지."

연신 고개를 끄덕이며 말을 하는 새우 눈의 사내를 옆에서 황홀하다는 표정으로 바라보던 넓적 얼굴의 사내는 이내 감명을 받았다는 듯이 입을 열었다.

"사형은 어찌 그리 잘 아십니까?"

사형이라 칭해진 새우 눈의 사내는 잠시 헛기침을 하더니 부채를 펼치며 자신의 머리를 만져 갔다.

"내가 누구더냐? 화산의 기린아, 옥장이 아니더냐? 동옥장 말이다."

이렇게 한껏 멋을 내며 말을 하는 그는 화산파의 문제아 이 인조 중에 하나인 동폐장이다.

동폐장이란 본명이 있는데도 동옥장이라는 가명을 쓰는 것은 세게 부르면 하면 X폐장이 되고 그렇다고 폐장만 부르면 전쟁에 나가 진 패장같이 들리기 때문이다.

그런 그의 옆에서 여전히 눈을 반짝이는 넓적한 얼굴의 사내는 문제아 이인조 중에 나머지인 조강장으로 그 역시 현재 가명인 조명천을 쓰고 있었다.

그 역시 세게 부르면 조 자 밑에 'ㅋ'이 들어가서 X깡장으로 불리고, 그렇다고 강장이라 부르면 요리에 쓰는 뭐 같아 이름을 바꾼 것이었다.

그들 이름이 복잡한 만큼이나 사고도 많이 쳤는데 결국 보다 못한 화산파 장문인인 매설검(梅雪劍) 백인공은 그들을 연통조(聯通組)로 보내 화산에서 쫓아내었다.

그런 사실도 모른 채 자신들의 능력이 높아 이곳까지 보낸 걸로 착각하고 있던 그들은 매우 느긋한 발걸음으로 성도 대로를 걷고 있었다.

한참을 걸어가던 동폐장의 발걸음이 멈추더니 이내 그의 입에서 감탄이 흘러나왔다.

"저리도 아리따운 미녀가 있다니… 나, 동옥장! 그저 감탄밖에 나오지 않는구나."

그의 뒤를 쫓아가던 조강장 역시 눈을 동그랗게 뜨고는 입가에 침이 흘러내렸다.

"너무나도 아름답습니다, 사형!"

그런 그의 모습을 보던 동폐장은 잠시 눈살을 찌푸리더니 손을 들어 뒤통수를 그대로 갈겼다.

탕!

묘한 소리와 함께 고개가 숙여진 조강장은 이내 일그러진 얼굴 그대로 동폐장을 보았다.

"사형!"

"침!"

뒤통수를 맞았다는 사실을 까맣게 잊어버린 채 입가의 침을 닦는 그를 보던 동폐장은 한심스럽다는 듯이 고개를 내저었다.

그리고는 고개를 돌려 여전히 그곳에 서 있는 여인을 보며 매부리코를 벌렁거렸다.

그 순간 이번엔 조강장의 손이 올라가며 그대로 그의 뒤통수를 갈겼다.

텅!

이번에도 사람의 머리를 때린 것 같지 않은 이상한 소리가
들리더니 동폐장의 일그러진 얼굴이 보였다.

"너!"

"코!"

그 역시 조강장처럼 뒤통수를 맞았다는 사실을 까맣게 잊
어버린 채 코를 잡아갔다.

한참을 코를 만지던 그는 이내 고개를 돌려 조강장을 보았
다.

"이제 괜찮냐?"

"사형, 됐습니다."

둘만이 알 수 있는 대화(?)가 오고 가더니 그들의 시선이 그
대로 아까 보았던 여인 쪽으로 향하였다.

그곳에는 청홍색의 귀걸이를 하고 있는 여인이 있었는데
그녀는 당보악이 약속한 축하연을 위해 운소와 자신의 옷을
사러 온 단소소였다.

아무리 그래도 당문의 초대인데 그냥 갈 수는 없단 생각을
했던 것이다.

그것을 우연히 보게 된 동폐장과 조강장은 지금도 연신 침
을 흘리고 매부리코를 벌렁대는 통에 주위 사람들은 마치 귀
신이라도 보는 것처럼 인상을 쓰며 혹시라도 마주칠까 멀리
돌아가고 있었다.

그녀의 미모에 빠져 그런 사실을 전혀 모르고 있던 그들은

이내 서로를 보며 입을 열었다.

"내 세 번째 첩이다!"

"사형, 무슨 말을 하시는 겁니까? 저 여인은 제 두 번째 첩입니다."

이미 자신들의 것으로 판명이 났다는 듯이 말을 하는 그들이었다.

서로를 보며 으르렁거리던 조강장은 어떻게 그럴 수 있냐는 얼굴로 말을 하였다.

"사형은 이미 무림오화(武林五花) 중에 셋을 가지셨으니 저 여인은 사제에게 넘기십시오."

욕심이 과하다는 그의 말에도 아랑곳하지 않은 채 동폐장은 인상을 쓰며 입을 열었다.

"무슨 말을 하는 거야? 당연 사형이니 그 정도는 가져야 할 것 아니야?"

무림오화 중에 셋을 가지고도 양이 차지 않는다는 그의 말에 조강장은 또 그러냐는 듯한 표정을 지었다.

이렇게 무림오화를 자신의 것인 양 말을 하는 그 둘은 사실 그녀들을 본 적도 없었다.

사형들에게 무림에는 무림오화라는 아름다운 여인 다섯이 있다는 말만 듣고는 삼 대 이로 나누었던 것이다.

그녀들에게 일언반구없이 첩과 정실로 만든 그들은 이젠 단소소마저 그러려고 하였다.

잠시 소강상태에 빠져 있던 그들은 누가 먼저랄 것도 없이 그녀를 향해 뛰어가려 하였다.

　하지만 갑자기 나타난 뭔가에 부딪쳐서는 그대로 땅바닥에 내동댕이쳐졌다.

　갑자기 달려들어서는 그대로 부딪치는 그들의 모습에 이상하다는 듯이 고개를 갸웃거리던 커다란 덩치는 바로 조별이었다.

　그는 연신 머리를 흔들며 손에 들린 과자를 빨며 바라보았다.

　흙먼지 속에 그대로 뒹군 동폐장과 조강장은 얼굴을 있는 대로 구기며 자신들을 튕겨낸 것을 보며 소리쳤다.

　"어떤 노… 오… 옴, 사람이냐?"

　조별의 험한 인상과 커다란 덩치에 주눅이 든 동폐장은 하던 말을 바꾸며 이렇게 외쳤고, 조강장은 겁을 먹은 듯 가만히 있었다.

　갑자기 손가락질을 하며 말을 하는 동폐장의 모습에 조별은 손을 들어 자신을 가리키며 보다가 이내 웃으며 재미있어했다.

　"이야! 손가락질 놀이다!"

　갑자기 놀이라며 여기저기를 가리키는 그의 모습에 난감하다는 표정을 짓던 동폐장은 이내 몸을 일으키며 화를 내기 시작하였다.

조별의 모습으로 보아 제대로 배우지 못한 바보가 자신의 앞길을 막았다고 생각한 것이다.

"네 이놈! 감히 나 천상천하(天上天下) 유아독존(唯我獨尊) 무림황제(武林皇帝) 절대고수(絶代高手) 검협(劍俠) 동옥장의 길을 막는 것이냐?"

거칠게 내뱉는 말과는 달리 그의 말을 들은 주위 사람들은 황당하다는 듯이 하던 몸짓도 멈춘 채 바라보았다.

그들과 같이 잠시 멈추었던 조강장이 살며시 다가와 그의 귀에 말을 하였다.

"너무 깁니다."

창피하다는 듯한 그의 말에 잠시 고개를 끄덕여 동의를 표하던 동폐장은 급히 말을 바꾸었다.

"검협 동옥장의 길을 막는 것이냐?"

아까와는 달리 매우 짧아진 그의 말을 듣고서야 하던 동작들을 마저 하는 주위 사람들의 모습에 동폐장은 잠시 한숨을 쉬었다.

하지만 여전히 잘 모르겠다는 듯 머리를 흔드는 조별을 본 동폐장은 불같이 노하며 일갈하였다.

"너는 뭐 하는 놈이냐?"

자신을 가리키는 손가락을 본 조별은 아까 했던 놀이를 생각해 내고는 연신 주위를 가리키기 시작하였다.

"재밌다! 재미있는 손가락질 놀이!"

그런 그의 행동에 주위 사람들이 모두 웃기 시작했고 일순간 손가락질을 하며 말을 하였던 동폐장은 그대로 얼어갔다.

그런 그가 불쌍하다는 듯이 고개를 젓던 조강장은 급히 조별을 보며 말을 하였다.

"너는 뭐 하는 놈인데 감히 우리의 앞길을 막는 것이냐?"

그제야 알았다는 듯이 손가락질을 멈춘 조별은 잠시 고개를 갸웃거리더니 입을 열었다.

"나?"

"그래, 너 말이다."

답답하다는 듯이 한숨까지 쉬는 조강장의 모습을 보던 조별은 알았다는 듯이 웃으며 고개를 흔들었다.

"내 소개 하라는 거야?"

이제야 자신의 말을 알았다는 듯한 그의 모습에 할 말을 잃은 듯 조강장은 그저 고개를 끄덕여 질문에 답을 해주었다.

그런 그의 모습에 조별은 알았다는 듯이 환히 웃으며 입을 열었다.

"난 오해서점 직원!"

일개 서점 직원이 자신들의 앞길을 막았다는 사실에 불같이 노한 동폐장과 조강장은 누가 먼저랄 것도 없이 같이 소리쳤다.

"감히! 네놈이……."

"감히! 네놈이……."

너무나도 똑같이 말을 하는 그들의 모습을 보던 조별은 일순간 눈빛을 번쩍이더니 빠르게 그들의 곁으로 다가왔다.

너무나도 묘한 몸짓에 놀란 그 둘은 하던 말도 자른 채 뒤로 가려고 하였지만 갑작스런 고통에 그만 멈춰 서고야 말았다.

갓난아이에게 있어 생명줄이며 어머니에게 있어서 소중한 그곳을 잡힌 둘이 이내 숨까지 멈춘 채 그대로 굳어지는 순간 조별의 해맑은 목소리가 들려왔다.

"이구동성(異口同聲) 놀이!"

있는 힘껏 돌아간 조별의 손목과 함께 창백해진 동폐장과 조강장의 입에서 흰 거품이 흘러나왔다.

밑동이 잘린 나무마냥 그대로 쓰러지는 그들을 보던 조별은 이내 이상하다는 듯이 고개를 갸웃거렸고, 주위에 있던 사람들은 입을 딱 벌린 채 다물 줄을 몰랐다.

그런 그들의 반응에도 여전히 동폐장과 조강장을 보던 조별은 잠시 손을 들어 그들을 찔러보기 시작하였다.

찌를 때마다 움찔거리는 그들의 모습에 고개를 갸웃거리던 조별에게 한 목소리가 들려왔다.

"별! 어디 있냐?"

그 목소리를 듣자마자 운소의 것임을 안 조별은 급히 몸을 일으켜 세우고는 달려가기 시작하였다.

잠시 후 그의 곁으로 다가간 조별은 자랑스럽다는 듯이 입을 열었다.

"나, 주인에게 배운 이구동성 놀이 했다!"

성도에 들어오기 전 조별과 잠시 놀았던 운소는 과거 어렸을 적 했던 이구동성을 가르쳐 준 것인데 아마도 그것을 다른 사람들에게 썼던 모양이었다.

자신과 할 때와는 달리 있는 힘껏 했다는 사실을 알 리 없는 운소는 그저 좋아하는 그를 보며 웃었다.

"그래, 잘했어."

칭찬을 한 그는 단소소가 기다리는 수레에 올라탔고 그것을 본 조별은 급히 앞으로 뛰어가 수레를 끌기 시작하였다.

마치 거위가 걸어가듯 뒤뚱거리는 조별의 걸음에도 웃을 생각을 하지 않던 주위 사람들은 그저 하염없이 바닥에 쓰러진 동폐장과 조강장을 보며 손을 들었다.

"나무아미타불! 성불하시길⋯⋯."

"뭐가 이리 크냐?"

눈앞에 보이는 높다란 장각과 양옆에 우뚝 서 있는 두 개의 탑이 보이는 정경에 운소는 자신도 모르게 감탄해 마지않았다.

옆에 있던 단소소 역시 놀란 듯 눈을 동그랗게 뜨고 있었고 그중에서 제일 신난 듯 머리를 이리저리 흔들던 조별은 연신 손가락으로 탑을 가리켰다.

"나, 저 탑 가고 싶어! 그 옆에 있는 탑도……."

깊은 산속에서 살던 사람들처럼 반응하는 그들의 모습에 안내를 맡은 당약약은 조금 곤란한 듯한 표정을 지었다.

점심까지 굶어가며 운소의 축하연을 준비했고 지금은 당문의 문주 등 주요 인물들뿐만 아니라 무절 사태와 방세현이 자신들의 문도들을 이끌고 '운향천(蕓香天)'에서 기다리고 있는 터라 빨리 그곳으로 가야만 했다.

이마 옆으로 흘러내리는 땀방울을 느끼며 당약약은 황급히 말문을 열었다.

"대인, 일단 식사가 준비되어 있으니 그쪽으로 가시는 것이……."

"이쪽으로 가면 안 되는 거야?"

약전과 독전이 있는 두 개의 탑으로 가고 싶다는 그의 말에 그녀는 살짝 눈살을 찌푸리다 이내 입가에 미소를 그려 나갔다.

"이곳까지 오시느라 힘드셨을 테니 뭐라도 드시는 것이 좋은 듯싶어요."

"식사라……."

그녀의 제안에 잠시 고심하던 운소는 오랜만에 제대로 된 식사를 한다고 점심도 걸렀다는 것을 깨닫고는 이내 고개를 끄덕였다.

"좋아! 그쪽으로 가지."

그의 대답을 들은 당약약은 다행이라는 듯이 한숨을 내쉬고는 이내 몸을 틀어 그를 운향천으로 안내하기 시작하였다.

"이쪽으로 가셔야 돼요."

그녀의 말대로 가려던 운소의 눈에 여전히 두 탑을 가리키며 연신 머리를 흔드는 조별의 모습이 보였다.

그 모습을 보던 그는 잠시 실소를 한다 싶더니 큰 소리로 말을 하였다.

"별아! 밥 먹으러 가자!"

"저 탑! 이 탑! 저… 밥? 나 밥 먹고 싶어! 밥!"

이렇게 말하며 곧바로 쫓아오는 그의 모습에 옆에 있던 단소소와 함께 잠시 웃던 운소는 앞에서 기다리는 당약약에게 가라고 손짓을 보냈다.

그의 손짓에 고개를 살짝 끄덕인 그녀는 소리없이 그들을 데리고 운향천으로 갔다.

옆을 지나던 사람들은 운소 일행을 보자 공손히 손을 모아 인사를 하였고 그것을 본 그들 역시 인사를 하였다.

하지만 그것도 한순간이지, 계속되는 그들의 인사에 짜증이 난 운소는 뒤에 있던 조별을 앞에 세워 대표로 인사하도록 시켰다.

물론 조별에게는 인사 놀이라는 말로 꼬드겼고 조별은 이내 놀이라는 말에 연신 고개를 숙였다.

한참을 그렇게 가던 그들의 눈앞이 훤히 뚫린다 싶더니 형

형색색으로 치장된 넓은 공터 같은 곳이 나왔다.

미리 나와서 기다리고 있던 사람들은 운소 일행이 들어섬과 동시에 북을 쳐 대인의 등장을 알리더니 모두 손을 들어 큰 소리로 합창을 하였다.

"대인, 이제 오십니까?"

일순간 황제가 된 듯한 기분과 함께 조금은 얼떨떨하다는 묘한 감정이 교차하던 운소는 손을 들며 입을 열었다.

"어… 어!"

조금은 이상한 대답이지만 대답은 대답이기에 인사를 한 모든 사람들이 손을 내리고 그들의 곁으로 다가섰다.

제일 먼저 다가선 당보악은 손을 들어 보이며 예를 갖추었다.

"시간이 늦어 혹시나 대인에게 무슨 일이 생긴 줄 알았습니다."

"무… 무슨 일은……. 근데 이곳 분위기가 왜 이래?"

예를 갖추는 당보악을 보던 운소는 좀 이상하다는 듯이 질문을 하였다.

그런 그의 반응을 예상이라도 했다는 듯이 당보악은 웃어보이곤 주위를 가리키며 입을 열었다.

"이번 축하연이 대인 부부의 만남을 축하하는 자리인만큼 결혼식과 같은 분위기를 내보았습니다."

"결혼식?"

난데없는 결혼식이라는 말에 고개를 돌려 다시 주위를 살피자 그제야 유독 붉은색과 붉은 글씨가 많다는 것을 알게 되었다.

보통 결혼식 등 중요 행사에만 붉은 글씨가 등장하기에 운소는 지금 같은 상황은 난감하기 그지없었지만 반대로 단소소는 부끄럽다는 듯이 연신 배배 꼬며 꼬맹맹이 소리를 내었다.

"아이… 그렇다고 이렇게까지 하시면……."

갑작스런 그녀의 모습에 주위 사람들은 하던 것도 멈춘 채 바라보았다.

자신에게 쏟아지는 시선들을 보지 못한 듯 아까보다 한 단계 높게 몸을 꼬는 그녀의 모습에 운소는 혹시 그녀의 친척 중에 뱀이 없는지 심하게 궁금해지기 시작하였다.

한참을 보던 운소는 살며시 앞에 있는 당보악의 곁으로 다가가 입을 열었다.

"다음부터 이런 짓 하면 뒤지게 맞는다!"

그의 말이 끝나기도 전에 세차게 고개를 끄덕이는 당보악의 모습으로 보아 지금 같은 상황은 별로 좋아하지 않는 듯싶었다.

계속 몸을 배배 꼬는 그녀의 모습에 운소는 잠시 한숨을 쉬다 조별을 불렀다.

해맑게 웃으며 옆으로 다가선 조별을 본 운소는 완전히 몸을 꼰 단소소를 가리켰다.

"의자로 옮겨!"

"알았다! 주인!"

연신 머리를 흔들며 단소소의 곁으로 간 그는 그녀의 어깨를 잡아 그대로 들어서는 앞에 있는 의자에 앉혔다.

자신이 옮겨지는 것도 모르던 그녀는 의자에 앉자 이젠 다리를 이리저리 옮기며 꼬았다.

그런 그녀의 모습에 고개를 젓던 운소는 그녀의 곁에 앉아서는 무절 사태가 주는 술잔을 받았다.

"대인의 가정에 행복이 깃들기를 바랍니다."

"가정? 어… 그래!"

난데없는 가정이란 단어를 들먹이는 그녀의 말에 잠시 고개를 갸웃거리던 운소는 알겠다는 답을 해주었다.

하지만 이런 말이 오고 갈수록 옆에 있던 단소소는 점점 더 몸을 꼬았다.

"공망웡요!"

마치 코뿔에 걸린 사람마냥 코맹맹이 소리를 내던 그녀는 슬쩍 엉덩이로 의자를 쳤고 순간 운소는 의자에 앉은 자세 그대로 뒤로 넘어졌다.

무절 사태 다음으로 술잔을 들어 입을 열던 방세현은 이 모습을 보고는 급히 말을 바꾸었다.

"대인의 가… 문 대대로 행복하시길 바랍니다."

말을 급히 바꾼 티가 너무 나고 있었지만 운소를 비롯해 주위에 있는 그 누구도 뭐라 하지 않았다.

단소소의 증세가 그만큼 심각했기 때문이다.

그녀의 증세를 건드리지 않으면서 옆에 있는 사람들과 이야기를 하던 운소의 눈에 엉덩이를 뒤로 빼고 가슴을 내민 채걸어오는 두 사람이 보였다.

연신 엉덩이를 실룩거리며 희한하게 걸어오는 그들의 모습에 주위 사람들은 두 눈을 둥그렇게 뜨며 바라보았다.

그렇게 시선이 집중된 사람들 앞에 멈춰 선 그들은 이내 조별을 보며 손가락질을 하였다.

"네 이놈!"

"네 이놈!"

이구동성으로 터져 나온 그들의 말을 들은 조별의 눈빛이일순간 달라진다 싶더니 그의 몸이 사라졌다.

어느새 새하얗게 질린 채 서로를 보고 있는 희한한 자세의두 사람 앞에 나타난 조별을 보며 그의 신법에 감탄해 마지않던 그들은 이내 입이 크게 벌리더니 그대로 굳어버렸다.

"이구동성 놀이!"

겁에 질린 듯한 그들의 가슴을 잡고 그대로 비트는 조별의손에 일순간 옷까지 찢어진 그들은 그대로 뒤로 넘어가 버렸다.

쿠쿵!

커다란 소리를 내며 쓰러진 그들은 입에 거품을 문 채 가끔씩 발작하듯 몸을 떨었다.

하지만 그 누구도 그들의 곁에 다가서지 못하고 있었는데 그것은 찢어진 옷 사이로 보이는 시커먼 자국과 엄청나게 부어오른 붉은색의 XX 때문이다.

일순간 사람들은 자신의 가슴을 두 손으로 가리고 있었는데 아마도 지금 본 충격적인 장면 때문인 듯싶었다.

자신이 무엇을 했는지 제대로 파악이 안 되는지 여전히 해맑은 미소를 보이던 조별은 두 손을 들어 운소에게 보이며 단 한 마디를 하였다.

"우와! 주인 재밌다!"

하지만 그의 말보다 두 손이 무서운지 운소는 급히 고개를 돌려 버렸다.

그런 운소의 행동에도 조별은 아까보다 더 해맑게 미소를 그리며 입을 열었다.

"재밌는 이구동성 놀이!"

"상처 치료는 잘됐네! 크큭! 흠! 잘만 그곳을… 크큭! 처신하면… 크큭! 흠흠! 정상으로… 크큭! 흠! 돌아갈 수 있을… 크큭! 걸세!"

혈관이 튀어나올 정도로 붉어진 얼굴로 연신 헛기침을 하며 말을 하던 성도의 이름난 의원인 박 의원은 이내 참지 못하고 밖으로 나가 버렸다.

그가 밖으로 나가자마자 요란한 웃음소리가 울려 퍼지며 바닥을 치는 소리가 들려왔다.

그런 그의 행동에도 아랑곳하지 않은 채 방에 누워 있던 두 사람은 이를 바득 갈고 있었다.

"내 스물여덟의 나이에 이처럼 굴욕적인 일은 없었다."

"복수해야 합니다!"

"당연하지! 그 서점 직원이라는 놈을 찾아 화산파의 이름으로 복수를 하리라!"

복수를 다짐하며 살기를 뿜어내는 두 사람은 아까 조별에게 이구동성을 당했던 동폐장과 조강장이었다.

반듯하게 누워 있는 그들의 가슴은 널따란 붕대로 감겨져 있었는데 그 모양새가 마치 여인의 그것과 동일하였다.

마치 그들이 여인이라고 생각될 만큼 커다란 가슴을 보며 연신 이를 갈던 그들은 몸을 일으켜 방을 나가기 시작하였다.

하지만 한 발만 내디뎌도 밀려오는 가슴의 고통은 참을 수 없을 정도였다.

"크윽!"

"으으윽!"

연신 앓는 소리를 하던 그들은 이내 엉덩이를 뒤로 쭉 빼고 가슴은 내미는 묘한 자세로 걸어가기 시작하였다.

워낙 희한한 자세인데다가 뒤로 엉덩이를 빼서 그런지 연신 엉덩이가 실룩거렸다.

그들이 박 의원의 방을 빠져나오는 과정을 옆에서 지켜보던 모든 사람들이 입을 가리며 자리를 피했으며 뭇 여인은 그들의 가슴과 자신의 가슴을 비교(?)하기도 하였다.

그런 그들의 모습에 다시 한 번 이를 갈던 그들은 박 의원의 집을 나와 당문으로 향하였다.

아무리 상처가 중하다 하더라도 문파의 명이 더 중한지라 자리에 가만히 있을 수 없다고 생각했던 것이다.

울 듯 웃을 듯 붉어져 있는 사람들을 보던 그들은 화를 내봤자 더 큰 웃음만 초래할 것을 알기에 서둘러 당문으로 향하였다.

잠시 후 당문으로 들어선 그들은 눈을 동그랗게 뜬 채 쳐다보는 문도를 보았다.

붉어진 얼굴, 울 듯 웃을 듯한 그의 모습에 다시 한 번 얼굴을 찡그리던 동폐장은 이내 입을 열었다.

"화산파의 동옥장과 조명천이 사문의 명을 받고 당문의 문주를 뵈러 왔습니다."

이를 바득바득 갈며 말을 하는 그의 모습에 그제야 자신의 잘못을 안 문도는 이내 고개를 숙이며 왼쪽을 가리켰다.

"현재 문주님은 운향천에 계십니다. 왼쪽에 보이는 문을 통해 가시면 되오니 그쪽으로 가보십시오."

공손하게 말을 하고 있었으나 고개를 돌리고 있는 것으로 보아 웃는 표정을 보이기 싫은 듯한 모습이었다.

이제는 당문의 일개 문도에게까지 놀림을 받는다는 생각에 얼굴을 붉힌 그들은 급히 몸을 돌려 그가 가르쳐 준 곳으로 향하였다.

연신 엉덩이를 실룩실룩거리는 그들의 모습에 그 문도는 결국 웃음을 참지 못하였다.

"크크크큭!"

한참을 참다 터진 웃음이기에 쉽게 멈추지 못하던 그는 아예 바닥에 뒹굴고 말았다.

그런 그의 모습을 곁눈질로 살피던 둘은 문주를 뵌 후에 벌을 주리라 마음먹었다.

그렇게 한참을 운향천으로 향해 걸어가던 둘의 시야에 갑자기 넓은 공간이 나오면서 수많은 사람들이 심각한 논의를 하고 있는 것이 보였다.

분명 그들 중에 당문의 문주가 있는 것으로 생각한 동폐장은 연신 엉덩이를 실룩거리며 그들에게 다가섰다.

갑자기 나타난 자신들의 모습에 말을 잊은 그들을 보며 창피함을 금할 수 없던 그 순간, 둘의 눈에 한가롭게 손가락으로 이리저리 찌르는 한 사내가 보였다.

평생 잊지 못할 치욕을 남긴 사내이기에 더욱 명확히 기억하고 있던 두 사람은 아까 그들이 왜 당했는지 기억을 못한 채 그대로 입을 벌려 일갈을 하였다.

"네 이놈!"

"네 이놈!"

일순간 이구동성으로 말을 했던 그들은 그제야 아까의 일이 생각이 나는지 입을 다물고 말았다.

어느새 자신의 눈앞에 나타난 그를 본 둘은 새하얗게 변한 얼굴로 고개를 흔들었다.

"아… 안… 돼!"

조그맣게 말을 하던 그의 말은 이내 들려온 소리에 묻히고 말았다.

"이구동성 놀이!"

또다시 느껴지는 고통과 함께 묘한 쾌감(?)에 둘은 자신들의 옷이 찢어진지도 모른 채 그대로 실신하고 말았다.

그렇게 둘은 무림 역사상 최악의 무공이라는 놀이마공 중 제오초식인 이구동성을 하루에 세 번 당한 유일무이한 사람들로 기록이 되고 말았다.

"예에? 놀이를 하자구요?"

난데없이 놀이를 하자는 말에 주위에 있던 모든 사람들이 운소를 쳐다보기 시작하였다.

그런 그들을 뻔히 쳐다보는 그의 이마에는 '나 심심함!' 이라는 글자가 뚜렷하게 새겨져 있었다.

그걸 본 사람들은 이내 한숨을 쉬며 고개를 내젓기 시작하였는데 분명 서점 앞에서 했던 장기전을 생각하는 모양이었다.

그때만 생각하면 절로 고개가 내저어지는데 또다시 그걸 하라니 한숨이 절로 나올 뿐이었다.

그렇다고 거절할 수도 없는 것이 입술까지 삐죽이며 '나 안 놀아주면 삐친다!' 라고 쓰인 그의 이마를 보면 꼭 해야 할 것만 같았다.

계속해서 한숨을 쉬던 방세현은 이내 옆에 있는 두 사람을 보며 눈짓을 보내기 시작했다.

마치 이번엔 당신들 차례 아니냐는 듯한 눈짓을 받은 무절 사태와 당보악은 이내 고개를 숙이며 뒤에 있는 정음 사태와 당약약을 불렀다.

"약약아!"

"정음아!"

난데없이 불려 나온 그들은 물끄러미 자신들을 부른 무절 사태와 당보악을 보았지만 고개를 돌려 외면하는 모습에 이내 어이없다는 표정을 지었다.

결국 장문인들에게 버림받은 두 사람은 울상을 하며 운소의 앞으로 나섰다.

그것을 본 그는 잘됐다는 듯이 그들을 가리키며 입을 열었다.

"둘이 충권(蟲券)을 해봐!"

지금 운소가 말하는 충권(현재의 가위바위보)은 술자리에서 여흥으로 즐기는 놀이이다.

상극과 견제의 논리를 상징적으로 보여주는 놀이인 충권은 고전으로 내려오는 하나의 이야기 때문에 시작되었다고 한다.

그 이야기를 보면 뱀은 달팽이를 무서워하고, 달팽이는 개구리를 겁내고, 개구리는 뱀을 무서워한다는 것으로 충권은 이것을 빗대어 엄지, 검지, 새끼손가락을 쥐어 승부를 겨루는 놀이이다.

즉, 개구리인 엄지는 달팽이인 새끼손가락을 이기고, 새끼손가락은 뱀인 검지를 이기며, 뱀인 검지는 개구리인 엄지를 이긴다는 것이다.

난데없이 충권을 하라는 말에 잠시 머뭇거렸던 두 사람은 이내 서로를 바라보았다.

잠시 후 둘 사이에는 미묘한 긴장감이 팽배해지기 시작하였다.

알 수 없는 기운이 감도는 그 둘은 묘하게도 같은 생각을 하고 있었는데 그것은 선공을 점하자는 것이었다.

사실 장기전을 하리라는 예상을 하지 못한 그들은 일단 선공이라도 점해 자파에 유리하게 만들자고 생각한 것이었다.

상황이 이렇다 보니 단순한 충권 대결이 이내 사생결단 비슷하게 진행되었다.

무섭게 서로를 쏘아보던 두 사람은 이내 주먹을 불끈 쥐더니 머리 위로 서서히 올리기 시작하였다.

그 순간에도 그들의 이마에는 굵은 땀방울이 맺힘과 동시에 턱을 향해 미끄러져 내려갔다.

하지만 전혀 개의치 않는다는 듯 그들은 붉게 충혈된 눈을 연신 굴리며 상대방의 마음을 읽으려는 듯 노려보고 있었다.

그들의 손이 머리 위에서 멈추는 순간 어느새 주위는 쥐 죽은 듯 조용해졌다.

"둘, 셋!"

간단한 구호와 함께 내려진 그들의 손은 묘한 모양을 하고 있었는데 당약약은 검지만을 쥐고 있었으며 정음 사태는 새끼손가락을 쥐고 있었다.

정음 사태는 이내 환희에 넘치는 표정을 지으며 고함을 지르기 시작하였다.

한참을 희희낙락하던 정음 사태는 여전히 조용한 주위 분위기에 고개를 갸웃거렸다.

그 순간 그녀를 울상 짓게 만드는 목소리가 들려왔다.

"어라! 단소소가 이겼네!"

"가가, 제가 이겨서 미안해요."

"괜찮아! 음! 그럼 난 두 번째인가?"

정음 사태는 설마하는 눈빛을 보이며 고개를 돌렸다.

순간 그녀의 눈에 들어오는 것이 있었는데 입을 떡하니 벌리고 있는 당약약 옆에 두 개의 손이 더 보이고 있었다.

그것은 바로 단소소와 운소의 것으로 단소소는 새끼손가락을, 운소는 검지를 쥐고 있었다.

"대… 대인?"

더듬거리며 말을 잇는 정음 사태를 본 운소는 무슨 일이냐는 듯한 표정을 지었다.

"그… 그게……."

"뭐?"

말을 하려면 제대로 하라는 듯한 모습에 정음 사태는 이내 꿀꺽 침을 삼키고 말을 하려 했지만 다음에 들려온 말에 그만 멈추어야 했다.

"웅! 주인! 여기다 놓으면 돼?"

"그래! 여기다 놓도록 해라!"

해맑게 웃으며 연신 고개를 흔들던 조별은 손에 든 것을 정음 사태와 단소소 앞에 두었다.

난데없이 나타난 물건을 본 정음 사태는 의아한 표정을 짓기 시작하였다.

"장기판?"

놀란 듯한 그녀의 모습을 본 운소는 그렇다는 듯이 고개를 끄덕였다.

그 모습에 정음 사태는 이게 어떻게 된 영문이냐는 듯이 입을 열었다.

"저번에 하려던 장기전 하는 거… 아닙니까?"

그녀의 말을 들은 운소는 귀찮다는 듯이 손을 내저었다.

"그걸 언제 그리고 있어! 그냥 이거 갖고 해!"

"에엣?"

마냥 귀찮다는 듯이 말을 하는 운소의 태도에 정음 사태는 할 말을 잊고 말았다.

거기다 장기판 위에 바둑알 다섯 개가 자리를 하고 있으니 더욱 황당하기 그지없었다.

"그… 럼 이건?"

"바둑알!"

너무도 당연하다는 듯 말하는 그의 모습에 당약약은 이상하다는 듯한 표정을 지었다.

"바둑알이 왜 나오는 거죠?"

계속되는 질문에 짜증이 난다는 듯 운소는 눈살을 찌푸렸다.

"알까기 할 거야. 됐지!"

대뜸 알까기를 하겠다는 그의 말에 정음 사태와 당약약은 어이없다는 표정을 지었다.

그것은 주위 사람들도 마찬가지였는데 갑자기 아이들 놀이인 알까기를 하겠다니 도무지 무슨 의도인지 전혀 알 수 없었다.

하지만 어느새 자리까지 잡은 단소소와 운소는 앞에 있는 정음 사태와 당약약을 보았다.

"안 할 거야?"

"예에!"

잠시 멍하니 있던 정음 사태는 이내 알겠다는 듯 고개를 끄덕였다.

그리곤 뒤에 있는 문도를 부르려는 순간 운소의 음성이 들렸다.

"어서, 앉아! 시작하게!"

"예에?! 전 준비도…….''

"네가 할 거 아니야? 충권까지 했으면 알까기를 해야지. 오판 삼 선승제야!"

마치 대리는 없다는 듯한 그의 모습에 그녀는 이내 힘없이 장기판 앞에 자리하였다.

그런 그녀의 모습을 본 단소소는 웃으며 손을 들었다.

"그럼 제가 먼저 할게요!"

말이 끝나기가 무섭게 오른손을 들어 중앙에 있는 돌을 힘있게 검지로 쳤다.

휘이이잉!

세찬 바람과 뭔가가 정음 사태를 지나쳐 날아갔다.

콰콱!

요란한 소리와 함께 뒤쪽에서 뭔가가 무너지는 소리가 들렸다.

너무나도 순식간에 일어난 일이라 가만히 있던 주위 사람들은 이내 들려온 소리에 정신을 차렸다.

"내가 분명히 말했지! 알까기는 힘이 아니라고……."

"그게… 제가 실수한 것 같아요."

"그래도 그렇지. 어라! 저 벽은 왜 저러냐?"

단소소를 나무라던 그는 이내 뭔가를 봤다는 듯 고개를 들어 쳐다보기 시작하였다.

그제야 아까 들렸던 요란한 소리를 잊었다는 생각에 사람들은 고개를 돌려 그가 바라보는 곳을 보았다.

"허어억!"

"뭐… 뭐냐?"

"저게?"

제대로 말도 못한 채 입을 떡 벌리고 있던 사람들은 이내 그 자리에서 굳어버리고 말았다.

그것도 그럴 것이 운소가 보는 곳에는 뭔가에 얻어맞은 듯 벽이 그대로 허물어져 있었고 근처에 있던 아름드리 나무가 그대로 쓰러져 있었다.

너무나 엄청난 광경에 주위 사람들의 시선은 이내 단소소 앞에 있는 정음 사태로 향하였다.

어느새 창백한 얼굴을 한 그녀는 이내 몸을 흔들며 딸꾹질을 하기 시작하였다.

"딸꾹! 딸꾹!"

그런 그녀의 모습을 보던 사람들은 너무 안쓰럽다는 듯한 표정을 지었다.

그것은 당약약도 마찬가지였는데 연신 무너진 벽과 웃고 있는 단소소를 번갈아 보다 이내 한숨을 쉬었다.

'저게 인간이냐? 바둑알로 벽을 저렇게 만들어?'

말도 안 된다는 표정을 짓던 그녀는 이내 정음 사태를 보며 다시 한 번 한숨을 쉬었다.

지금 정음 사태가 보이고 있는 모습을 이해할 것 같았기 때문이다.

'아마 나라도 놀라서 저렇게 딸꾹질을 하고 있겠지.'

속으로 중얼거리던 당약약은 갑자기 머릿속에 단소소가 자신의 머리에 바둑알을 날리는 것이 그려지자 이내 몸서리를 치고 말았다.

마치 두 번 다시는 그런 생각을 하고 싶지 않다는 듯이 말이다.

결국 이번 일로 주위의 모든 사람들은 한 가지 암묵적인 약속을 하게 되었다고 한다.

그 약속이란 바로 '절대! 단소소님에게 바둑알을 주지 않는다!'라는 것으로 사천 땅에서는 불문율과 같은 것이 되어 버렸다.

그리고 이 불문율은 후에 무림사에 길이 남을 '바둑알 혈전'으로 인해 더욱 확고히 되었다.

어쨌든 정음 사태가 멍하니 앉아 있자 운소는 '알까기 하는 사람 어디 갔나?'라는 표정으로 바라보기 시작하였다.

"안 할 거야?"

조금은 짜증이 난다는 듯이 말을 하는 그의 모습에 정신을 차린 그녀는 황급히 손을 들어 바둑알을 쳤다.

하지만 워낙 서둘러 치다 보니 오다가 중간에서 멈추고 말았다.

이것을 본 사람들은 제대로 치지 못했다는 사실보다 멈춘 곳에 초점을 두기 시작하였다.

멈춘 곳이 바로 정확히 정음 사태와 일직선 거리에 있었기 때문이다.

순간 주위에 침묵이 자리하기 시작하였다.

아까 보았던 벽을 떠올린 사람들은 정음 사태의 죽음을 애도하고 있었다.

어느덧 슬픔으로 가득한 분위기와는 달리 운소는 단소소의 곁에서 장기판을 가리키며 말을 하고 있었다.

"잘 보라고! 모든 것이 힘을 많이 준다고 좋은 것이 아니야! 어깨에서 힘을 빼고 편안한 마음으로 하는 것이 좋아!"

"편안하게……."

그녀의 모습을 본 그는 잘한다는 표정을 짓고는 자신의 말을 계속 이어나갔다.

"그렇지! 그리고 모든 것에는 튕기는 방향이 있어. 즉, 어

떻게 하느냐에 따라 튕기는 것이 달라지지. 이것을 깨닫게 되
면 한 번의 튕김으로 모든 것을 다 맞출 수 있어!'

"무공의 초식이나 내공이 아니고도 그럴 수 있나요?"

잘 이해가 안 간다는 듯이 말을 하는 그녀를 본 운소는 이
내 바닥에 있던 돌을 집어 튕기었다.

그러자 그 돌은 주위 사람들 중에 한 사람을 맞히곤 튕기더
니 옆의 두 사람을 더 맞혔다.

"지금 봤지! 이것은 내공이나 초식도 아니야! 그저 단순히
튕기는 방향을 조절해서 한 것뿐이지. 또한 튕기는 방향만 잘
조절한다면 튕겨서 맞는 두 번째 사람의 맞는 위치까지도 조
절할 수 있어."

그의 말을 듣고 있던 사람들은 알겠다는 듯이 고개를 끄덕
이다 이내 벌어진 상황에 그만 입을 떡 벌리고 말았다.

휘이이잉!

"크윽!"

외마디 비명 소리와 함께 정음 사태와 일 장 거리에 있던
한 사내가 경기를 일으키며 바닥에 쓰러졌다.

그가 잡고 있는 곳은 소위 사내의 중요 부위 중에 하나였
다.

"깨… 깨… 졌다!"

깨졌다라는 말을 하던 사내는 허벅지 사이에 손을 넣은 채
이내 흰자위를 드러내며 축 늘어져 버렸다.

이것을 본 사람들은 이내 아까 무너졌던 벽을 떠올림과 동시에 그가 맞은 부위를 연결시켰다.

즉, 벽이 부서진 힘을 아까 맞은 부위에 적용시키자 순간 사람들의 머릿속에 사망이라는 단어가 떠올랐다.

어느새 그녀의 곁에는 사람의 흔적 대신 그저 찬바람만이 스쳐 지나가고 있었다.

주위 사람들은 하얗다 못해 새파랗게 질려 버린 그녀를 보며 속으로 염불을 외기 시작하였다.

'아미타불! 삼가 명복을 빕니다!'

이렇게 시작한 알까기는 많은 관심(?) 속에 진행되고 있었다.

물론 그 관심 속에는 정음 사태가 살아남을 것이냐는 것도 포함되어 있었다.

벌써 이 승을 먼저 올리고 있었지만 그녀의 얼굴에서는 전혀 그런 표정이 보이고 있지 않았다.

그것도 그럴 것이 이 승을 한 그녀의 주위에는 참혹할 정도로 바닥이 파헤쳐져 있었으며 장기판은 이곳저곳이 잘려 나가 보기 흉할 정도로 변해 있었다.

그 무엇보다 단소소의 바둑알이 점점 자신의 곁으로 다가온다는 사실에 정음 사태는 죽음의 문턱에서 그네를 타고 있는 듯한 기분이 들었다.

이제 단소소의 마지막 남은 바둑알을 보며 생사의 갈림길을 느끼고 있던 그녀는 어느새 몸까지 일으킨 채 겨냥하는 단소소를 쳐다보았다.

몸속 깊은 곳까지 공포로 물든 그녀는 이내 들려온 말에 그 자리에서 굳어버렸다.

"한 방에(?) 보내 버려!"

마치 자신을 한 방에 죽이라는 듯한 운소의 말이 끝나기가 무섭게 날아간 바둑알은 무서울 정도로 빠르게 정음 사태를 향해 날아갔다.

탁!

바둑알이 손끝에 맞는 소리와 함께 주위 사람들의 얼굴에 놀라움이 가득했다.

타타탁!

일순간에 흰 바둑알 세 개가 허공을 날아 장기판 밑으로 날아갔다.

"이겼다!"

그의 커다란 외침과 함께 시선이 장기판에 몰린 사람들은 의외라는 듯한 표정을 보였다.

정확하게 정음 사태를 향해 날아가던 바둑알은 이내 앞에 있는 바둑알과 충돌함과 동시에 옆에 있는 바둑알들과 충돌을 했던 것이다.

일타삼피의 극적인 장면을 연출한 운소와 단소소는 서로를 껴안으며 좋아하기 시작하였다.

하지만 주위 사람들은 그들과는 달리 정음 사태에게 측은 한 시선을 보이고 있었다. 또다시 알까기를 해야 한다는 사실에 절망에 빠졌던 그녀는 이내 들리는 소리에 그만 뒤로 쓰러지고 말았다.

"장기판이 둘로 쪼개졌어!"

청성파의 한 문도가 외친 말과 똑같이 깔끔하게 쪼개진 장기판을 보며 주위 사람들은 새삼 단소소의 위력을 확인하고 말았다.

너무도 갑작스런 일이라 곤란해하던 운소는 이내 주위를 둘러보며 소리쳤다.

"개뿔이! 장기판 더 없어?"

끌려 나가던 정음 사태는 들려온 말에 그만 새하얗게 질린다 싶더니 그대로 정신을 잃었다.

그런 그녀의 모습을 보지 못한 운소는 계속해서 장기판을 찾다가 이내 없다는 말에 알겠다는 듯이 고개를 끄덕였다.

"오늘은 여기까지!"

결국 그만 하자는 그의 말이 나오고서야 축하연은 생기를 찾게 되었다.

사상 초유의 고문술(?)이라 일컫는 장기판 알까기는 이후 황궁에서도 쓸 만큼 탁월한 효능을 가졌다고 한다. 그리고 많은 고문관들의 칭송을 받는 인물로 운소가 뽑혔다는 전설(?)이 내려오고 있다.

제7장

딱지 찾아 성도로!

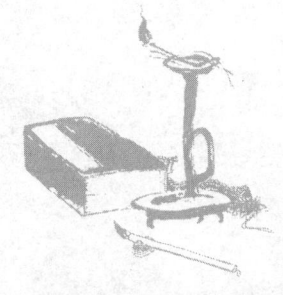

"**별**아, 꼭 여기 적힌 대로 사 와야 한다!"

"으응! 주인!"

너무나도 해맑게 웃고 있는 조별을 보던 운소는 이내 걱정스러운 표정을 지었다.

원래는 단소소가 성도에 가서 한동안 쓸 생필품을 항상 사 오곤 했지만 오늘 오해서점 대청소를 한다며 조별을 대신 보내라고 했기 때문이다.

하염없이 보고 있던 운소는 그를 혼자 성도로 보내야 하는 것이 맘에 걸렸다.

"개뿔이! 물건 살 때 무조건 깎아! 무조건!! 알았지?"

벌써 열 번도 더 말했는데도 불구하고 그는 여전히 못 미더운지 조별의 얼굴을 보며 말을 하였다.

그 모습을 보던 조별은 이내 알았다는 듯이 세차게 고개를 끄덕였다.

"알았다! 주인!"

연신 해맑게 웃으며 대답을 하는 조별을 본 운소는 이내 한숨을 쉬었다.

하지만 그것도 잠시, 몸을 돌리던 그는 다시 조별을 보고는 그대로 손을 들어 그의 머리통을 후려쳤다.

"성도에 가서 딱지치기만 하다 오면 혼나!"

버럭 소리를 지르는 그의 모습을 본 조별은 자신의 머리를 만지며 입을 삐죽거렸다.

하지만 다시 손을 드는 것을 본 그는 기겁을 하며 고개를 세차게 끄덕였다.

"알았다! 알았다! 주인!"

두 손으로 머리를 감싸는 그를 본 운소는 이내 한숨을 쉬었다.

그가 이렇게 한숨을 쉬는 것은 요즘 들어 조별이 하기 시작한 딱지치기 놀이 때문이다.

틈만 나면 서점에 있는 책을 찢어 딱지를 치는 바람에 찢은 책을 다시 엮느라 운소가 무지 고생을 했기 때문이다.

거기다 한 번 딱지치기를 하면 하루든 이틀이든 밤을 새워

놀기 때문에 더욱 그러하였다.

재차 다짐을 받은 그는 이내 조별에게 가라는 손짓을 하였다.

점점 멀어지는 서점을 보며 연신 손을 들어 크게 내젓던 조별은 이내 혀를 내밀며 등 뒤에서 뭔가를 꺼내기 시작하였다.

"우웅! 딱지치기 해야지!"

그는 너무나도 해맑게 웃으며 손에 든 딱지들을 보며 이렇게 말을 하였다.

하지만 지금 있는 딱지로 인해서 무림사에 길이 남을 딱지 대혈투가 벌어질 줄은 꿈에도 모르고 있었다.

"니미! 이곳이 성도란 말이더냐?"

"그렇습니다. 이곳이 바로 당문의 본거지인 사천의 성도입니다."

육두문자를 입에 달고 사는 듯한 사내는 이내 들려온 말에 눈살을 찌푸렸다.

그것도 그럴 것이 당문은 암기지문(暗器之門), 독중천(毒中天)이라는 불리며 무림에서는 상대하기 싫은 문파 중에 하나였기 때문이다.

거기다 지금 있는 곳이 당문의 본거지인 사천의 성도이니 당연 신경이 안 쓰일 리 없었다.

"니미! 그놈의 서찰 하나 때문에 천하의 울화병(鬱火兵) 염장질이 이 고생을 해야 하나?"

자신을 울화병 염장질이라 밝힌 사내는 다름 아닌 마교의 소교주로서 첫 출도인만큼 무림에 혈풍을 일으키며 마류(魔流)의 주역으로 입지를 굳히려 했다. 하지만 정작 그에게 맡겨진 것은 사천 땅에 있다는 오해서점의 진상을 파악하는 것이었다.

그의 말에 혈천십강의 수좌인 광박십점(光搏十点) 오광이 살며시 입을 열었다.

"소교주님! 첫 출도에 임무를 맡는다는 것은 그만큼 교주님께서 믿고 있다는 것이니 너무 심려하지 마십시오."

"니미! 그래도 그렇지, 서점 나부랭이나 감시하는 것이 무슨 믿음이고 관심이냐?"

오광의 설명에도 아직도 화가 풀리지 않는지 그는 버럭 소리를 지르고 말았다.

그것을 보고 있던 오광은 이상하다는 듯이 고개를 갸웃거리다 이내 입을 열었다.

"혹시 이번 일에 대한 임무 명령서를 보셨습니까?"

"니미! 감시하러 가는 임무인데 자세히 볼 필요가 뭐가 있어?"

그의 말을 들은 염장질은 귀찮다는 듯이 손을 내저었다.

그것을 본 오광은 역시나라는 듯한 표정을 지으며 한숨을 내쉬었다.

"이번 일은 사천의 세 문파를 연계하도록 만든 장본인을 감시하는 일입니다."

"뭐라고?"

"소교주님께서도 잘 아시다시피 사천의 세 문파는 다른 어떤 문파와도 연계를 하지 않기로 유명합니다. 그만큼 문파에 대한 자부심이 강하다고 할 수 있습니다. 그런 세 문파가 서점의 주인으로 인해 연계를 하고 그를 대인으로 모신다는 것은 어쩌면 엄청난 음모가 있을지도 모릅니다."

엄청난 음모라는 말에 염장질은 고개를 옆으로 내밀며 입을 열었다.

"니미! 그럼 내가 그걸 막으면 마류의 주역이 되는 건가?"

"당연한 것이 아니겠습니까?"

오늘도 역시나라는 듯 표정을 짓던 오광은 미소를 지으며 고개를 끄덕였다.

그런 그의 모습을 본 염장질은 이내 기분 좋다는 듯이 입가에 미소를 그리기 시작하였다.

"니미! 그렇다면 이번 첫 출도로 인해서 무림에 내 이름을 떨칠 수 있다는 그 말이더냐?"

"그렇습니다."

"좋구나! 좋아!"

입을 크게 벌리고 웃는 그 모습을 본 오광은 역시 단무지라는 생각을 하였다.

그렇게 세월 가는 줄 모르고 웃어젖히던 염장질은 뭔가 갑자기 다가오는 것을 느끼고는 몸을 움직여 그것을 피했다.

그 순간 웬 아이들이 쏟아져 나오더니 그를 사이에 두고 숨바꼭질을 하기 시작하였다.

"거기 멈춰!"

"흥! 싫어!"

"따고 배짱이야!"

염장질이 어떤 표정을 짓든 상관없다는 듯이 아이들은 그의 다리 사이로 지나다녔다.

황당하다는 듯이 바라보던 그는 손을 내려 곁에 있는 아이들을 들어올렸고 허공에 뜬 아이들은 이내 자신을 바라보는가 싶더니 그대로 고개를 돌려 버렸다.

"니미! 뭐 하는 짓거리냐?"

"저놈이 내 딱지를 따더니 그냥 가려고 하잖아요!"

"제 것도요!"

"내가 이겼잖아! 그럼 당연히 이 딱지들은 내 거지!"

홍의를 입은 아이가 자기 것이라고 말을 하자 다른 아이들이 허공에 떴다는 것도 잊은 채 발버둥을 치기 시작하였다.

"이거 놔요! 저놈 잡아야 해요!"

"맞아요!"

아우성치는 아이들을 보고 있던 염장질은 화가 나 손을 놔 버렸다.

쿠쿠쿵!

일순간 아이들이 바닥에 그대로 처박히자 그는 이제야 좀 낫다는 듯이 입을 열었다.

"니미! 귀찮게 하지 말고 다른 곳에 가서 놀아!"

있는 대로 인상을 쓰며 말을 하는 그의 모습에 아이들은 이내 울상을 짓기 시작하였다.

그 모습을 보며 긴 한숨을 쉬던 오광은 밑에 떨어진 딱지를 보고는 눈을 동그랗게 뜨며 달려갔다.

그는 땅바닥에 있는 딱지를 이리저리 살피더니 그것을 펴기 시작하였다.

너무나도 정성스럽게 펴는 그의 모습에 주위에 있던 사람들이 하나둘씩 모여들기 시작하였다.

물론 염장질 역시 이상하다는 듯이 고개를 갸웃거리며 다가섰다.

"니미, 뭐 하는 거야?"

"소교주님! 혈… 옥신공(血玉神功)입니다."

"뭐라고 하는 거야?"

"이… 이 딱지에 혈옥신공이 적혀 있습니다."

혈옥신공이라는 말을 들은 염장질은 이내 동작을 멈추고 말았다.

오광이 말한 혈옥신공은 현재 실전된 무공으로 마교를 지금의 위치에 이르게 한 대표적인 무공이었다.

갑작스런 일에 당황하던 오광은 고개를 돌려 아이들에게 물었다.

"이것은 어디서 났느냐?"

난데없이 들이미는 딱지를 본 아이들은 잠시 생각한다 싶더니 고개를 끄덕였다.

"그건 덩치 큰 아저씨한테서 이겨서 딴 건데요."

"덩치 큰 아저씨라… 근데 그 아저씨에게서 얻은 것은 이거 하나밖에 없니?"

"가져온 것은 십여 개 되는 것 같은데 저희가 딴 것은 한 개밖에 안 돼요."

십여 개를 가지고 있다는 애들의 말에 오광과 염장질은 서로를 바라보았다.

그 순간 그들은 빠르게 전음을 주고받기 시작하였다.

—소교주님, 제 생각에는 일단 딱지를 사용한 자를 찾아야 할 것 같습니다.

—니미! 당연한 것 아니야! 지금은 서점보다 혈옥신공이 더 중요해.

서로의 생각이 같다는 것을 느낀 둘은 고개를 돌려 아이들을 보았다.

"이것을 우리에게 주지 않겠느냐?"

오광의 말을 들은 아이들은 일순간 홍의를 입은 아이에게 시선을 고정시켰다.

갑자기 모든 시선이 자신에게 집중되는 것을 느낀 홍의의 아이는 무서운 듯 울상을 짓더니 고개를 끄덕였다.

"예… 예!"

더듬거리며 대답을 하는 아이를 본 두 사람은 누가 먼저랄 것도 없이 딱지를 잡아챘다.

딱지를 잡은 두 사람은 이리저리 잡아당기며 실랑이를 펼치기 시작했는데 이는 둘 다 무림인이기에 그러하였다.

한참을 실랑이하던 두 사람은 이내 염장질이 눈을 부라리는 것으로 결말을 맺었다.

하지만 여전히 혈옥신공이 아깝다는 듯 입맛을 다시던 오광은 이내 고개를 돌리고 말았다.

계속 보고 있어봤자 기분만 나빠질 것이 분명하였기 때문이다.

그와는 반대로 염장질은 만면에 웃음꽃을 피우며 딱지를 펼쳐 읽기 시작하였다.

"마교 십사대 교주인 나, 친구공(親嘔公) 장돈건은 세수 백십에 들어 하나의 무공을 창안하니……."

차근차근 읽어가던 그의 목소리가 조금 떨린다 싶더니 이내 입가에 미소를 그렸다.

자신의 손에 들린 것이 진본임이 확실하였기 때문이다.

어느새 몸까지 떠는 그를 본 오광은 한숨을 쉬며 옆에 있는 수하들에게 입을 열었다.

"각자 성도를 돌면서 딱지를 든 아이들을 찾는다!"

"충!"

오광의 말을 들은 수하들은 일제히 고개를 숙이며 대답하더니 이내 모습을 감췄다.

갑작스런 상황에 아이들은 '귀신이다!' 라고 외치며 호들갑을 떨었고 오광과 염장질은 하염없이 혈옥신공을 보고 있었다.

이렇게 마교 역사상 처음이라는 딱지 찾기는 사천을 떠들썩하게 만들고 있었다.

딱!

묘한 소리와 함께 주위가 갑자기 정적에 휩싸였다.

빙글빙글!

허공에 뭔가가 회전한다 싶더니 바닥에 떡하니 자리를 잡고 드러누웠다.

그 순간 주위에 있던 모든 사람들의 시선이 한곳으로 모이기 시작하였다.

"우와아아아! 니미! 남자는 한 방이야! 한 방!"

갑자기 고함이 터져 나오더니 이내 주위로 승리의 열기가 넘쳐나기 시작하였다.

그중에 덩치 큰 사내 한 명이 손가락 하나를 치켜든 채 이리저리 뛰어다니고 있었는데 그 모습이 마치 산에서 멧돼지 한 마리가 뛰쳐나온 듯 보였다.

그와는 반대로 한쪽에는 쪼그려 앉은 채 울상을 하고 있는 아이들이 보였다.

"내 딱지! 딱지 돌려줘!"

돌려달라고 소리를 치는 모습으로 보아 어른이 애들 딱지 치기에 끼어든 듯 보였다.

한참 동안 울고 있는 아이들을 본 두목인 듯한 사내는 이내 인상을 쓰며 입을 열었다.

"니미! 승자가 딱지를 갖는 건 당연한 거 아니겠어?"

코앞에 나타난 험상궂은 얼굴에 아이들은 기겁을 한 듯 이내 울음을 멈추었다.

조용해진 아이들을 보고서야 마음에 든다는 듯 사내는 빙긋 웃으며 몸을 돌려 가기 시작하였다.

"니미! 다음은 어디야?"

좋다는 듯 연신 웃는 그의 곁으로 다가선 한 사내는 죄송스럽다는 듯이 고개를 숙였다.

"소교주님, 죄송하지만… 오늘은 이만……."

"니미! 뭔 소리를 하는 거야? 한창 물이 올랐는데. 이젠 뒤집기까지 내 맘대로 된다고……."

무슨 소리를 하느냐는 그의 말에 앞에 있던 사내는 이내 고개를 숙이며 말을 하였다.

"그것이… 아이들이 보이지 않습니다. 아마도 모두 숨어서 나오지 않는 모양입니다."

"니미!"

아이들이 보이지 않는다는 말에 두목인 듯한 사내가 인상을 쓰기 시작하였다.

이렇게 옥신각신하고 있는 이들이 바로 딱지 강탈단으로 알려진 염장질 일행이었다.

이곳 아이들에게는 호환, 마마보다 더 무서운 존재로 알려져 있으며, 특히 이들은 이상하게도 봉달이(물건을 꺼내듯 마음대로 가질 수 있다고 해서 생긴 별명)의 딱지만을 가져가 아이들은 봉달이 딱지에 저주가 있다는 생각까지 하고 있었다.

묘하게도 봉달이의 딱지에는 혈옥신공이 적혀 있었고 그러다 보니 그것만 뺏게 된 것이었다.

결국 아이들에게 있어 호환, 마마보다 더 무서운 것이 염장질 일행이었고 이들과 마주칠까 집 밖에도 나오지 않았다.

상황이 이쯤 되니 혈옥신공을 모으는 것이 더욱 어려웠다.

아이들이 보이지 않는다는 말에 그는 한숨을 쉬다 이내 몸을 돌렸다.

"일단 돌아간다."

"충!"

그의 말에 따라 몸을 돌린 그들은 그대로 근처 객잔에 들어가 자리를 잡았다.

의자에 앉은 염장질은 점소이가 준 찻잔을 들어 입가에 부었다.

"지금까지 모은 양이 얼마나 되지?"

"한 삼분지 일 정도 될 것으로 생각이 됩니다."

"니미! 그것밖에 안 되나?"

"예!"

생각보다 양이 적은 것에 실망을 하던 염장질은 뭔가 생각이 났다는 듯이 입을 열었다.

"그건 그렇고… 니미! 봉달이라는 놈에 대해서는 알아봤어?"

"그게 이상하게 아이들은 잘 모른다고 합니다. 고작 알아낸 것은 그가 아이가 아니고 약 쉰 살 정도로 보이는 늙은이라는 겁니다."

찻잔을 들어서 마시던 그는 늙은이라는 말에 그만 사레가 들린 듯 기침을 하였다.

"켁! 케켁! 니미! 켁! 그게 아이가 아니고 노인이라는 말이야?"

"그렇습니다."

그의 말에 염장질은 어이가 없다는 듯이 바라보았다.

하지만 옆에서 대답을 하던 오광은 손을 들어서 자신의 얼굴을 만지기 시작하였는데 그곳에는 정체불명의 액체가 흥건히 묻어 나왔다.

항상 있는 일인 듯 너무나 자연스럽게 행동하던 오광은 이내 입을 열기 시작하였다.

"아이들의 말을 들어보면 이곳에 자주 나타나는 것은 아닌 듯싶습니다."

"니미! 혈옥신공을 가지고 있을 정도라면 아무래도 쉽게 정체를 밝히려 하지 않겠지. 그랬다간 본 교의 손에 언제 당할지 모르니 말이야."

"그렇습니다."

대답을 하던 오광은 문득 건너편에 있는 사람들을 보다 고개를 내저었다.

그들이 검을 소지하고 있는 것으로 보아 무림인인 듯한데 전혀 면식이 없었던 것이다.

거기다 자신이 있는 곳을 힐끔힐끔 쳐다보는 것이 뭔가 있는 듯했지만 이내 들려온 소리에 시선을 딴 곳으로 돌렸다.

"소교주님! 딱지의 행방을 찾았습니다."

행방을 찾았다는 말에 염장질과 오광은 자리를 박차고 일어섰다.

"니미! 어디야?"

"이곳에서 북서쪽으로 가면 됩니다."

"일단 가자고. 니미!"

손에 쥔 찻잔을 들어 그대로 벌컥 마신 염장질은 밖으로 나갔다.

봉달이의 딱지를 찾아 나가는 그들을 주의 깊게 주시하는 시선이 있다는 것을 그들은 전혀 모르고 있었다.

"사형, 그들이 나갔습니다. 어떻게 할까요?"

연신 밖을 보던 한 사내가 고개를 돌리자 그곳에는 방금 사형이라 불린 자가 있었다.

"사제, 일단 그들을 쫓기로 하세. 사부의 명도 중요하지만 마도의 무리가 사천에 있다는 것이 마음에 걸리네."

"알겠습니다, 설가치 사형!"

이렇게 말하고 있는 사내가 바로 무당칠협 중에 여섯째인 화염검(火焰劍) 오동닥으로 둘째 사형인 야구권(夜玖拳) 설가치와 셋째인 오향검(五香劍) 엄니와 같이 모종의 일로 인해 성도 지천교로 가고 있었다.

한데 우연히 아이와 딱지를 치는 사내들을 보았고 이상하다 여겨 뒤를 밟아왔던 것이다.

그런데 그들은 혈옥신공과 본 교를 들먹이는 것으로 보아 마교의 사람들인 듯싶었다.

뜻밖의 수확에 놀란 그들은 황급히 몸을 일으켜 염장질 일행을 뒤쫓기 시작하였다.

"혹시 마교가 수를 쓰는 것이 아닐까요?"

"그들이 어찌하여 우리에게 수를 쓴다는 말이더냐?"

"혹시 사부가 말한 그것 때문일지도 모르지 않습니까?"

난데없이 사부가 말한 그것을 들먹이는 엄니의 모습에 설가치는 어이없다는 표정을 지었다.

"그럼 그곳이 마교의 분타라도 된다는 말이더냐?"

"그것은 모르는 일이 아닙니까? 그들이라면 사부가 말한 것들을 만들어낼 수 있지 않을까 싶습니다."

그의 말을 들은 설가치는 고개를 끄덕였다.

"그들이라면 능히 그럴 수 있겠지!"

"사형! 이렇게 된 거 그들을 사로잡아 전후 사정을 듣는 것이 어떻습니까?"

옆에서 오동닥이 그렇게 말하자 그는 잠시 생각을 하다 고개를 끄덕였다.

"만약 마교의 분타가 이곳에 있다면 무림에 대한 공격이 시작됐다는 것이나 마찬가지이다. 그렇다면 그들이 꾸미고 있는 음모를 알아야 할 것이니 그리하도록 하자꾸나!"

그렇게 한참을 뛰어가던 그들의 눈에 아까 보았던 마교 사람들과 아이가 손에 딱지를 든 채 서로를 바라보는 것이 보였다.

너무나도 심각한 표정에 설가치 일행은 긴장을 하며 바라보았지만 그것도 잠시, 손에 든 딱지를 꺼낸 그들은 아무 말도 필요없다는 듯이 그저 딱지치기에 열중하기만 하였다.

검까지 뽑아 들고 만약의 일에 대비하고 있던 설가치도 그들이 딱지치기만 하자 어이없다는 듯이 바라보기 시작하였다.

탁! 탁!

"니미! 이겼다!"

"아직! 딱지 있어요!"

딱시 한 번 휘두름에 희비 교차가 일어나는 그들을 보던 설가치 일행의 얼굴에서는 점점 긴장감이 사라지고 있었다. 마교의 무리마저 작정을 하고 딱지를 치는데 그곳에다 대고 뭐라 하긴 그랬기 때문이다.

어느새 졸기까지 하던 설가치 일행은 잠시 후 들려온 소리에 그만 잠에서 깨고 말았다.

"크하하하! 니미! 내 적수는 없단 말이더냐?"

광오하게(?) 웃고 있는 염장질을 본 설가치는 어이없다는 듯이 바라보았다.

하지만 마교의 무리들은 그의 모습이 매우 자랑스러운지 연신 고개를 끄덕이고 있었다.

그런 그들을 한심하다는 듯 바라보던 설가치는 이내 들려온 말에 두 눈을 동그랗게 뜨기 시작하였다.

"니미! 그 봉달이라는 놈의 딱지는 더 없느냐?"

"없어요! 제 딱지 다 따가셨잖아요."

"니미! 혹시 글씨와 그림 쓰여 있는 딱지를 본 적 없느냐?"

혹시나 하는 마음에 글씨와 그림이 있는 딱지에 대해 물어본 것인데 아이들은 예상외로 생각에 잠긴다 싶더니 이내 입을 열었다.

"본 적 있어요. 그… 구… 혼달… 건검인가?"

"아니야. 구혼탈백검이라 아버지가 말해줬어."

"구혼탈백검(勾魂奪魄劍)!"

자신도 모르게 소리를 지른 설가치는 이내 자리에서 일어나 아이에게 다가갔다.

갑자기 나타난 그의 모습에 지레 겁을 먹은 아이는 이내 뒷걸음을 쳤지만 어깨를 잡히고 말았다.

"저… 정말 구혼탈백검을 봤단 말이더냐?"

"예… 에!"

더듬거리며 말을 하는 아이를 보던 설가치는 이내 놀랍다는 듯이 두 눈을 동그랗게 떴다.

지금 그가 말하는 구혼탈백검은 태극혜검(太極慧劍)과 더불어 무당제일검이 되는 척도가 되는 무공이었다.

하지만 오래전에 실전이 되어 사라진 것으로 알려져 있었다.

그런 그 무공이 다시 모습을 드러냈다고 하니 얼마나 놀랍겠는가?

한참 동안 말을 잇지 못하는 그를 보던 아이는 이내 품속에서 딱지 한 장을 꺼내 들었다.

"이, 이거 맞죠?"

딱지의 정중앙에 쓰여 있는 구혼탈백검이란 글자를 본 설가치는 이내 아이의 딱지를 빼앗아 펼쳐 보기 시작하였다.

"나, 기종 자양강장제(自養强壯劑) 박까수가 한 가지 깨달음을 얻으매 이렇게 글을 남긴다."

그리 길지 않은 문장임에도 불구하고 설가치는 이미 입을 떡하니 벌리고 있었다.

다른 무당 문도 역시 경악을 금치 못하며 하염없이 입을 벌리고 있었는데 자양강장제 박까수는 무당의 칠대 장문인으로 구혼탈백검을 만들었으며 기종이라는 새로운 무리를 전파한 사람이었다.

손에 들린 것이 진본이라는 생각에 설가치는 자신도 모르게 손을 벌벌 떨기 시작하였다.

"호… 혹시 이런 글이 쓰인 딱지가 더 있니?"

"음! 봉달이에게서 얻은 것이라 아마 더 있을걸요?"

"봉달이? 딱지?"

이해를 못하겠다는 듯이 반문을 하던 설가치의 시선은 이내 허공에서 염장질과 얽히기 시작하였다.

'저 마교 놈이 혹시 자파의 무공을 얻기 위해 지금껏 아이들의 딱지를 노렸다는 말인가?'

이렇게 생각한 설가치는 마교의 행동(?)에 치를 떨기 시작하였다.

그 모습을 본 염장질은 이제 큰일났다는 듯이 눈살을 찌푸렸다.

'구혼탈백검까지 딱지로 되어 있을 줄이야! 만약 저들이 봉달이의 딱지를 얻으려 한다면 혈옥신공은 얻지 못할 수도 있다는 말이 된다. 니미! 지금은 먼저 움직인 놈이 최고다!'

인상을 구기던 염장질은 이내 결심했다는 듯이 몸을 돌려 뛰어가기 시작하였다.

"봉달이의 딱지를 찾아라!"

갑자기 달아나는 그들을 본 설가치는 큰일났다는 듯이 고개를 돌렸다.

"우리도 봉달이의 딱지를 찾는다! 그들에게 자파의 무공을 뺏길 수는 없다!"

그의 말을 들은 무당의 제자들은 잘 알겠다는 듯이 고개를 숙이고는 황급히 몸을 돌려 뛰어가기 시작하였다.

그 후 성도는 두 개의 딱지 강탈단으로 인해 몸살을 앓기 시작하였다.

얼마나 극성이던지 결국 당문에서는 아이들의 딱지 보호를 위해 제자들까지 풀어야 할 정도가 되었으니 할 말 다 한 셈이었다.

결국 당문은 아이 보호 구역이라는 희한한 지역까지 만들게 되었다.

하지만 딱지 강탈단에 의해 부자가 된 예도 있었는데 그것도 그럴 것이 한 아이가 수중에 있던 딱지를 은자 삼백 냥에

팔았다 한다.

한동안 성도의 부모들은 생업을 포기하고 딱지를 접었다는 일도 있을 정도였다.

상황이 이렇다 보니 글씨와 그림까지 넣은 가짜 봉달이의 딱지까지 성행하여 한동안 성도에서는 딱지 열풍이 불기도 하였다.

결국 가짜 딱지로 인해서 피해를 봤던 설가치 일행은 근처 객잔에서 두문불출하고 있었다.

눈앞에 있는 가짜 딱지를 보며 씁쓸해하던 그들은 이내 손에 들린 진본 구혼탈백검을 보고는 미소를 짓기 시작하였다. 연신 웃으며 구혼탈백검 비급을 보고 있던 그들의 눈에 염장질 일행이 보이기 시작하였다.

염장질 일행을 본 그들은 이내 눈살을 찌푸렸다. 그것도 그럴 것이 얼마 전까지만 해도 봉달이 딱지를 얻기 위해 생사투에 가까운 딱지 탈취전을 벌였기 때문이다.

한기에 가까운 살기를 흘리던 설가치는 이내 콧방귀를 뀌며 입을 열었다.

"역시 마도는 어쩔 수 없군. 애들에게 겁을 줘 얻으려 하다니……."

비아냥거리는 그의 모습을 본 염장질은 이내 얼굴을 구기기 시작하였다.

"니미! 그러는 너희는 정파라서 아이들을 돈으로 매수하려

하느냐?"

"흥! 우리는 정당하게 값을 치른 것뿐, 그 이상도 그 이하도 아니다."

"니미! 그래서 아이들 부모에게까지 돈을 주었더냐?"

염장질까지 살기를 흘리자 이내 객잔 안은 일촉즉발의 상황이 되고 말았다.

자칫 잘못하면 객잔 안이 혈해에 잠기게 될 것 같은 험악한 상황에 객잔에 있던 다른 사람들은 황급히 나가 버렸다.

어느새 객잔에는 그들만이 남게 되었다.

살기로 인해서 공기가 팽배해진 가운데 설가치를 보고 있던 염장질이 미소를 그렸다.

"니미! 어쩌나? 우리에게 구혼탈백검 딱지가 있는데 말이야?"

"흥! 그건 우리도 마찬가지인데 어쩌지?"

한마디도 지지 않겠다는 듯이 말을 하던 두 사람은 이내 두 눈을 부릅뜨며 서로를 쳐다보기 시작하였다.

서로를 잡아먹을 듯 바라보는 두 사람을 본 객잔 주인은 이내 불호를 외기 시작하였다.

혹시라도 이 일로 인해 평생 해온 객잔을 그만둘까 봐 걱정이 되었기 때문이다.

한참을 안절부절못하고 있던 그를 평온하게 만든 자가 있었으니 바로 객잔 주인의 심복이자 이인자인 점소이 장지였다.

그는 거친 숨을 몰아쉬며 객잔 안으로 들어오더니 있는 힘껏 소리치기 시작하였다.

"보… 보… 봉달이가 어디 있는지 알아냈습니다요!"

봉달이의 거처를 알아냈다는 그의 말에 주위의 모든 시선이 그에게 쏟아지기 시작하였다.

방금까지만 해도 죽일 듯이 살기를 뿌리고 있던 터라 미처 거두지 못한 채 그것을 모두 장지에게 쏟아냈다.

온몸을 죄며 숨을 탁 막히게 하는 그들의 살기에 장지는 자신도 모르게 몸을 떨고 있었다.

"니미! 말을 꺼냈으면 마저 해야 할 것 아니야?"

"어서 말하시오!"

자신들의 살기 때문에 말을 못하고 있다는 것은 전혀 모른 채 말을 하라는 그들의 모습에 장지는 이내 울상을 짓고 말았다.

그제야 자신들에 의한 것이라는 것을 안 그들은 황급히 살기를 거두었다.

온몸을 옥죄던 것이 사라지자 그제야 장지는 숨통이 탁 트였다는 듯이 심호흡을 하기 시작하였다.

"대, 대협! 보, 봉달이의 거처는 이곳이 아니라……."

"니미! 계속 말을 해!"

"예예! 이곳이 아니라 지천교에 있는 서점이랍니다요."

"지천교?"

지천교라는 말을 들은 설가치와 염장질은 이내 서로를 쳐다보았고 그 순간 그들의 머릿속에는 교주와 사부가 말한 내용들이 되살아나기 시작하였다.

　그것은 오해서점을 감시하라는 것이었는데 그동안 비급 때문에 까맣게 잊어버린 것이었다.

　그제야 그곳을 왜 감시하라고 한지 알 것 같은 그들은 이내 황급히 몸을 돌려 나가기 시작하였다.

　그것도 한 목소리로 같은 말을 외치면서 말이다.

　"지천교로 향한다!"

제8장

오해서점배 팔씨름 대회

畫庭

해가 중천에 뜬 가운데 어릴 적 보았던 못난이 삼형제 모습을 하고 있는 세 사람이 있었다.

긴 의자에 나란히 앉은 그들은 조별, 운소, 단소소로 연신 옆을 보며 조금은 심각한 표정을 짓고 있었다.

"어떻게 생각해?"

굳게 닫혀 있던 그의 입이 열렸지만 양옆에 있는 두 사람은 그저 침묵만 지키고 있었다.

어깨까지 축 늘어뜨리며 옆만 바라보던 세 사람은 마치 한 몸인 양 이내 고개를 돌려 서점을 보았지만 그곳에는 진한 장 냄새가 풍기는 책만 보일 뿐이었다.

그 광경을 본 세 사람은 동시에 긴 한숨을 내쉬었다.

"가가! 제가 듣기에는 이 근처에는 서점은 하나도 없다고 들었는데 왜 손님이 없는 거죠?"

"맞아! 맞아!"

그녀의 질문에 동의라도 한다는 듯 조별은 연신 머리를 흔들며 해맑게 웃었다.

그러나 운소는 그녀의 질문을 듣지 못했다는 듯이 입을 열었다.

"이 근처에 객잔은 무지 많다고 들었는데 저긴 왜 잘되는 거야?"

"맞아! 맞아!"

운소의 말에도 동의한다는 듯 조별은 연신 머리를 흔들며 맞장구를 쳤다.

서로의 질문에 답을 찾지 못한 듯 그저 옆만 바라보던 세 사람은 이내 긴 한숨을 내쉬었다.

지금 그들의 시선 끝에는 이층짜리 객잔 하나가 자리하고 있었다.

사방으로 훤히 뚫린 객잔 안에는 수많은 손님들이 공간을 메우고 있었고 하나같이 행복하다는 듯 연신 웃고 있었다.

또한 그들 사이로 뛰어다니는 점소이의 이마엔 굵은 땀방울이 흘러내리고 있었다.

그런 그들의 모습을 보고 있던 세 사람은 너무 비교가 된다는 듯 텅 빈 서점을 쳐다보았다.

이렇게 기나긴 한숨을 내쉬게 만든 객잔이 생겨난 것은 지금으로부터 이십 일 전이었다.

갑자기 오해서점 옆으로 많은 사람들이 오더니 이내 뭔가를 만들기 시작하였다.

맨 처음 그들에게서 객잔이 들어설 것이란 말을 들은 운소는 자신과 같이 장사를 망하고 싶은 사람이 또 있나 보다 하고 단순히 생각하였다.

보름 정도의 시간이 지나 객잔 하나가 모습을 드러냈다.

하지만 그의 생각과는 반대로 변명객잔(變名客棧)이라 이름 지어진 그곳은 첫날부터 사람들이 우글거렸다.

처음 서점 열 때와는 다른 모습에 첫날이니 그럴 수도 있다고 생각했지만 시간이 갈수록 늘어나는 손님에 이젠 속에서 열불이 올라오고 있었다.

객잔을 한참 동안 보고 있던 운소는 이내 몸을 일으키며 입을 열었다.

"객잔에 가자!"

난데없이 객잔에 가자는 그의 말에 조별과 단소소는 고개를 들어 그를 멍하니 바라보기 시작하였다.

마치 가서 뭐 할 거냐는 듯한 그들의 눈빛에 운소는 답답하다는 듯이 입을 열었다.

"손님을 끄는 이유가 뭔지 알아야 할 것 아니야?"

그제야 그의 말을 이해한 듯 잠시 고개를 끄덕이던 단소소
는 조금 걱정된다는 듯한 표정을 지었다.

"근데 객잔에 가면 그 이유를 알 수 있을까요?"

자신을 따라 일어서는 그녀를 보던 운소는 걱정 말라는 듯
말했다.

"분명 뭔가 있으니까 저리 손님이 많을 것 아니야? 그렇지
않다면 저렇게 많은 사람들이 저곳에 드나들겠어?"

"그거야 뭐… 그래도……."

여전히 가봐야 별 도움이 되겠냐는 듯이 말을 하는 그녀의
모습에 운소는 좋은 방법이 있다는 듯 말을 하였다.

"이것도 저것도 안 된다면 점소이를 매수하지 뭐!"

"점소이요?"

난데없이 점소이를 매수하겠다는 그의 말에 그녀는 눈을
동그랗게 뜨며 바라보았다.

하지만 운소는 늘상 있는 일이라는 식의 표정을 지으며 말
을 계속 이어나갔다.

"뭐, 별거있어. 혹시라도 손님 중에 책을 사고 싶은 사람이
있으면 우리 서점 좀 소개해 달라든지 그래야지. 일종의 청탁
이라고 해야 할까?"

순간 청탁이라는 말이 맘에 안 드는지 단소소의 눈살이 찌
푸려지기 시작하였다.

아무래도 명예를 중히 여기는 무림인인 그녀가 남에게 아

쉬운 소리를 해야 한다는 것이 마음에 걸렸기 때문이다.

여전히 눈살을 찌푸린 채 그를 바라보던 그녀는 이내 썩 내키지 않다는 듯이 말하였다.

"그래도 청탁까지 해야 할까요?"

도저히 못하겠다는 듯이 말을 하는 그녀의 모습에 운소는 이내 인상을 찌푸렸다.

"요즘 우리 돈을 만진 적 있어?"

"주운 건 있잖아요!"

"주운 것은 모두 너희 둘이 다 쓰잖아!"

버럭 소리를 지르는 운소를 보던 조별과 단소소는 이해를 못하겠다는 듯 고개를 갸웃거렸다.

그런 그들을 본 운소는 아무런 말도 하지 않은 채 그저 씩씩거리고 있을 뿐이었다.

'어떻게 매달 주워온 돈을 장신구와 꿀사탕 사는 데 다 소진하냐고……'

이렇게 할 만도 한 것이 주워온 돈을 만지기도 전에 이미 다 써버린 상태가 되기 때문이었다.

상황이 이렇다 보니 그 어느 때보다도 화가 나 있는 운소였다.

"돈을 벌어야 밥도 먹고 옷도 입는 거야. 언제까지 저 뒤에 있는 우물물을 마실 거야? 사람이면 제대로 된 음식을 먹어야 할 것 아니야!"

자신을 가리키며 사람 꼴이 뭐냐는 듯 말을 하는 그의 말에 단소소는 한숨을 쉬며 대답했다.

"알았어요."

그녀의 대답을 들은 운소는 됐다는 듯이 고개를 끄덕였다.

"좋았어! 그럼 별이는 여기서 놀고 있어라!"

"우웅! 알았당!"

대답을 한 조별은 두 팔을 올리고 여전히 해맑게 웃으며 강시 놀이에 집중하고 있었다.

지금 하고 있는 것은 최근 그가 개발한 놀이로 강시를 흉내 내는 것이었다.

그것을 본 운소는 이내 한숨을 쉬다 단소소와 함께 객잔으로 향했다.

들어선 객잔 내부는 벌써 손님들로 초만원이었는데 그 모습이 마치 항주의 유명 객잔을 보는 듯해 운소는 자신도 모르게 한숨을 내쉬었다.

그와는 반대로 갑자기 들어서는 그를 본 점소이와 손님들은 잠시 당황한다 싶더니 이내 고개를 숙이며 아까 하던 일들을 계속하였다.

한숨을 쉬느라 미처 이 광경을 보지 못한 운소는 살며시 고개를 돌려 단소소를 보았다.

"특이한 것은 별로 없어 보이는데……."

"제가 보기에도 그런데요."

자신과 같은 말을 하는 그녀의 모습에 운소는 일단 온 김에 배부터 채우고 보자는 심산으로 점소이를 불렀다.

어느새 다가온 점소이는 입가에 연신 미소를 그리고 있었다.

"일단 자리로 안내하겠습니다요."

천성이 그런 것처럼 너무나도 자연스럽게 고개를 숙이는 점소이의 모습에 운소는 고개를 끄덕였다.

'젠장! 교육은 제대로 받은 모양이네!'

운소는 이내 관찰하듯 날카로운 눈길로 점소이를 바라보기 시작하였다.

그런 그의 눈길에도 점소이는 여전히 미소로 답할 뿐이었다.

"무엇을 드릴까요?"

그렇게 째려보는데도 아무렇지도 않다는 듯 웃는 그의 모습에 운소는 혀를 내둘렀다.

'대단한 철면피구나! 보통 이러면 표정 변화가 있어야 할 텐데……. 혹시 이놈… 꿀릴 배알도 없는 내시 아니야?'

순간 점소이를 철면피에 내시로 만들어 버린 운소는 생각할 필요 없다는 듯이 입을 열었다.

"간단히 요기할 것과 함께 술 좀 갖다주게!"

"알겠습니다요."

대답과 동시에 고개를 숙이는 점소이를 본 운소는 다시 한 번 째려보았다.

하지만 여전히 점소이는 아무렇지도 않다는 듯 씨익 미소를 그려주고는 돌아섰다.

"네놈이 무슨 부처라도 되는 줄 알아? 미소는 계속 짓고 난리야! 흙냄새 맡게 해줄까 보다!"

순간 그의 미소에 부아가 치밀어 오른 운소는 그렇게 말을 하고는 단소소를 보았다.

"객점의 모든 곳을 파헤쳐! 조사하면 다 나와! 알았지!"

연신 화만 내는 그의 모습에 그녀는 마지못해 고개를 끄덕였다.

그렇게 두 눈을 부릅뜨고 객잔이 잘되는 이유를 찾고 있는 동안 그의 주문을 받은 점소이는 주방에 들어섰다.

어느새 그의 얼굴에선 미소가 사라져 있었다.

갑자기 싸늘한 한기를 보이며 왼쪽 벽면으로 다가간 점소이가 손을 들어 벽면을 살짝 찍자 그곳에 사람 하나 들어갈 만한 작은 통로가 만들어졌다.

조심스레 안으로 들어선 그는 눈앞에 보이는 한 여인에게 고개를 숙였다.

"당약약 전주! 상황은 어떤가?"

"일차 저지선을 통과한 그들은 현재 이곳으로 빠르게 다가오고 있다고 해요."

지금 당약약이 말하는 일차 저지선은 오해서점에서 이백 장 정도 되는 거리에 매복시킨 사람들을 뜻하는 것으로 세 문파의 정예 이백이 모여 만든 안전 장치와도 같은 것이었다.

한데 그것을 뚫었다고 하니 어찌 그녀가 놀라지 않을 수 있겠는가?

조금은 긴장한 듯 거친 숨을 내쉬는 그녀를 보던 점소이는 굳게 닫혀 있던 입술을 열었다.

"그렇다면 일단 이차 저지선에 사람을 보내는 것이 좋다고 생각하네만?"

막아야 하는 것 아니냐는 그의 말에 당약약은 당연하다는 듯이 고개를 끄덕였다.

"초일향 대협의 말이 있기도 전에 제가 이미 사람을 보냈지만 아직까지 별 소식이 없는 걸로 봐서는 아마도……."

뒷말을 흐리는 그녀를 보던 초일향은 자신도 모르게 눈살을 찌푸렸다.

그는 청성파 대표로 공동경비구역인 변명객잔에 오게 되었지만 온 지 열흘도 지나지 않아서 갑자기 들이닥친 이상한 무리 때문에 초비상사태였다.

거기다 운소가 객잔에 와서는 좀처럼 움직일 생각을 안 하니 난감하기 그지없었다.

이마에 굵은 골까지 만들며 잠시 생각에 잠겼던 그는 이내 한숨을 내쉬었다.

벽 너머로 주위를 두리번거리는 운소를 지켜보고 있는 당약약의 곁으로 한 사내가 급히 다가왔다.

"전주님, 그들이 이차 저지선을 넘어 지천교에 진입한다고 합니다."

그의 말대로 그들이 지천교에 진입한다는 것은 적들이 코앞에 왔다는 것이고, 잘하면 전면전까지 각오해야 한다는 것을 의미하기도 하였다.

그렇다고 대놓고 그들과 싸운다는 것도 문제가 있다는 생각에 그녀는 자신도 모르게 입술을 깨물기 시작하였다.

입가를 타고 흐르는 붉은 선혈이 바닥에 떨어질 때쯤 그녀는 굳게 다문 입을 열었다.

"일단 경계를 천지급으로 올리고 만일의 사태에 대비하도록 하는 것이 좋을 듯싶어요."

일단 두고 보자는 그녀의 말에 초일향은 잠시 눈살을 찌푸렸다.

그 순간 한 사내가 들어와 고개를 숙이며 입을 열었다.

"또 한 무리가 이곳으로 오고 있습니다."

"뭐라?"

갑작스런 그의 말에 그녀는 놀란 듯 고개를 돌렸다.

"그들 역시 저지선을 모두 통과한 상태입니다. 한데 이상하게도 그들은 앞서 오고 있는 무리의 뒤를 쫓는 듯싶습니다."

앞서 오는 이들을 쫓는다는 말에 잠시 고개를 갸웃거리던 초일향은 급히 입을 열었다.

"쫓는다니, 무슨 말이더냐?"

그의 말을 들은 사내는 이내 고개를 숙이며 입을 열었다.

"예! 현재 이곳으로 오고는 있으나 앞서 오는 자들을 저지하는 것이 그들의 목적인 듯싶습니다. 그리고 두 무리의 정체가 파악이 되었습니다."

저지하는 것이 목적이라는 말에 이해를 못하고 있던 당약약과 초일향은 두 무리의 정체가 파악이 되었다는 말에 고개를 돌렸다.

"어서 말을 해보거라!"

잠시 머뭇거리던 그는 이내 고개를 숙이며 입을 열었다.

"그들은 마교와 무당입니다!"

변명객잔으로 오는 이들이 마교와 무당이라는 말에 그녀는 잠시 눈살을 찌푸렸다.

사실 둘 다 이곳에 나타나기에는 거리상으로 멀기에 이해가 되지 않았기 때문이다.

그건 옆에 있던 초일향도 같은 생각이었는데 조금 난감하다는 듯이 고개를 갸웃거리던 그가 입을 열었다.

"그것보다 대인께서는 지금 어떤가?"

"현재 대인은 식사 중입니다."

식사 중이라는 수하의 말에 두 사람은 벽면에 얼굴을 갖다

대었다.

그러자 그곳을 통해서 객잔 안의 모습이 한눈에 들어왔다. 운소와 단소소는 정중앙에 자리한 채 연신 고개 끄덕이며 객잔에 온 목적도 잊어버린 채 열심히 젓가락을 놀리고 있었다.

그 모습에 당약약과 초일향은 한숨을 내쉬었다.

"무조건 막아야 해요."

"맞네! 만약 저렇게 열심히 하는 식사를 막는다면 아마도 난리가 날 듯싶네."

어느새 마교와 무당을 막는 이유가 운소의 식사 방해(?)로 바뀌어가고 있었다.

온몸에 선혈이 낭자한 것으로 보아 한바탕 격전을 치른 듯 보이는 한 사내가 있었다.

지금도 검을 연신 휘두르며 뛰어가던 그는 이내 들려오는 말에 인상을 구기기 시작하였다.

"적이 너무 많습니다!"

"니미! 그걸 누가 몰라! 무당, 이 돌팔이 도사들! 그새 아군을 불렀다 이거지!"

연신 돌팔이를 들먹이는 이 사내는 바로 조금 전까지만 해도 성도에 있던 염장질이었다.

그는 장지가 알려준 대로 지천교로 향하였는데 갑자기 일단의 무리가 나타나더니 다짜고짜 검을 휘둘러 대기 시작하였다.

도적인 듯싶어 그는 귀찮게 하지 말라고 자신이 마교의 소교주라고 밝혔다.

하지만 그것을 밝히자 콧방귀를 뀌며 검을 들이미는 것이 아닌가?

팔을 걷어붙이며 달려드는 그들의 모습에 놀란 그는 급히 검을 꺼내 들었다.

그렇게 맞붙은 염장질은 혈천십강 중에 둘이 중상을 입으면서까지 싸워 겨우겨우 지천교에 다가서고 있었지만 그가 앞으로 갈수록 묘하게 더 많은 사람들이 달려들었다.

거기다 그의 뒤에서는 무당이 '타도! 마교!' 를 외치며 맹렬한 기세로 뒤쫓아오고 있었다.

앞뒤로 공격해 오는 상황에 그는 환장할 것만 같은 기분이 들었다.

지금도 자신의 곁으로 다가서는 한 사내를 향해 염장질은 혈회경의 마혈폭회(魔血暴回)를 날리고 있었다.

어느새 휘감은 그의 팔이 사내의 목을 타고 올라가 뒤통수를 쳐 버렸다.

픽!

요란한 소리와 함께 머리가 터지며 뇌수가 주위로 날아갔다.

발끝에 느껴지는 묘한 이질감에 잠시 눈살을 찌푸리던 그는 연신 발을 놀리며 앞으로 나아갔다.

그의 곁에서 보조를 맞추고 있던 오광의 입이 열렸다.

"이대로 가다간 전멸하고 맙니다."

전멸이란 단어를 들먹이는 그의 모습에 염장질은 화가 난다는 듯 거칠게 말을 하였다.

"니미! 지천교가 코앞이야!"

오광은 한심하다는 듯이 고개를 내젓다가 갑자기 날아오는 암기를 피하였다.

"제가 보기에는 성도 안에서 딱지를 모으는 데 시간을 허비한 것이 잘못인 듯싶습니다."

"니미!"

그의 말에 욕으로 답을 한 염장질은 자신에게 날아드는 창을 쳐서 바닥으로 떨어뜨렸다.

텅!

일순간 창이 휘어지며 바닥에 떨어진다 싶더니 이내 튕겨지며 다시 자신의 머리를 향해 날아들었다.

"헉!"

창끝이 다시 자신을 향하자 염장질은 놀라 급하게 몸을 움직였다.

'니미! 돌팔이 도사 놈들! 이렇게 나온다 이거지!'

염장질은 얼굴을 있는 대로 구겼다.

또다시 날아든 십여 개의 암기에 급히 허공으로 몸을 날리던 그는 옆에 있는 나무를 쳐내었다.

어른 허리만 한 나무가 통째로 들어올려진다 싶더니 날아드는 암기와 맞서갔다.

파파파팡!

요란한 소리와 함께 허공을 날던 나무가 산산조각이 나서 주위로 날아갔다.

그것을 보던 염장질은 또다시 날아드는 암기와 함께 검과 창이 이곳저곳에서 찔러오자 급히 손을 들어 묘한 움직임을 보이기 시작하였다.

"니미! 천추혈해(天墜血海)!"

하늘을 떨어뜨리고 바다를 피로 덮으려는 듯 연신 날아가는 검기에 주위에 있던 서너 명의 머리가 일순간 제자리를 찾지 못하고 허공을 날았다.

"크아아악!"

"으아악!"

"윽!"

처절한 비명과 함께 염장질은 자신의 내력이 급격하게 줄어드는 것이 느껴졌다.

벌써 반이나 텅 빈 자신의 내력을 느끼던 그는 낭패라는 듯 이마를 좁히기 시작하였다.

─소교주님! 지천교에 다 온 듯싶습니다.

갑자기 들려온 전음에 자신도 모르게 앞으로 고개를 돌리자 그의 눈에 저 멀리 다리와 건물 두 개가 보이기 시작하였다.

그리 멀지 않은 곳에 있었지만 지금 같은 상황이라면 가는 것만으로도 벅차 보였다.

연신 날아오는 암기를 피하며 죽기 살기로 뛰던 그들의 발이 다리에 닿는 순간 무슨 일이 있었느냐는 듯이 암기가 사라져 버렸다.

마치 지금까지 겪은 일들이 꿈이라고 느껴질 만큼 모든 공세가 멈추자 다리에 선 염장질 일행은 어리둥절할 뿐이었다.

하지만 그 누구도 긴장의 끈을 풀 수는 없었다.

방금 전의 그 공세가 또다시 오지 않으리라는 보장이 없었기 때문이다.

염장질을 중앙에 둔 채 주위를 감싼 혈천십강은 조심스럽게 다리를 건너기 시작하였다.

그들의 눈앞에는 두 개의 건물이 보였는데 하나는 서점이었고 다른 하나는 객잔인 듯싶었다.

그 순간 매우 빠르게 다가오는 존재가 보였다.

검붉은 피부에 귀신같은 얼굴, 산 같은 덩치를 가진 사내가 무섭도록 빠르게 자신들에게 다가오는 것을 본 염장질은 이내 기겁을 하기 시작하였다.

"니미! 이 흉악한 정파 놈들! 비겁하게 흑혈시(黑血尸)를 내보내다니……."

두 팔은 앞으로 뻗고 두 발을 붙인 채 깡충깡충 뛰어서 오는 그 사내를 보고 혹혈시라 판단한 염장질은 이내 고개를 돌리다 객잔을 보고 외쳤다.

"니미! 일단 저 객잔으로 들어간다!"

혈천십강도 자신들에게 다가오는 존재를 보고 놀랐는지 염장질의 말이 끝나기도 전에 몸을 객잔으로 날리고 있었다.

그렇게 다가서는 자신을 피해 객잔으로 가는 염장질 일행을 보던 검붉은 사내는 이내 울상을 지으며 입술을 삐쭉거렸다.

"우웅! 난 강시놀이 하자고 온 건데……."

우물우물!

오드득! 오득!

닭다리가 잠시 입에 들어갔다 나오자 두툼했던 살덩이는 사라지고 앙상한 뼈만 남았다.

세차게 입을 놀리던 운소는 이내 놀랐다는 듯이 고개를 저었다.

"제대로야! 제대로!"

연신 제대로라는 말을 반복하던 그는 젓가락을 들고는 다른 음식을 집어 입에 넣었다.

"오호!"

운소가 연신 감탄사를 남발하고 있는 사이, 그들의 옆에 자리잡는 한 무리가 있었다.

진한 혈향을 풍기던 그들은 연신 주변을 살피며 경계의 눈빛을 보이고 있었는데 그 모습이 마치 어리버리한 고문관(?) 같아 보였다.

분위기와는 전혀 맞지 않는 모습을 보이는 이들은 바로 마교의 후예인 염장질 일행이었다.

흑혈시인(?) 조별을 피해 이곳에 들어온 그들은 혹시나 있을지 모르는 무당의 공격에 대비(?)하며 조용히 점소이를 불렀다.

점소이는 그들의 부름이 그다지 좋지 않은 듯 머뭇거리더니 결국 고개를 숙이며 그들의 곁으로 다가왔다.

"무엇을 시키시겠습니까?"

그들에게서 풍기는 혈향에 점소이가 눈살을 찌푸리며 이렇게 말을 하였다.

점소이의 표정에도 아랑곳하지 않은 채 연신 주위를 살피던 오광은 그에게 간단한 요깃거리와 술을 가져오라 일렀다.

잠시 후 점소이가 안으로 들어간 것을 본 오광은 급히 염장질 곁으로 다가왔다.

"소교주님, 이곳에 오래 머무는 것은 좋지 않습니다. 속히 본 교로 돌아가는 것이 어떻겠습니까?"

본 교로 돌아가자는 그의 말에 염장질은 이내 이를 바드득 갈았다.

"니미! 혈옥신공을 놔두고 그냥 돌아간다는 게 말이 돼? 만약 그렇게 하다가 무당에 빼앗기기라도 하면 어쩌려고?"

"하지만 정파라는 그들이 흑혈시까지 준비한 것으로 보아 단단히 준비한 듯싶습니다. 어쩌면 이미 이곳에 천라지망이 펼쳐져 있을지도 모릅니다."

아까 보았던 매복을 생각한다면 천라지망 말고 더한 것도 준비했을 것이라고 판단한 오광이었다.

"니미! 그래도 혈옥신공은 취해야 한다! 본 교의 무공을 빼앗길 수는 없어!"

혈옥신공을 빼앗길 수는 없다는 그의 말에 오광은 눈살을 찌푸리며 난감해하였다. 본래 흥분하면 앞뒤 안 가리고 행동한다는 것을 잘 알고 있었기 때문이다.

어떻게든 그를 잘 타일러 본 교로 돌아가는 것이 좋겠다고 생각하던 오광의 귀에 한줄기 음성이 들어왔다.

"에? 음식 값을 책으로 낸다고요?"

어이없다는 듯이 바라보는 점소이를 본 운소는 당연하다는 듯이 품 안에서 뭔가를 꺼냈다.

"당연한 것 아니야! 서점 주인이 책으로 값을 치르겠다는데 뭐 불만있어?"

"그래도… 이건?"

건네주는 책을 본 점소이는 이내 황당하다는 듯이 입을 열었다.

"혈… 옥신공(血玉神功)?"

순간 객잔 안이 조용해진다 싶더니 모든 시선이 운소에게 몰리기 시작하였다.

특히 염장질 일행은 놀라다 못해 입을 떡 벌리고 있었다.

그도 그럴 것이 혈옥신공을 위해 성도에서 딱지 탈취도 하고 죽을 고생을 하며 이곳에 왔는데 그 비급을 고작 음식 값으로 내겠다고 하고 있으니 그 누가 놀라지 않겠는가?

순간 착 가라앉은 분위기를 보던 운소는 눈살을 찌푸렸다.

'개뿔이! 별이가 반쯤 찢은 것이 맘에 걸리는가 보군. 젠장! 어쩔 수 없지.'

잠시 후 운소는 아깝다는 표정을 지으며 품속에서 작은 단약 세 개를 꺼냈다.

"사실은 우리 직원이 이 책을 반쯤 찢었거든. 그래서 음식 값에 이것도 같이 낼까 하는데 이것이면 되나?"

그가 내민 것을 본 점소이는 경악하다 못해 실신하고 말았다.

"소림… 대환… 다… 안…….."

이렇게 말을 하며 쓰러지는 점소이를 황당하다는 듯이 보던 운소는 주위의 반응에 고개를 갸웃거리고 말았다.

주위에 있는 모든 사람들이 턱이 완전히 빠진 듯 연신 붙잡고 있었기 때문이다.

사실 운소가 꺼낸 것은 평소 우물물과 같이 먹던 단약으로 요즘은 몸이 추울 때 먹는 간식이었다.

그런데 그걸 보고 놀라는 것을 본 운소는 이내 살며시 웃었다.

'이 정도면 음식 값이 되나 보군. 다행이야! 아까 배고플 때 먹지 않아서……'

너무나 엄청난 간식(?)을 꺼낸 것에 만족한 표정을 짓는 운소를 보던 단소소는 잠시 고개를 갸웃거렸다.

'이상하다? 왜 집안 살림(?)을 꺼내는 거지?'

누가 들으면 기절할 만한 속엣말을 그녀가 할 수 있었던 것은 평소에 대환단을 물 먹듯이 먹는 운소의 행동 때문이다.

그의 그런 행동이 무림의 기보를 집안 살림(?)으로 만들어 버린 것이었다.

어느새 기보보다는 서점의 한 물품으로 여긴 그녀는 운소의 행동에도 그저 바라만 보았다.

하여튼 그저 좋은 음식 먹었다고 생각하는 운소 일행은 기분 좋게 웃고 있었다.

"자… 잠깐!"

어느새 턱을 맞춘 듯 힘겹게 말을 한 염장질은 급히 책 곁으로 다가갔다.

자신이 갖고 있는 혈옥신공과 맞춰보던 그는 손에 든 책이 뒷부분이라는 것을 알게 되었다.

완전한 혈옥신공이라는 생각에 기쁨의 눈물을 흘리던 염

장질은 이내 날아온 뭔가에 맞아 바닥에 그대로 쓰러졌다.

콰쾅!

너무나 어처구니없는 상황에 고개를 돌리던 염장질은 쌍심지를 켜고 있는 운소를 보고는 그대로 굳어버렸다.

"어디 남의 음식 값에 손을 대!"

음식 값이라는 말을 강조하는 그의 모습을 멍하니 바라보던 염장질은 엉덩이 부분이 심하게 아프다는 것을 알게 되었다.

'니미! 왜 엉덩이가? 어라! 맞은 곳은 하나인데 아픈 곳이 둘……. 두울?'

이렇게 생각하던 그는 이내 고개를 홱 돌리며 경악에 찬 소리를 질렀다.

"무박자의 극치! 무중타(無中打)!"

마치 이구동성 놀이를 하는 듯한 목소리로 말을 하는 그를 본 주위 사람들은 놀랍다는 표정을 지었다.

그것은 벽 너머에서 객잔 안을 보고 있던 당약약과 초일향도 마찬가지였다.

무중타는 무박자보다 한 단계 위로 무박자로 침과 동시에 그 타격이 내부로 들어가 다른 곳에 상처를 또 입히는 것을 말한다.

이것은 무도의 극치라고도 하며 지금껏 그 누구도 이 경지에 오른 사람이 없었다.

하나 정작 그 엄청난 무위를 보여준 운소는 자신의 손을 보며 눈살을 찌푸리고 있었다.

'개뿔이! 때리다 균형을 잃어버린 것은 좋은데 저놈의 엉덩이를 잡다니… 어째 냄새까지 나는 것이 불결해 보이는데……'

손에서 풍기는 냄새(?)에 운소는 몸서리를 치고 있었다.

또 한 번 무림사에 길이 남을 사천 팔씨름전은 운소의 음식 값(?)으로 인해 시작되고 있었다.

잠시 동안 적막에 싸여 있던 객잔 안에서 먼저 움직인 사람이 있었다.

"니미! 음식 값 얼마야? 내가 대신 낼 테니 그… 그 책 나에게 넘겨!"

일순간 운소 앞으로 간 염장질은 자신의 품에서 은자를 있는 대로 꺼내 탁자 위에 올려놓았다.

쾅!

요란한 소리와 함께 나온 돈은 무려 칠백 냥이었는데 그중 전표가 오백이십 냥이었다.

돈이라면 자신있던 그는 조금은 의기양양한 표정으로 운소를 바라보았다.

하지만 정작 그는 물끄러미 바라보다 이내 눈살을 찌푸렸다.

갑자기 눈살을 찌푸리는 그의 모습에 조금은 당황해하던 염장질의 귀에 한줄기 전음이 들려왔다.

―저는 당문의 당약약이라고 해요. 제발 대인이 화내시기 전에 그만두세요. 그리고 대인은 백이십 세가 넘은 분이세요. 그러니 무례한 행동은 금하세요.

그녀의 전음에 염장질은 눈을 동그랗게 뜨고 말았다.

'니미! 백이십 세의 대인? 니미! 반박귀진 정도를 넘어섰잖아!'

염장질은 운소를 보며 이내 울상을 짓고 말았다.

그녀의 말대로라면 그는 운소 앞에서 죽여달라고 아우성치는 것이나 다름없기 때문이다.

이렇게 죽음의 문턱에서 왔다 갔다 하는 그와는 달리 운소는 심기가 불편한지 연신 눈살을 찌푸리며 은자를 보고 있었다.

'젠장! 은자를 포기하자니… 액수가 너무 크고, 그렇다고 은자를 선택하자니 좀 더 비싼 값에 팔 수 있을 것도 같고… 이거 애매한데……'

둘과는 전혀 다른 생각을 하고 있던 운소는 곧 결심했다는 듯이 고개를 들었다.

"안 되겠는데……."

안 된다는 말을 듣고 나서야 염장질은 자신도 모르게 안도의 한숨을 쉬었다.

생각보다 화를 덜 내는 것 같아 보였기 때문이다.

어느새 자신도 모르게 미소를 지으며 고개를 숙이던 염장질은 더듬더듬 말을 하였다.

"니… 미! 그럼 죄송합니다만 이만……."

돌아서는 염장질을 본 운소는 손을 들어 급히 제지하였다.

"어허!"

'개뿔이! 액수를 높이려는 내 생각이 읽혔나? 그냥 조금만 액수 올려! 그럼 내가 못 이기는 척 팔게!'

약간 초조해하며 그의 굳게 닫힌 입이 벌어지기를 바랐다.

'젠장! 어서! 어서!'

그 순간 운소의 바람이 통했는지 염장질의 입이 열리기 시작하였다.

하지만 그의 생각과는 전혀 다른 말이 염장질의 입에서 흘러나왔다.

"할… 말이 없으시면 그만 돌아가겠습니다."

돌아가겠다는 말에 눈살을 찌푸리던 운소는 급히 염장질의 팔을 잡아갔다.

"조… 좋네! 좋아! 그렇게 하도록 하지!"

당약약의 말대로 운소의 비위를 상하게 하지 않기 위해서 그냥 물러나려던 염장질은 갑자기 좋다는 말에 눈을 동그랗게 떴다.

하지만 반대로 운소는 눈살을 찌푸리며 그를 바라보고 있었다.

'젠장! 내가 흥정에서 지다니… 생각보다 고단수였어!'

염장질의 행동을 흥정을 위한 행동으로 생각한 운소는 이번마저 자신이 거부한다면 그나마 내놓은 은자도 도로 가져갈까 두려웠다.

결국 혼자만의 오해(?) 속에 책을 판 운소는 조금은 아쉽다는 표정을 지었다.

"넌 아직 부족하지만… 지금 주는 것도 나쁘지 않겠지."

자신이 생각한 액수는 아니지만 칠백 냥이면 그나마 좋다는 생각에 운소는 이렇게 말을 한 것인데 정작 염장질은 다르게 받아들이고 있었다.

'니미! 자질이 부족한 듯하나 열심히 노력하여 혈옥신공을 익히라는 대인의 명이시다. 이건 나에게 분명 기회를 주시는 것이다!'

이렇게 생각한 그는 연신 고개를 숙이며 고마워하였다.

이들의 묘한(?) 거래가 성사될 무렵 커다란 소리를 지르며 객잔 안으로 들어서는 한 무리가 있었다.

"…안 돼!"

새파랗게 질린 채 연신 뒤를 보며 불안해하던 그들은 객잔으로 들어서자마자 거친 숨을 몰아쉬기 시작하였다.

난데없이 거래를 막은 사람들을 본 염장질은 눈살을 찌푸렸다.

"무… 당!"

창백한 안색을 한 채 객잔 안으로 들어온 사람들은 바로 무
당파였다.

그들은 불과 반 다경 전만 해도 이렇지는 않았는데 한 사내
를 만나면서 몰골이 이렇게 변하고 말았다.

그것은 한 사내가 사형이라고 부르면서 시작되었다.

"사형, 그들이 저쪽 다리로 갔습니다. 어떻게 하면 좋겠습
니까?"

연신 거친 숨을 몰아쉬던 사내는 이내 고개를 들어 자신을
사형이라 부른 사내를 보았다.

그 사내는 설가치로 염장질의 뒤를 따라 지천교까지 오게
된 것이었다. 한데 그들이 지천교로 갈수록 더욱 많은 사람들
이 자신들에게 덤벼들고 있었다. 마치 기다렸다는 듯이 덤벼
드는 그들의 모습을 기억해 낸 엄니는 황당하다는 듯이 입을
열었다.

"혹시 마교가 파놓은 함정에 걸려든 것이 아닐까요?"

설가치 역시 거친 숨을 몰아쉬며 그의 말에 당황한 기색을
보였다.

"그럼 그들이 이곳에 비급이 있을지 알고 있었단 말이더
냐?"

"그럴 수도 있습니다. 성도에서도 그렇지만 우리가 딱지를

가진 아이들을 찾아내면 항상 우리보다 먼저 가 있었지 않습니까?"

성도의 일을 들먹이는 엄니의 모습에 설가치는 고개를 끄덕였다.

항상 반보 빠르게 움직이던 이제까지의 상황으로 보아 그럴 수도 있다는 생각이 들었기 때문이다.

"그럴 수도 있겠구나!"

"사형, 이렇게 된 이상 구혼탈백검은 절대 빼앗길 수 없습니다."

옆에서 오동닥이 이렇게 말을 하자 그는 당연하다는 듯이 고개를 끄덕였다.

"만약 그들이 그 무공을 얻는다면 차후에 혈풍이 일 것이 분명하다. 그러기 전에 우리가 막아야 하는 것은 당연한 일이다."

우렁찬 한마디와 함께 검을 휘두르는 그의 모습을 본 주위 사람들은 고개를 끄덕이며 앞으로 뛰어가기 시작하였다.

하지만 그들도 다리를 건너자마자 그만 돌부처가 되고 말았는데 그것은 그들을 향해 달려오는 눈앞의 한 존재 때문이었다.

쿵! 쿵! 쿵!

지축을 울리는 듯한 그 소리에 설가치 일행은 기겁을 하고 말았다.

"저 검붉은 외모와 저 자세… 혹시?"

"흐… 흑혈시?"

"흑혈시다!"

성큼성큼 뛰어오는 그 모습에 설가치 일행은 뒤로 물러서고 있었다.

강시 중에서 제일 강한 것으로 알려져 있는 흑혈시는 말 그대로 강철 같은 검은 피부에 사람의 피를 빨아먹는 강시로 알려져 있었다.

또한 도검은 물론이고 조문(약점)마저 없어 최강의 강시라 알려졌다.

그런 존재가 다가오자 설가치 일행은 일제히 검을 빼어 들었으나 그 누구 하나 덤벼들지 못하고 뒤로 발걸음을 옮기고 있었다.

그때 그들 중에 제일 담이 세다는 오동닥이 검을 빼 들고는 그대로 찔러가기 시작하였다.

"이 요물! 이만 사라지도록 하여라!"

힘차게 뻗어가던 검은 이내 목표물을 잃고 허공을 그대로 가르는가 싶더니 붉은 선혈이 튀어 올랐다.

"윽!"

난데없이 비명 소리가 울린다 싶더니 앞에 있던 문도가 비틀거리고 있었다.

그의 가슴에 오동닥의 검끝이 반쯤 들어가고 있었다.

그나마 문도가 지른 소리로 인해 손을 움직이지 않아서 이만큼이지, 아니면 그대로 꿰뚫어 버릴 뻔하였다.

　그새 사라진 흑혈시를 찾던 오동닥은 이내 바닥에 누워 있는 그를 보았다.

　자신의 검을 피한 흑혈시를 보고 있던 오동닥은 자신도 모르게 부아가 치미는 것이 느껴졌다.

　하지만 흑혈시, 아니, 조별은 울상을 짓고 있었다.

　강시 놀이를 하다 그만 돌에 걸려 넘어져 그대로 무릎을 찧었기 때문이다.

　'우웅! 아파! 아파!'

　이렇게 속으로 울던 조별은 그대로 몸을 일으켰다.

　갑자기 몸을 일으키는 것을 본 오동닥은 검을 들어올리다 안색이 새하얗게 변하고 말았다.

　그것도 그럴 것이 지옥도에서나 볼 만한 나찰의 얼굴이 조별에게서 보였기 때문이다.

　조별은 무릎이 아파 울상을 짓고 있었는데 워낙 얼굴이 험해 그것이 마치 나찰의 표정으로 보였던 것이다.

　"이… 이 요물이, 받아랏!"

　겁에 질린 나머지 오동닥은 황급히 검을 휘둘렀고 여전히 울상(?)을 짓고 있던 조별은 급히 몸을 돌렸다.

　이렇게 울상을 짓는 와중에도 여전히 강시 놀이를 하고 있는 조별이었다.

어느새 피한 흑혈시를 본 오동닥은 당황스런 표정이 역력하였는데 그 순간 갑자기 등 쪽에 극심한 고통이 밀려왔다.

퍽!

바람 빠진 북마냥 요란한 소리와 함께 밀려 나간 오동닥의 검은 이내 옆에 있던 엄니의 팔을 그어버리고 말았다.

"크악!"

시뻘건 선혈이 바닥에 뚝뚝 떨어졌으나 그나마 큰 상처는 아닌 듯싶었다.

또다시 자신에 의해 상처를 입자 오동닥은 멍한 표정을 짓고 말았다.

'요… 요물이다! 어떻게…….'

하지만 그것도 잠시, 갑자기 뭔가가 가슴을 향해 날아온다 싶더니 그대로 뒤로 넘어가기 시작하였다.

퍽!

요란한 소리와 함께 'ㅜ' 자 모양으로 변한 오동닥은 자신의 얼굴에 날아온 선혈을 보고는 눈살을 찌푸렸다.

그곳에는 자신의 사형인 설가치가 어깨를 부여잡고 있었다.

"크으윽!"

연신 신음을 흘리고 있는 그의 모습을 본 오동닥은 어이없다는 표정을 지었다.

이렇게 시작된 흑혈시 조별과 오동닥의 묘한 대결은 무당파의 모든 사람을 상처 입히는 것으로 끝나고 말았다.

　주위에 아무도 서 있지 않은 것을 본 오동닥은 자신도 모르게 검을 떨어뜨리고 말았다.

　"아… 악마! 아… 안 돼! 다가오지 마!"

　조금씩 다가서는 조별을 본 오동닥은 새파랗게 질린 채 이렇게 소리를 치더니 이내 몸을 돌려 도망치기 시작하였다.

　다른 사람들 역시 몸을 일으켜 그의 뒤를 따라 도망쳤다.

　연신 '다가오지 마! 안 돼!'를 외치며 도망치는 그들을 본 조별은 고개를 갸웃거리며 입을 열었다.

　"우웅! 내 무릎 찧었는데……."

　조별과의 요상한(?) 일로 피투성이가 된 무당파는 자신도 모르게 '안 돼!'를 외치며 객잔 안으로 들어섰다.

　물론 다른 말도 외쳤으나 거친 숨으로 인해 그 말은 입 밖으로 나오진 않았다.

　자신들의 외침으로 인해 거래(?)가 중단되었다는 것을 모르는 설가치는 연신 숨을 몰아쉬고 있었다.

　그렇게 한참을 헐떡거리던 그들은 이내 자신들에게 쏟아진 시선에 고개를 갸웃거렸다.

　한참 동안 이상하다는 표정을 짓던 설가치는 이내 운소와 같이 있는 염장질을 보고는 이를 갈기 시작하였다.

　"부드득! 극악한 마도의 무리들! 흑혈시까지 데리고 나와!"

곁에 있던 엄니도 그의 말에 동의한다는 듯이 고개를 끄덕였다.

"저런 극악한 무리는 처단해야 합니다!"

엄니의 말을 들은 설가치는 잘 알겠다는 듯이 고개를 끄덕이다 연신 '안 돼!'를 되뇌며 반쯤 미쳐 버린 오동닥을 보았다.

"히히히! 아… 안 돼! 히히히! 아… 안 되나요?"

이젠 실성한 듯 웃기까지 하는 그의 모습에 설가치는 노기가 치미는 듯 검을 들고 염장질에게 다가섰다.

"내 사제의 복수를 위해 이 한 목숨 바치리라!"

난데없이 사제의 복수를 하겠다는 그의 모습에 황당하다는 듯한 표정을 보이던 염장질은 급히 검을 피하였다.

"니미! 사제의 복수는 또 뭐야?"

연신 육두문자를 뱉는 그의 모습을 본 오광은 객잔에 오기전 싸웠던 고수들을 떠올렸다.

"아무래도 아까 싸운 그들을 말하는 것 같습니다."

그의 말을 들은 염장질은 그제야 사제의 복수가 무엇인지 알겠다는 듯이 고개를 끄덕였다.

하지만 그도 피하지만은 않았는데 그도 그럴 것이 아까의 일로 인해 혈천십강도 심각한 타격을 입었기 때문이다.

살기 가득한 검을 빼어 든 염장질이 설가치를 향해 휘두르려는 순간 묘한 소리가 둘 머리 위로 들려왔다.

타탁!

너무도 맑고 고운 소리(?)가 들리는가 싶더니 이내 바닥에
두 사람이 쓰러졌다.

"개뿔이! 잘들 한다. 검 가지고 계속 장난치면 흙냄새 맡는
다!"

난데없이 흙냄새를 들먹이던 운소는 앞에 있는 두 개의 검
을 그대로 발로 찼다.

휘이잉!

천장에 꽂힐 만큼 아슬아슬하게 올라가던 검은 이내 빠른
속도로 염장질과 설가치에게 떨어졌다.

날카로운 검끝으로 떨어지는 것을 본 그들이 기겁을 하며
급히 양다리를 벌리자 그 사이에 '터어엉!' 하는 소리와 함께
검이 꽂혀 버렸다.

손잡이만 남고 파묻히듯 꽂힌 검을 본 사람들 사이로 싸늘
한 한기만이 흘렀다.

보통 검이 꽂히는 것만 해도 대단한 일인데 손잡이만 남고
다 들어갔으니 그 위력은 실로 무시무시한 것이었다.

하지만 단소소는 그런 것이 재미있는 듯 살며시 웃었다.

"운당 가가! 멋지게 적중!"

"개뿔이! 운소라고 했잖아! 몇 번을 말해야 알아들어!"

"네! 운공 가가!"

"운소!"

마치 만담을 하는 듯한 두 사람의 모습에 싸늘했던 공기가 이내 제자리를 찾아들고 있었다.

운소의 신공(?)에 대해 여전히 감탄해 마지않았으나 실상 지금 검이 그렇게 꽂힌 건 거의 기적이라고 할 수 있었다.

검이 꽂힌 곳이 바로 나무옹이라 살짝 금이 가 있던 곳이기 때문이었다.

만약 그렇지 않았더라면 꽂히기는커녕 검이 그대로 튕겨 나갔을 것이었다.

결국 모든 것은 우연의 일치라고 할 수 있었는데 그것을 모르는 사람들은 그저 운소의 중후한 내공 때문이라고 생각을 하였다.

하여튼 또다시 노기인으로서의 실력을(?) 과시한 운소는 이내 염장질을 보며 입을 열었다.

"책 살 거야? 말 거야?"

눈살을 찌푸리며 말을 하는 그의 모습을 보던 염장질은 말이 끝나기가 무섭게 고개를 숙이며 입을 열었다.

"니미! 대인, 미안합니다. 책 삽니다. 책 사요!"

욕인지 존칭인지 구분이 안 가는 말을 하던 그가 곁에 두었던 은자를 집어 드는 순간 이때까지 가만히 있던 설가치가 그들 사이로 끼어들었다.

"잠깐만!"

또다시 끼어드는 그의 모습에 운소는 짜증이 난다는 듯한 표정을 지었다.

그것도 그럴 것이 은자를 받을 상황만 되면 계속 방해를 하고 있었기 때문이다.

"개뿔이! 너……."

버럭 소리를 지르려던 운소는 갑자기 달려든 설가치의 모습을 보고는 황당한 표정을 지었다.

자신의 손에 든 낡은 책을 보며 감격에 벅찬 미소를 그리고 있었기 때문이다.

"구… 혼탈… 백검……."

이것을 보고 있던 운소는 자신도 모르게 입가에 미소가 그려지기 시작했다.

"개뿔이! 너, 그거 갖고 싶냐?"

"예… 예!"

갖고 싶냐는 말에 냉큼 대답을 하는 그를 본 운소는 입가에 씨익 미소를 그리기 시작하였다.

"그럼 그거 사!"

"사라고요? 그럼 얼마?"

"개뿔이! 일단 있는 것 다 내놔봐!"

"예에?"

있는 것 다 내놓으라는 그의 말에 잠시 멍하니 있던 그의 귓가에 한줄기 전음이 들려왔다.

─저는 당문의 당약약이라고 해요. 지금 눈앞에 있는 분은

백이십 세가 넘으신 분으로 문파에 비전무공을 돌려주시려고
해요. 그러니 그에 합당한 값을 치르세요.

난데없이 백이십 세가 넘는 노기인이라는 말에 설가치는
멍하니 운소를 보다 침을 꿀꺽 삼켰다.

'서… 설마! 바… 바… 반박귀진의 경지일 줄이야!'

이렇게 속으로 생각하던 그는 이내 품 안을 뒤지기 시작하
였다.

하지만 품 안에 있는 돈이 적은지 주위에 있는 문도들을 닦
달하더니 이내 엄청난 은자와 전표를 꺼내 들었다.

"여… 여기 팔백 냥 정도 있습니다."

일행의 모든 돈을 꺼내놓은 설가치는 운소에게 구혼탈백
검을 달라는 듯 처다보았다.

그러자 운소는 매우 예리한 눈빛으로 그를 보기 시작하였
다.

마치 자신을 꿰뚫어 보는 듯한 그의 눈빛에 설가치는 자신
도 모르게 긴장을 하였다.

'대인이 나의 자질이 어떠한지 보고 있는 것 같구나!'

염장질과 같이 자질을 파악해서 책을 주는 걸로 생각한 설
가치는 초조한 기색으로 운소의 입이 떨어지기를 기다렸다.

하지만 정작 운소의 머리는 매우 빠르게 돌아가고 있었다.

'오호라! 잘하면 서너 달은 돈 걱정 안 하겠는데…….'

여전히 액수에 관심을 기울이던 그는 이내 '팔 듯 안 팔

듯' 전법을 쓰기로 맘을 먹었다.

"아! 내가 보기에는 네가 더 좋은 듯싶은데……."

운소는 이렇게 말을 하며 살며시 혈옥신공을 잡아당기면서 구혼탈백검을 내밀었다.

사실 운소가 이렇게 말한 것은 설가치가 내건 조건이 좋다는 뜻이었으나 정작 설가치와 염장질은 다르게 생각하고 있었다.

'역시 내가 마교의 소교주보다 자질이 훌륭하다고 생각을 하시는구나!'

'니미! 내 자질이 저놈보다도 떨어지니 나에게 주느니 안 주는 것이 좋다는 말이냐?'

은근히 경쟁심이 유발시킨 운소는 이내 이들을 폭발시키는 한마디를 하고 말았다.

"한 사람에게만 줘야 하는데……."

고심하는 듯 말을 하는 운소의 모습에 둘은 이내 앞으로 달려들며 말을 하였다.

"대인! 제가 더 좋다고 하시지 않았습니까?"

"니미! 지금 좋으면 뭐 해, 앞으로 좋아야지."

어느새 비급 쟁탈전이 되어버린 객잔 안은 이내 당황스럽다는 표정을 지었다.

그건 밀실에서 객잔 안을 보고 있는 당약약과 초일향도 마찬가지였는데 그들은 서로 머리를 맞대며 지금의 상황에 대해 분석하기에 바빴다.

"대인은 무슨 의도로 저러시는 것 같나?"

"혹시 마도에게 책을 주는 것을 빌미로 우리를 더욱 채찍질하시려는 것이 아닐까요?"

이렇게 말을 하며 여러 가지 추측이 난무하는 가운데 이 모든 것을 깨버리는 단 한 마디가 운소의 입에서 흘러나왔다.

"팔씨름으로 모든 것을 정하도록 하지!"

난데없는 팔씨름이라는 말에 주위의 모든 사람들이 침묵을 하고 말았다.

그러나 단 한 사람만이 그의 말에 감탄을 하며 고개를 내젓고 있었다.

"그렇군요! 너무나 절묘한 시험이에요."

어느새 박수까지 치는 그녀를 본 초일향은 고개를 갸웃거렸다.

"무슨 말을 하는 건가?"

"팔씨름이야말로 둘의 자질을 파악하는 데 제일 중요한 것이라 할 수 있다는 말이에요. 일단 팔씨름을 하기 위해서는 마보나 궁보의 자세를 취하는 것이 좋아요. 그것은 무공을 익히는 자에게 있어 기본 중에 기본이에요. 즉, 저들이 기본에 얼마나 충실했는지를 알 수 있어요."

그녀의 말을 듣던 초일향은 고개를 끄덕이며 알겠다는 표시를 하였다.

그런 그의 모습을 본 당약약은 계속해서 자신의 말을 이어 나갔다.

"또한 무림인에게 있어서 팔목 힘은 매우 중요한 것이며 그것을 단련하는 것 역시 기본 중에 기본입니다. 마지막으로 심리적인 전술과 근력을 통해 대인은 둘의 모든 것을 파악하려 하고 계세요."

이제야 모든 것을 알겠다는 듯 초일향은 입을 딱 벌리며 놀라워하였다.

"단순한 듯 보이면서도 이렇게 깊은 뜻이 담겨 있다니… 대인의 심계는 놀랍기 그지없구려!"

어느새 탄복을 하며 고개를 내젓던 그는 향후 벌어질 승리에 초점을 맞추기 시작하였다.

잠시 후 당약약으로부터 이번 팔씨름에 깔린 저의를 들은 설가치와 염장질은 서로를 쏘아보기 시작하였다.

'니미! 자질뿐만 아니라 나에 대한 모든 것을 시험한다 이거지! 그럼 질 수 없지!'

'마도의 무리와 비교되는 것은 기분 나쁘지만 대인이 그렇게 생각하신다면 어쩔 수 없지!'

어느새 묘한 경쟁심을 보이는 두 사람은 살기 가득한 눈으로 서로를 보았다.

그런 그들을 보고 있던 운소는 이내 웃으며 입을 열었다.

"물론 패자에게는 벌이 있어야겠지?"

벌이라는 말에 모든 사람들의 시선이 일순간 객잔 밖에서 있는 한 사람에게 모여졌다.

갑작스런 상황에 고개를 갸웃거리던 염장질과 설가치는 고개를 돌려 그들과 같이 했는데 그곳에는 매우 해맑은 얼굴로 상시 놀이를 하는 조별의 모습이 보였다.

"패자는 우리 별이와 놀아주면 돼!"

이렇게 말을 한 운소는 씨익 미소를 그렸지만 주위의 모든 사람들은 기겁을 하였다.

물론 염장질과 설가치는 공포 그 자체였음은 두말할 필요가 없었다.

'흑혈시와 놀라니… 그건 죽으라는 말과 마찬가지다!'

'니미! 이런 대결에서도 이기지 못한다면 차라리 죽으라는 것인가? 니미! 무조건 이기고 본다.'

어느새 두 사람은 운소에게 인정받기보다는 흑혈시(?)에게서 살기 위한 팔씨름을 할 것을 다짐하고 또 다짐하였다.

어느새 객잔 안에는 탁자 하나를 두고 치열한 응원전이 펼쳐지고 있었다.

"소교주님! 무당에게 지면 안 됩니다. 그냥 뭉개 버리십시오!"

오광은 있는 대로 소리치며 사기를 북돋았고 건너편에 있던 엄니도 질 수 없다는 듯 소리를 쳤다.

"사형! 어찌 마도의 무리보다 못하다는 말을 들을 수 있겠습니까? 정파의 체면이 달린 문제입니다."

그의 말을 들은 설가치는 알겠다는 듯이 고개를 끄덕이며 몸을 이리저리 풀고 있었다.

그 모습을 본 염장질은 가소롭다는 듯이 웃으며 입을 열었다.

"니미! 이제 다 죽었어! 엉!"

"내 너를 기필코 이겨 정파의 의지를 바로 세우리라!"

"자아! 손을 잡아!"

운소의 말에 따라 마주 잡아가는 두 사람은 서로를 보며 전의를 불태우고 있었다.

어느새 밀실에서 나온 당약약과 초일향은 주위 사람들과 어울려 지금의 상황을 지켜보았다.

"자리 싸움이 치열하군요."

"그렇군! 특히 팔목 싸움이 심하구만. 그건 아마도 초반에 팔목이 꺾이는 것을 미연에 방지하기 위함일 것이야."

어느새 해설자가 되어버린 두 사람은 나름대로 팔씨름을 평가하며 고개를 끄덕였다.

치열하게 자리 싸움을 하던 설가치가 이내 팔을 풀며 자리에서 일어났다.

"너무 꺾습니다."

이렇게 말한 설가치는 운소에게 염장질에게 주의를 주라는 듯 말을 하였다.

잠시 생각을 하던 운소는 이내 염장질에게 손을 들어 가리켰다.

"너무 꺾지 마! 개뿔이! 세 번 주의는 패야! 알았지?"

그의 말에 염장질은 조금 화가 난다는 듯 눈살을 찌푸렸지만 고개를 숙여 알겠다고 표시하였다.

이 상황을 보고 있던 초일향은 놀랍다는 듯이 입을 열었다.

"오! 무당의 심리 전술이 뛰어나구만. 전주는 어떻게 보는가?"

"초 대협의 말씀이 맞습니다. 일단 기선 제압을 위해 보인 그의 심리 전술은 주효했다고 볼 수 있어요. 그렇다고 마교 측에선 주의를 받았다는 것에 위축될 필요는 없어요. 그렇게 되다간 경기에 소극적인 자세로 임하게 되고 결국 질 수밖에 없어요."

"음……! 경기가 시작하는구만!"

완전히 해설자로 둔갑한 두 사람은 팔씨름을 보며 나름대로 분석과 해설을 하였다.

하지만 그것도 잠시, 어느새 손을 맞잡은 설가치와 염장질은 이마에 힘줄이 튀어나올 정도로 있는 힘을 다하고 있었다.

역시 초반의 심리전에 당해서 그런지 염장질의 팔이 점점 뒤로 젖혀지고 있었다.

쾅!

요란한 소리와 함께 염장질의 팔이 완전히 젖혀졌다.

그것을 본 무당의 사람들은 승리에 겨워 소리를 지르기 시작하였다.

"와! 무당파가 이겼다!"

"사형, 멋진 승부였습니다!"

희희낙락하는 그들 사이에 선 운소는 말도 하지 않은 채 접시를 쳐들며 고개를 젓고는 입을 열었다.

"개뿔이! 돌팔이 도사 반칙패! 니미파, 승!"

갑자기 염장질의 승리를 선언하는 운소의 모습에 무당파 사람들은 일순간 아우성을 치기 시작하였다.

"우리가 왜 졌단 말입니까?"

"뭘 보는 겁니까?"

살기등등한 모습으로 말을 하는 그들을 보고서도 운소는 여전히 입을 다문 채 뒷짐을 지고 있었다.

마치 명판관 마리노를 보는 듯한 그의 모습에 당약약과 초일향은 대단하다는 듯이 입을 열었다.

"역시 대인은 공평하구만!"

"그래요! 그 짧은 시간에 벌어진 반칙을 제대로 짚어내시다니요. 팔이 젖힌 무당파 고수가 마교의 엄지를 꺾어버려 힘을 못 쓰게 하는 교묘한 반칙을 했는데 그걸 정확히 보시네요."

감탄해 마지않던 초일향은 이내 당약약을 보며 입을 열었다.

"이로써 무당파가 초반에 걸었던 심리전은 물거품이 되지 않았겠는가?"

"아무래도 그렇다고 봐야겠지요. 승부는 원래대로 돌아갔습니다."

어느새 자연스럽게 해설을 하고 있는 둘의 눈에 자신에게서 멀어지라는 손짓을 하는 운소가 보였다.

연신 손짓을 하던 운소는 주위를 둘러보다 이내 입을 열었다.

"개뿔이! 도사 승부 도중 엄지를 꺾음! 반칙패!"

당약약의 말대로 엄지를 꺾는 것을 들어 반칙패를 주는 사실에 설치는 어이없다는 표정을 지었다.

염장질 역시 초반에 당했던 심리전에서 벗어나 어느새 안정된 모습을 보이고 있었다.

그렇게 계속된 승부는 삼 대 이로 무당파의 승리로 끝나가고 있었다.

연속으로 두 번이나 진 마교 측은 오광의 승부에 따라 연장전이냐 아니면 그대로 패하느냐가 달렸다.

어느새 후끈 달아오른 객잔 안은 두 패로 나뉘어 응원을 벌이고 있었다.

"싸우자! 이기자! 나가자! 와!"

이렇게 외치며 무당을 응원하는가 하면 반대로 마교 측은 어깨에 손을 얹고 노래를 부르고 있었다.

"어리어리 동동! 씨리씨리 동동! 어리렁 콧노래를 불러나 보자!"

한 목소리가 되어 부르는 그들의 사이에는 서로 팔을 맞잡고 신경전을 벌이는 오광과 오동닥이 보였다.

다른 사람들과 마찬가지로 자리 싸움과 팔목 싸움에 열을 올리던 두 사람은 이내 들려온 운소의 목소리에 팽팽하게 맞서가기 시작하였다.

"시작!"

어느새 붉어지는 두 사람을 보던 응원단은 더욱 큰 소리로 힘을 북돋기 시작하였다.

과거 최고의 악사인 윤도헌의 '오, 싸워 이기자!'를 개사한 것을 부르는 마교 응원단의 모습은 그야말로 응원의 극치였다.

"오~ 마교 이기자! 오~ 마교 이기자! 오~ 마교 이기자! 마! 마교! 마교!"

"오~오오! 오~오오! 무당! 이기자!"

온갖 응원이 난무하는 객잔 안은 이내 조금씩 기울어져 가는 오광의 팔에 더욱 거세졌다.

어느새 패색이 짙어져 가던 오광은 커다란 외침과 함께 팔에 힘을 주기 시작하였다.

"으라라차차차!"

과거 강허동을 연상시키는 외침과 함께 오광의 팔은 이내 오동닥의 팔을 당겼다.

"와! 마교가 승리했다!"

"오오오! 마교!"

일순간에 역전시키는 오광의 모습에 흥분한 응원단은 연신 소리를 지르며 얼싸안았다.

그 가운데 있던 당약약과 초일향 역시 흥분한 목소리로 말을 하고 있었다.

"역시! 저력의 마교구만! 막판 뒤집기를 하려는 것 같네."

"그래요! 그동안 마교는 마도의 문파로 많은 무림인들에게 배척을 당했어요. 그만큼 서러움도 많았을 것이에요. 그걸 바탕으로 절치부심하여 지금의 상황에 이르렀다고 봐야 하겠지요."

마교의 승리를 축하하는 그녀를 본 초일향은 조금 걱정된다는 표정을 지었다.

"하지만 무당이 이대로 물러설 리는 없다고 보네만."

"아무래도 그렇겠죠! 저쪽에는 아직 숨겨진 고수가 한 명 있겠죠. 어떻게 보면 지금까지 팔씨름 중에 최고의 승부를 볼 수 있을 거예요."

도저히 승리의 향방을 알 수 없다는 듯 고개를 끄덕이던 두 사람은 이내 벌어지는 시합에 집중을 하였다.

또다시 응원단의 거센 응원 속에 등장한 엄니와 혈천십강의 서열 두 번째인 이동구는 서로의 손을 잡으며 선전을 다짐하였다.

그렇게 시작한 그들의 승부는 순식간에 일 대 일 상황을 만들었다.

이내 마지막 한 판에 모든 승부가 가려진다는 사실에 주위에 있던 모든 사람들은 소리까지 죽이며 쳐다보았다.

몇 번을 왔다 갔다 하던 두 사람의 팔은 이내 한쪽으로 기울어지기 시작하였다.

쾅!

요란한 소리와 함께 한쪽 응원단에서 거센 응원 소리가 나왔다.

"오~ 마교 이기자! 오~ 마교 이기자! 오~ 마교 이기자! 마! 마교! 마교!"

그들의 응원대로 엄니의 팔을 그대로 젖힌 이동구는 두 손을 맞잡고 위로 쳐들었다.

"이야야!"

승리의 기쁨을 만끽하는 그와는 반대로 무당 측은 침묵 그 자체였다.

마치 동네 잔치마냥 즐거워하던 사람들은 이내 책을 받으러 다가서는 염장질에게 시선이 모아졌다.

어깨를 쫙 편 채 운소에게 다가서던 염장질은 입가에 미소를 그리기 시작하였다.

이것으로 마교가 무당보다 한 수 위임을(?) 보여줬다는 사실이 그에게 기쁨으로 다가왔기 때문이다.

극과 극의 대비를 보이는 두 무리 앞으로 간 운소는 살며시 웃으며 말을 하였다.

"그럼 일단 벌칙을 받아야겠지!"

난데없이 벌칙을 들먹이자 모든 시선이 그에게 쏟아지기 시작하였다.

자신에게 쏟아지는 시선을 즐기는 듯 웃던 그의 입가에 매우 차가운 미소가 흐르기 시작하였다.

"개뿔이! 별아, 놀아라!"

이렇게 말을 하며 고개를 돌리자 그의 뒤로 검붉은 얼굴의 사내가 나타났다.

"진짜!"

"개뿔이! 내가 하는 말을 뺄로 듣는 거냐? 죽이지는 마라!"

"응!"

너무나 천진난만한 목소리로 답을 하는 조별을 본 운소는 됐다는 듯이 고개를 끄덕이며 밖으로 황급히 나갔다.

난데없이 아까 보았던 조별이 나타나자 염장질과 설가치는 기겁을 하며 뒤로 물러섰다.

"흐… 흑혈시?"

"흑혈시가 말도 한다?"

여전히 조별을 흑혈시로 생각한 그들은 그가 말을 하는 것이 충격인 모양이었다.

하지만 그것도 잠시, 이내 들려온 소리에 주위 사람들은 황급히 뒤로 물러서기 시작하였다.

"휘이이이……."

갑자기 입을 크게 벌려 주위 모든 공기를 빨아들이는 조별을 본 그는 놀라 옆에 있는 탁자를 잡았지만 소용이 없었다.

주위의 모든 사물들이 흔들리는 가운데 어느새 두 발자국 앞까지 온 설가치는 안간힘을 쓰며 그의 입에서 벗어나고자 했지만 그건 불가능한 듯싶었다.

"크윽! 냄… 새!"

결국 이 두 마디만 남긴 채 조별의 입에 설가치의 입이 붙어버렸다.

어느새 멎은 바람에 무당파 사람들은 한숨을 내쉬다 조별의 입에 붙은 설가치를 보았다.

순간 그의 두 눈이 빙그르르 돌더니 흰자위를 드러낸 채 입에서는 연신 흰거품을 만들어내고 있었다.

"이… 이… 입… 내… 앰… 새!"

아득해지는 정신 때문인지 설가치는 제대로 발음도 못한 채 그대로 쓰러져 버렸다.

하얗게 질린 채 바닥에 쓰러진 그를 보던 무당파 사람들은 그가 마지막 남긴 입 냄새라는 말이 의미하는 것이 무엇인지 알려 노력했지만 도저히 알 수 없었다.

하지만 그들의 의문은 곧이어 흘러나온 너무나도 우렁찬

한마디에 해소가 되었다.

"커어어억!"

우렁차게(?) 울려 퍼지는 조별의 트림에 황당해하던 그들
은 이내 풍겨오는 냄새에 자리를 뜨고 말았다.

"읔!"

"시체 썩는 냄새가?"

"으으윽!"

코를 잡고 고통스러워하는 그들과는 반대로 조별은 자신
의 배를 치며 해맑게 웃었다.

그제야 설가치가 말한 입 냄새가 뭔지 안 그들은 자신도 모
르게 손을 들어 도호를 외우고 말았다.

"무량수불! 성불하시길……."

이 말은 그들만 한 것은 아니었는데 객잔에 있던 사람들은
물론이고 당약약과 주방의 다른 사람들도 똑같이 외고 있었
다.

그런 그들을 보며 연신 고개를 흔들던 조별의 입이 열렸다.

"우웅! 음식흡입술 놀이!"

멀쩡한 사람을 사경 헤매게 만들어놓고 그저 놀이라고 말
을 하는 조별의 모습에 무당파 고수들의 얼굴에 일순간 황당
한 빛이 떠올랐다.

"서… 설마!"

"이것이 대인이 말한 벌?"

"난 죽고 싶지 않아!"

기겁을 하며 뒤로 물러서는 그들을 보며 입을 삐죽 내밀던
조별은 이내 들려온 말에 울상이 미소로 바뀌고 있었다.

"별아! 너무 귀여워요!"

연신 웃으며 칭찬을 하는 단소소의 모습에 모든 사람들이
경악을 하는 가운데 칭찬받아 기분이 좋다는 듯 조별은 연신
머리를 흔들며 해맑게 웃었다.

"웅! 주모가 칭찬했다! 칭찬했다!"

설가치를 입 냄새로 쓰러뜨린 일이 칭찬받을(?) 일인지는
모르겠지만 그녀의 칭찬 한마디에 활기를 찾은 조별은 뒷걸
음질을 치고 있는 무당파 사람들을 보았다.

해맑게 웃는 조별의 모습이 저승사자의 죽음의 미소와 같
다고 생각이 드는 순간 조별의 두 손이 가슴으로 올라간다 싶
더니 호조 형태를 띠기 시작하였다.

그것을 본 주위 사람들은 순간 기겁을 하며 두 손을 들어
가슴을 가리기 시작하였다.

"이구동성 놀이!"

기겁을 하며 놀라는 주위 사람들의 모습에 잠시 고개를 돌
렸던 무당파 사람들의 귀에 처절한 비명 소리가 파고 들어왔
다.

"크아아아악!"

이렇게 애절하고도 처절할 수가 있을지 의문이 들 정도의

비명 소리에 깜짝 놀란 무당파 사람들은 이내 너무나도 엄청 난 광경을 목격하고 말았다.

가슴 위를 덮고 있던 옷이 뜯겨져 나간 채 대추알만 한 크기로 붉게 부어오른 찌X가 보였다.

무당파는 자신의 동료가 당했는데도 불구하고 화도 못 낼 만큼 황당해하는 순간 조별은 한쪽 무릎을 접으며 발을 들었다.

"재밌는 제기차기 놀이!"

간단한 한마디와 함께 그의 제기차기는 시작되었는데 그가 발을 올릴 때마다 처절한 비명 소리가 들려왔다.

퍽!

"크아아아악!"

허벅지 사이에 있는 주요 기관을 잡고 그대로 쓰러진 무당파의 고수는 경련이 이는 듯 연신 몸을 부들부들 떨더니 이내 쭉 늘어졌다.

퍼퍽!

"자… 잔인한 놈! 크윽!"

"으아아악!"

또다시 주요 기관을 잡고 쓰러지는 동료를 본 나머지 무당파는 급히 그곳을 두 손으로 가렸고 그것을 기다렸다는 듯한 표정을 짓던 조별은 급히 발을 놀려 한 무당파 고수의 뒤로 갔다.

궁보를 한 조별은 두 팔을 하늘 높이 들고는 숨을 길게 들이마셨다.

그리고는 두 팔을 옆으로 벌려 원을 그린다 싶더니 가슴 언저리 부분에서 합장을 하였다.

"하아!"

거친 일갈과 함께 합장한 두 손이 마치 땅을 파듯 아래에서 위로 치켜 올라갔다.

동시에 네 개의 손가락들이 접히며 검지 두 개만이 꼿꼿이 세워졌다.

파공성이 울릴 만큼 힘찬 그의 모습을 본 주위 사람들은 자신도 모르게 손을 들어 변문(便門)을 막으며 눈을 감아버렸다.

"으응!"

묘한 신음(?) 소리와 함께 시간이 멈춘 듯 그대로 가만히 있던 무당파 고수의 얼굴이 일그러진다 싶더니 지금까지 들었던 비명 소리와는 비교도 안 될 그런 소리가 울려 퍼졌다.

"크허어어어엉!"

마치 울부짖는 듯한 소리와 함께 두 눈을 부릅뜬 그는 이내 조별의 손이 뽑혀 나오자 희열에(?) 가득 찬 미소를 지으며 그대로 쓰러졌다.

물론 쓰러진 무당파 고수의 몸이 움찔거리며 발작한 것은 당연한 일이었다.

"이… 극악무… 도한 놈… 거… 거… 거시기를……."

계속되는 황당한 일에 말도 더듬을 정도로 어이없어하던 무당파 고수들은 어느새 뒤로 간 그를 보며 자신의 죽음(?)을 예견하고 있었다.

이번엔 한 사람에 한 손씩 두 사람을 찌른 조별은 곧바로 손을 빼더니 그들의 등에서 목까지 십여 군데를 찔러갔다.

너무나 빠른 그의 동작에 변문에서 느낀 고통이 퍼지기도 전에 무당파 고수들은 점혈을 당해 몸이 뻣뻣해짐을 느끼고 있었다.

말 한마디, 몸부림조차 허용이 안 되는 상황에 엉덩이를 찔린 두 사람은 그대로 쓰러졌다.

마치 밑동이 없는 나무마냥 바닥에 쓰러진 그들의 눈이 흰자위를 드러내는 것으로 그 고통을 알게 했다.

"재밌는 변침놀이!"

어느새 혼자 남은 엄니는 재미있다는 듯 연신 해맑게 웃고 있는 그의 모습이 이제는 악마처럼 느껴지고 있었다.

"아… 악마!"

자신도 모르게 뒤로 물러서던 엄니의 입에서 주위의 모든 사람들이 공감하고 있는 말이 흘러나왔다.

하지만 조별은 그 말이 무엇을 의미하는지 모르는 듯 연신 웃으며 그에게 다가섰다.

거침없이 다가서는 그에게 검을 들어 이리저리 날려보지

만 그저 허공만 세차게 가를 뿐이었다.

벌벌 떨고 있는 엄니의 머리를 잡아챈 조별은 그대로 자신의 가랑이 사이에 넣었다.

면상이 위로 가게끔 어깨 사이에 낀 엄니는 순간 자신의 코끝으로 밀려오는 기묘한 냄새에 발버둥을 치기 시작하였다.

그러나 그런 그의 모습에도 조별은 좋다는 듯 연신 고개를 흔들며 입을 열었다.

"재밌는 말뚝 박기 놀이!"

그가 말하는 말뚝 박기 놀이는 자신의 머리를 상대방 가랑이 사이에 넣고 다른 사람들이 올라타는 것으로 어린아이들이 자주 하는 놀이 중에 하나였다.

하지만 얼굴에 물 닿는 것도 싫어하는 조별이라는 것을 아는 단소소이기에 이번엔 좀 심했다는 생각이 들었다.

마치 독에 중독된 것처럼 시푸르뎅뎅한 얼굴빛을 보이던 엄니의 몸은 이내 축 늘어졌다.

갑자기 실신한 그를 보며 고개를 갸웃거리던 조별은 그를 바닥에 조심스레 눕혀놓고는 단소소에게 달려왔다.

두 눈을 반짝이며 바라보는 모습이 칭찬을 바라는 것임을 안 그녀는 내키지는 않았지만 그래도 잘했다고 칭찬을 해주었다.

"자… 자… 잘했어!"

그의 입에서 잘했다는 한마디가 나오자 조별은 해맑게 웃으며 고개를 흔들었다.

"와아! 칭찬해 줬다! 칭찬해 줬다!"

조별의 해맑은(?) 웃음 속에 벌칙은 어느덧 끝나가고 있었
다.

너무나 참혹한 벌칙을 본 후라 그런지 염장질의 표정이 많
이 굳어져 있었다.

혹시나 자신도 저런 꼴을 당할까 봐 걱정이 되었던 것이다.

"대… 대인! 제가 이겼으니 부디 책을 주시기 바랍니다."

다른 어떤 때보다도 공손하게 책을 달라고 말을 하는 그의
모습에 운소는 새끼손가락으로 귓구멍을 파다 이내 알겠다는
듯이 고개를 내저었다.

"개뿔이! 그래, 너 많이 가지라구!"

운소는 이내 요란을 떠는 그를 보며 책을 건네주었다.

"고맙습니다."

승리에 겨워 특유의 니미란 말도 잊어버린 그는 건네주는
책을 받다 이내 그 위에 얹어주는 세 개의 단약에 포효를 하
였다.

"니미! 대환단도 취했다!"

소림의 대환단까지는 주는 운소의 모습에 행복하다는 표
정을 짓던 마교인들은 갑자기 나타난 사내를 보며 고개를 갸
웃거렸다.

연신 경련을 일으키는 무당파 고수들을 보며 비웃음을 보이던 염장질의 귀에 이내 자신의 판단이 틀리게 만드는 목소리가 들려왔다.

"에! 아까 여기 있던 대인이 음식 값을 받으라고 하였습니다요."

"니미! 뭔 음식 값?"

"그동안 대인이 드신 음식 값입니다요. 모두 해서 은자 구백칠십두 냥이고 외상한 것도 받으라고 하셨으니……."

"대인! 이게 무슨……."

하지만 어느새 사라졌는지 운소의 모습은 전혀 보이지 않고 있었다.

결국 그에게 당했다는 것을 안 염장질의 처절한 비명 소리가 울려 퍼지는 가운데 갑자기 사천 팔씨름 대회는 이렇게 끝나가고 있었다.

"에에엑! 니미!"

『오해서점』 2권에 계속…